U0960464

周贵玉　李晓玲　主编

《青年文学家》新锐作家作品选

天津出版传媒集团
百花文艺出版社

图书在版编目（CIP）数据
《青年文学家》新锐作家作品选 / 周贵玉，李晓玲主编 . -- 天津 : 百花文艺出版社，2024. 5 -- ISBN 978-7-5306-8719-2
Ⅰ. I217.1
中国国家版本馆 CIP 数据核字第 202432N3G9 号

《青年文学家》新锐作家作品选
《QINGNIANWENXUEJIA》 XINRUI ZUOJIA ZUOPINXUAN
周贵玉　李晓玲　主编

出 版 人：薛印胜
特约策划：天下才俊工作室
责任编辑：张雪　　**装帧设计：**罗佳丽
出版发行：百花文艺出版社
地址：天津市和平区西康路 35 号　邮编：300051
电话传真：+86-22-23332651（发行部）
+86-22-23332656（总编室）
+86-22-23332478（邮购部）
网址：http://www.baihuawenyi.com
印刷：廊坊市伍福印刷有限公司
开本：880 毫米 ×1230 毫米　1/32
字数：256 千字
印张：11.375
版次：2024 年 5 月第 1 版
印次：2024 年 5 月第 1 次印刷
定价：90.00 元

如有印装质量问题，请与廊坊市伍福印刷有限公司联系调换
地址：安次区码头镇东辛庄村
电话：13731634666
邮编：065003
版权所有　侵权必究

编 委 会

主　编：周贵玉　李晓玲

副主编：王新火　张雅娜　赵大明　王　勇　戴方毅
陈秋君　孙世伟　林旭华　刘　馨　胡艺桑
张正乾

编　委：杜文龙　魏来安　吕绍联　杨会英　张志和
阚　瑶　骆海燕　邓扬帅　万江海　洪维尊
沈朋道　林淑珍　汤丽群　余成鸿

青年文学家

YOUTH LITERATURE

绿叶对根的情意

许多年前，歌手毛阿敏的一首《绿叶对根的情意》曾经感动了亿万国人，而这本散发着墨香的《〈青年文学家〉新锐作家作品选》，同样如绿叶对根的情意一样，篇篇饱含着诗风墨韵，13位作家不同风格的作品，犹如一泓清泉，从笔端流淌，表达出的都是作家对故乡、亲人、祖国大好河山的那种至真至纯的感情和挚爱。

江苏作家燕薇的小说《丽人行》通过对四名务信商业银行女性推销业务员的描写，揭示了当前人们工作生活的不易。为了生活，她们四处奔波，收获的喜悦让她们忘却了疲劳。小说结尾，大堂经理夏芬巧遇自己的前任，喜悦之情溢于言表。她不期待与前任旧梦重圆，只是希望能让前任推销一单业务。然而，前任的冷漠让夏芬的喜悦荡然无存。而小说《秋日玫瑰》则描绘了一个情窦初开的女子暗恋心目中的男神，却羞于启齿，最终明白：心中盛开的玫瑰，过了这个季节就会枯萎。作为一位女性作家，燕薇用女性细腻的感受和文笔，写爱情、写忧伤，写尽人间沧桑。燕薇两篇小说中的两位女性，皆为“爱情”所困，读后让人唏嘘不已。

侗族作家姚京佑的中篇小说《因为爱情有蓝天》充满着亲情、友情、爱情，情感交织，感人至深。姚京佑的小说章法严谨，笔法老到。他用生动的语言和细腻的情感描写，将友善和邪恶、爱和仇恨、希望和绝望等对立面巧妙地编织在小说中。每个角色都塑造得栩栩如生，整篇小说情节扣人心弦，起伏不断的剧情让读者始终保持紧张的情绪，仿佛置身于小说中，与主人公一起哭、一起笑……

“人之初，性本善。”作家袁武星的小说《荣姐》描写了荣姐坎坷的人生经历。悲惨的命运并没有击倒荣姐。面对恶人，荣姐没有报复，而是以德报怨。她用大爱去温暖和感动一个十恶不赦的男人，最终让这个恶人幡然醒悟。袁武星能用准确生动的语言来写小说，意味深长。袁武星的散文《南南》虽然篇幅短小，但情意深厚，字里行间充满了浓浓的亲情。

湖南邵阳作家赵大明是一位老作家。他的微小说《付款》虽篇幅小，但寓意深刻。通过龙部长买藕的故事以及六十岁上下的大娘用微信收款的方式，揭示了当今科技发展给人们生活带来的便利。《捐款》讲述了一个收废品的黄老头儿把多年收废品的钱捐给家乡的故事，谱写了一曲人间大爱之歌。《还款》则勾勒出一个欠债不还者的嘴脸，读后让人忍俊不禁、哑然失笑。此外还有《后遗症》《孝心》《商策》等微小说篇篇都构思巧妙、独具匠心。赵大明的微小说没有华丽的辞藻，就像一块淳朴的玉洁白无瑕厚实沉甸每一个故事都是从生活中来并且在生活原型上深入打磨提炼而成的。他的散文《山歌哟吹下资江》《熟读桂林》《回眸百亩大丘》《中秋节，天上还是儿时眼中的那一轮吗？》《老师的样子》……篇篇都充满浓浓亲情、友情、乡情，读这些文章我们仿佛看到一位少年赤着脚从家乡的田埂走向远方，多年后昔日少年青丝已变白发，他把目光却紧紧地盯在家乡的山山水水、一草一木和自己走过的路上，这条路充满艰辛和幸福。

作家吴祥是一名医生，他的文章《我是汉川人》《玩在十堰》《赤脚医生》《谢谢你，小偷》《想养宠物狗》《空中急救》《毛蛋66天小记》《爸爸讨厌》《陪伴》《我的恩师》《梦里老家》，注重描写人性的真善美，注重从身边小人物小事件入手，挖掘最美最感人的瞬间，有浓郁的生活气息。例如，《赤脚医生》这篇散文，作家写得很轻松自然，但读后却让人感叹。试想，如果不是小时候家里贫穷，谁能赤脚走路？如今生活变好了，作家却一直赤脚跑步，说是锻炼身体，其实是在寻找往日的“感觉”，不忆苦，怎思甜？再比如《想养宠物狗》，作家说养宠物狗可以早起，可以交友，可以忘情，可以不寂寞，可以满足虚荣心。人都说玩物丧志，在作家吴祥看来，玩物未必丧志，比如养宠物狗，就有这么多的好处。应了那首古诗：“横看成岭侧成峰，远近高低各不同。不识庐山真面目，只缘身在此山中。”

湖南邵阳市洞口县作家廖军的寓言《动物专家》，寓意深刻。写小牛受伤后，到森林儿童医院，遇到一个专家。专家诊断小牛的伤情后，说不需吃药，只需增加营养。讽刺了现在看病的复杂程序和伪专家。其实，廖军所写的动物专家，就是现实生活中专治跌打扭伤的中医，这些人有着丰富的经验，他们不用先进的医疗设备，而用“望闻问切”，足以治疗每一位跌打扭伤者。廖军的另两篇作品《大山的呼唤》和《向远方延伸》，充满着浓郁的乡土气息，仿佛两棵扎根于湘西南的大树，这两棵树背靠着雪峰山，吮吸着资水，枝繁叶茂……

湖北武汉作家张春晓的散文，每一篇都充满着哲理。例如《春景》，作家满怀激情对春的描写，感叹“春天的梦想，等在前方。”例如《天屿湖，醒了岁月醉了心》，作家慨叹“如同岁月之中许多难忘的一瞬，成为一道新的风景，永恒于心。”再如《岁月中那些挥之不去的瞬间》，作家别有一番感慨：“人生的道路，弯弯曲曲不断向前。一路上会遇到许多的人，见到很多的事”“看似偶然的一次次相遇，那是跨越岁月的握别，也是记忆中的一弯浅浅的微笑，淡淡的芬芳。”还有《立秋了，被汗水擦亮的日子》《梅开喜迎春，日月都是新》《慢慢即漫漫，生活本就如此》《黄昏》《水岸星城》等文章，无不饱含深刻的哲理。读这些散文如同品尝美味佳肴又似饮美酒，芳香醇浓，口有余香。

黑龙江哈尔滨作家何敏是一位中学高级教师，更是一位写散文的高手。他的散文题目充满诗情画意。他的笔名叫“远方”，从他的笔名不难看出他从家乡走向了“远方”，但他的心一直牵挂故乡，牵挂那里的父母，牵挂那里的山山水水。他在《明月来相照》中写道：“月光是乡村的母亲，我们都是月光的孩子。”城市里没有月光，月光也不属于城市，心中有月光，天涯亦故乡。他很感激《父亲的巴掌》，说自己人生道路上始终坚守做人底线做事底线得益于父亲的巴掌；更爱《母亲的八宝粽》，因为小时候最喜欢的吃食就是母亲的八宝粽，母亲的八宝粽像长大的小鸟，自己走到哪里粽子就飞到哪里。

山东日照作家徐学娟情感细腻，善于用女性的眼光书写亲情。比如《娘的“铁脚板”》《听娘唠叨》《哦，地瓜》《哦，玉米》，无不充满着浓浓的父爱和母爱。她说世界上有一种幸福叫听娘“唠叨”，能天天在娘的身旁听娘唠叨，本身就是一种幸福。正是这种浓浓的亲情，才让她在人生的道路上，义无反顾地向前走。

山西洪洞县作家贾涛涛的散文多取材于本土。贾涛涛在《走近安泽》中写道：“一方红色的宝地，一片神奇的土地，一块绿色的瑰宝，一个充满神奇的地方。巍巍太行，滔滔沁水，孕育出一代先哲，孕育出安泽独有的人文环境、骄人的生态环境、平安和谐的社会环境。”作家笔下的安泽，美轮美奂，犹如一首充满灵动的韵律诗。作家面对《汾西沟坝地的畅通》，激情澎湃，感慨万千。改革开放以来，神州大地上春风拂面。沐浴党的春风，作家写下了《三十五年回眸》，从家乡三十五年的变化，感慨党的富民政策让汾西“旧貌换新颜”。

杭州作家唐梦的散文《重返黑河》《春风拂起的往事》抒发出浓浓的热爱家国之情及友谊之情。因为有梦想，生活才有目标，文章中充满生命的留痕，怡情的抒怀，光阴的记录。改革开放以来，我们每个人，都看到并深切地感受到祖国发生翻天覆盖的变化，经济、文化、科技、教育飞速发展。未来，有更多的蓝图和梦想需要我们新一代人去构建和实现。

诗人官兰贞的106首诗词，文情融融、韵味深长，犹如璀璨繁星，漫天芬芳。而重庆市永川作家蔡友元的31首律词诗，字字珠玑，犹如清泉流淌，文采灿烂，情思无穷。

咬定青山不放松，立根原在破岩中。千磨万击还坚劲，任尔东西南北风。对于13位作家来说，他们的优秀作品所表达的精神，已经深深融入各自的作品中，通过描绘家乡的景色、讲述亲人的故事、描绘祖国大好河山等方式，深切表达出对家乡、亲人，对祖国大好河山的热爱和眷恋。同时，他们怀揣着家国情怀的决心和信念，通过刻画人物形象、描写社会现象等方式，展现出坚韧不拔、不屈不挠的精神。

总之，13位作家的作品立意不凡，精彩纷呈，愿他们继续扎根热土，怀揣着家国情怀，用手中的笔书写出更加唯美的作品，只有这样，他们才能够写出更加有深度、有广度、有温度的作品，为读者带来更多的启示和感动。

周贵玉　《青年文学家》杂志社社长

目　录 / CONTENTS

《青年文学家》新锐作家作品选——燕　薇

丽人行 ………………………………………… 002
秋日的玫瑰 …………………………………… 012

《青年文学家》新锐作家作品选——姚京佑

因为爱情有蓝天 ……………………………… 022

《青年文学家》新锐作家作品选——袁武星

荣　姐………………………………………… 064
南　南………………………………………… 087

《青年文学家》新锐作家作品选——赵大明

付　款………………………………………… 092
捐　款………………………………………… 093
还　款………………………………………… 094
后遗症 ………………………………………… 095

孝　心…………………………………………………… 097
商　策…………………………………………………… 098
山歌哟吹下资江 ………………………………………… 099
熟读桂林 ……………………………………………… 103
九寨沟览胜 …………………………………………… 105
回眸百亩大丘 ………………………………………… 108
中秋月，天上还是儿时眼中的那一轮吗？ ………… 110
老师的样子 …………………………………………… 112
畅饮百岁寿酒 ………………………………………… 114
尝　新…………………………………………………… 117
家乡话车 ……………………………………………… 119

《青年文学家》新锐作家作品选——吴　祥

我是汉川人 …………………………………………… 122
玩在十堰 ……………………………………………… 124
发现生活的美 ………………………………………… 126
赤脚医生 ……………………………………………… 128
谢谢你，小偷 ………………………………………… 130
想养宠物狗 …………………………………………… 131
空中急救 ……………………………………………… 133
毛蛋 66 天小记 ……………………………………… 136
爸爸讨厌 ……………………………………………… 138
陪　伴 ………………………………………………… 139
我的恩师 ……………………………………………… 141
梦里老家 ……………………………………………… 144
我不喜欢爸爸 ………………………………………… 147

《青年文学家》新锐作家作品选——廖　军

动物专家 …………………………………… 152
大山的呼唤 ………………………………… 155
向远方延伸 ………………………………… 167
改国籍 ……………………………………… 179

《青年文学家》新锐作家作品选——张春晓

春　景…………………………………………… 182
天屿湖，醒了岁月醉了心 ………………… 185
立秋了，被汗水擦亮的日子 ……………… 187
梅开喜迎春，日月都是新 ………………… 189
慢慢即漫漫，生活本就如此 ……………… 192
黄　昏…………………………………………… 196
岁月中那些挥之不去的瞬间 ……………… 198
水岸星城 …………………………………… 204
老屋在东，母亲在西 ……………………… 208

《青年文学家》新锐作家作品选——何　敏

炊烟是屋顶盛开的花 ……………………… 212
梦里花开 …………………………………… 214
明月来相照 ………………………………… 216
父亲的巴掌 ………………………………… 218
父爱是条船 ………………………………… 222

梦想的阶梯 …………………………………… 224
母亲的八宝粽 …………………………………… 227
六月，火热的大地 …………………………………… 229

《青年文学家》新锐作家作品选——徐学娟

娘的“铁脚板” …………………………………… 232
多岛海之恋 …………………………………… 236
哦，地瓜 …………………………………… 239
哦，玉米 …………………………………… 243
听娘唠叨 …………………………………… 248

《青年文学家》新锐作家作品选——贾涛涛

走近安泽 …………………………………… 252
汾西沟坝地的畅想 …………………………………… 257
魂牵梦绕古交行 …………………………………… 262
话说画竹题诗 …………………………………… 266
三十五年回眸 …………………………………… 268

《青年文学家》新锐作家作品选——唐　梦

古镇的腊月风情 …………………………………… 274
霜　花…………………………………… 275
腊月的北方 …………………………………… 275
冬日的下午茶 …………………………………… 277
醺然而醉 …………………………………… 279

青，任诗意酣畅 …………………………………… 281
春风拂起的往事 …………………………………… 284
重返黑河 …………………………………………… 287
妹妹，你的儿子今天结婚了 ……………………… 291

《青年文学家》新锐作家作品选——官兰贞

红　豆……………………………………………… 294
葡　萄……………………………………………… 294
雪　莲……………………………………………… 294
茉　莉……………………………………………… 294
蟹爪兰 ……………………………………………… 295
秋海棠 ……………………………………………… 295
金边虎皮兰 ………………………………………… 295
风中叶 ……………………………………………… 295
冰　花……………………………………………… 296
落红凋翠 …………………………………………… 296
元宵节抒怀 ………………………………………… 296
夕　阳……………………………………………… 296
雪 …………………………………………………… 297
老　井……………………………………………… 297
感写诗 ……………………………………………… 297
题己兰花画（一） ………………………………… 297
题己兰花画（二） ………………………………… 298
随　咏……………………………………………… 298
梦见二姐 …………………………………………… 298
阳台滕花 …………………………………………… 298

悯　鸟…………………………………………………… 299
撷　词…………………………………………………… 299
春　风…………………………………………………… 299
诗友聚会　……………………………………………… 299
春　日…………………………………………………… 300
惜　春…………………………………………………… 300
夏　夜…………………………………………………… 300
风扫花蕾　……………………………………………… 300
雨　夜…………………………………………………… 301
雁　阵…………………………………………………… 301
窗　外…………………………………………………… 301
福州西湖　……………………………………………… 301
咏　风…………………………………………………… 302
春　风…………………………………………………… 302
怀　旧…………………………………………………… 302
游人入画　……………………………………………… 302
皓　月…………………………………………………… 303
春风雨　………………………………………………… 303
玉带桥顶　……………………………………………… 303
西湖赏桃　……………………………………………… 303
题　图…………………………………………………… 304
迎春花　………………………………………………… 304
望月遐想　……………………………………………… 304
湖岸垂柳　……………………………………………… 304
问　花…………………………………………………… 305
牵　手…………………………………………………… 305
风　筝…………………………………………………… 305

西湖春色 …… 305
春　水 …… 306
随　咏 …… 306
闲　咏 …… 306
西湖即景 …… 306
幽　景 …… 307
蜡　烛 …… 307
望　月 …… 307
捣练子·无题 …… 307
南　雁 …… 308
咏　鸭 …… 308
咏　鹅 …… 308
乌　龟 …… 308
刺　猬（一） …… 309
刺　猬（二） …… 309
青　蛙 …… 309
蛤　蟆 …… 309
黄　鹤 …… 310
仙　鹤 …… 310
萤火虫 …… 310
亮火虫 …… 310
流　萤 …… 311
鲤　鱼 …… 311
雨中柳 …… 311
游庐山 …… 311
咏　云（一） …… 312
咏　云（二） …… 312

北极光（一） …………………………………… 312
北极光（二） …………………………………… 312
堆雪人 ………………………………………… 313
咏雪人 ………………………………………… 313
荷塘听雨 ……………………………………… 313
踏青饮清溪水 ………………………………… 313
浣溪沙·元夕有怀 …………………………… 314
卜算子·贺中国女足夺亚洲杯冠军 ………… 314
诉衷肠·赏荷 ………………………………… 314
渔歌子·母子站台分别 ……………………… 314
忆秦娥·西湖赏春 …………………………… 315
沁园春·触景感怀 …………………………… 315
桂枝香·无题 ………………………………… 315
西江月·题图 ………………………………… 316
江城子·醉美水母 …………………………… 316
念奴娇·永泰庄寨 …………………………… 316
沁园春·无题 ………………………………… 317
行香子·岁末随咏 …………………………… 317
行香子·秋日抒怀 …………………………… 317
青玉案·国庆逛西湖公园 …………………… 318
青玉案·观景抒怀 …………………………… 318
蝶恋花·无限春光 …………………………… 318
蝶恋花·题图（一） ………………………… 319
蝶恋花·题图（二） ………………………… 319
蝶恋花·题图（三） ………………………… 319
眼儿媚·西湖赏秋 …………………………… 320
鹧鸪天·春节吟 ……………………………… 320

鹧鸪天·黄龙风光——彩池 …… 320
水调歌头·回归美自然 …… 321
水调歌头·畅想中秋 …… 321
青玉案·养生仙境 …… 322
行香子·无题 …… 322

《青年文学家》新锐作家作品选——蔡友元

拜码头 …… 324
七律·楚霸王 …… 324
七律·船行三峡间 …… 325
访隆中 …… 325
家访黄有韬君 …… 325
赠瑞集山庄谢仁洗庄主 …… 326
湘西老司城点将台 …… 326
草原赛马捡币 …… 326
飞跃草原 …… 326
蒙古包听下马歌 …… 327
蛙声有约 …… 327
沿溪行 …… 327
七律·出海打鱼 …… 328
过湘西矮寨天险公路 …… 328
题武胜红木蝶照 …… 328
初游湘江风光带 …… 329
晨　读 …… 329
寿　仙 …… 329
银川水洞沟藏兵洞 …… 330

贺兰山 …………………………………………………… 330
江畔野炊 ………………………………………………… 330
满江红 · 梦 ……………………………………………… 331
不要问我写诗为什么 ………………………………… 332
诗仙太白 ………………………………………………… 333
致恩师 …………………………………………………… 334
有一座美丽庄园 ……………………………………… 335
桂花树 …………………………………………………… 336
同胞桂花 ………………………………………………… 337
芳香万家 ………………………………………………… 338
春暖花开到仁怀 ……………………………………… 339
有一种伟大的"职业"叫——警嫂 ………………… 341

作者简介

AUTHOR PROFILE

燕薇，江苏省作家协会会员，中国散文学会会员，中华诗词学会会员。《黄河文艺》《精短小说》《中华文学》签约作家。《青年文学家》理事会总会副秘书长、无锡分会主席。《黄河文艺》副总编辑、江苏分社社长。《今古传奇》长三角文学徐州写作基地负责人。

1993年开始文学创作，发表散文作品多篇，并多次获奖。2008年起以小说写作为主，创作长中短篇小说多部（篇），其中部分作品发表于《中国作家》《今古传奇》《参花》《奔流》《青海湖》《青年文学》《雨花·中国作家研究》等文学期刊。出版个人文集《梦开始的地方》，即将出版长篇小说《天涯倦客》《爱情飞蛾》以及个人文集《一树繁花》等。

丽人行

1

云朵似洁白的棉絮般飘浮在天空中，这儿厚实一点，那儿稀薄散淡一点，近旁蓝莹莹的天空煞是好看。几块黑云，如水墨画中的山脊般，铺展在空中，使早晨的阳光不至于太刺目、太耀眼。

对于务信商业银行的员工来说，这是一个出门营销的好天气。听说单位要去汽配城做营销，夏芬一大早送走孩子、洗漱整理之后，就开始做起了功课。

“淮海汽配城”，夏芬输入这几个字之后，百度上居然陆续出现了好几个汽配城：淮海汽配城，淮海中国汽配城，淮海汽车城，淮海华东汽配城……那么，她们要去的会是哪个汽配城呢？夏芬一头雾水，越看越迷糊。

约定会合的时间到了，夏芬来到约好的地点。一把手行长孟小菊已坐在她停好的车里，按喇叭让夏芬直接上车。副行长肖霞正扶着电动车的车把儿和人聊天。看人家正穿着一身松松垮垮的家居服带着孩子闲逛，夏芬很是羡慕。唉，她在心中轻叹一声。

业务主管倪云秀也到了。

四位美女很快便驱车上路了。这四位有三位是“70后”，一位是“80后”。这唯一的“80后”美女便是她们的一把手行长孟小菊。她白白净净的，瘦瘦的，是绝对的骨感美女，短发，面容清秀姣好。没错，正像她的外表所给人的感觉一样，她是一位苏南美女，来自南方的苏锡常一带。其余的三位都是“70后”

美女，属于典型的长期坐办公室的发福的中年女性形象。副行长肖霞的长相属于那种天庭饱满、地阁方圆的类型，有些像电视片中观音的模样。她面容稍胖，双腿却纤细苗条，穿着当下流行的小腿后部微微开衩的裤子。业务主管倪云秀，长得白白胖胖的，皮肤白细，略显臃肿，上周出门营销之后，面上有了微微的红色小疙瘩，还有清淡的斑。大堂经理夏芬，体态丰腴，肤色微白，长相尚好，一头长发规规矩矩地盘起，穿着笔挺的蓝色长袖工作衬衫，戴着头花，着一条深色西装工作裤。周末营销要求的是穿工作服、戴服务牌，夏芬索性按平时上班时的穿着打扮，省事儿。再看其他几位，大都穿了工作服或者与工作服比较接近的蓝上衣，裤子、鞋子也都是随意的，有的连工作牌都没戴。

三个女人一台戏，更何况这是四个。

一上车大家就都议论开了。说起头晚开会开到晚上十一二点，支行分管行长为开会时有人看手机、看书、打瞌睡怎样大动干戈、开口骂人的。“说让我看好管理好你，不然就扣我工资。”倪云秀对孟小菊说，“这都什么领导水平呀，我一个业务主管要是能管得了一把手行长，还要你们干什么！”

说起这次要去营销的ETC卡业务，她们和顺街分理处有一千多份的任务额。“这吭哧吭哧弄了多少天了，现在才办了一百多个。我天天往外跑，跑得腰酸胳膊疼。”肖霞边说边使劲儿捶着背。

“我这个车，一天天地开着到处找地方营销，一个月光油钱就花去了四五百块。”孟小菊也很无奈。

“每天在大堂上，来超柜办业务的我们见一个问一个，自助服务区有客户时，大家也会跑过去一个个问，发宣传折页。这还不行吗？一天三个五个，不是那么容易、说办就能办成的。巧妇难为无米之炊，没有客户，哪来的营销？！”夏芬也很迷茫。

“我们不去汽配城，”孟小菊交代大家说，“不要告诉别人我们去哪儿。”夏芬心中一愣，嗐，早上的功课白做了。不过没关系，这次不去，下次说不定就去了呢。

几个人一路叽叽喳喳说个没完没了。路上孟小菊接上行里的一位部门负责人刘科长——去加油站营销是他给帮忙找的。他带上两盒上好的茶叶，说值几百块呢，要送给加油站的领导。

车子飞驰着，在路上扭来转去，低树高楼，茂草丛花，一一从眼前闪过。淮海省这些年变化真大，夏芬想，身在这个城市二十几年，每次看到这一切时的感觉还如旅游者般的陌生与狂喜。

车子在路上不停向前，起初还看导航，后来孟小菊便由坐在旁边的刘科长直接指挥着往前开了。

从出发点到目的地，夏芬算了一下，几乎用了一个小时的时间。这一个小时的时间里，她们聊天、看窗前一闪而过的风景。

2

这家加油站位于离市区很远的一个偏僻角落。加油站前面正在施工，路面铺着绿纱样的东西，旁边则围着高高的修路用的遮蔽板。不远处，一条高速路斜着伸向远方，大小车辆不时呼啸而过。

孟小菊把车停下来，和刘科长一起去紧挨着加油站的小超市里，把茶叶送给加油站小头目。外面穿着工作服、拿着油枪的那个女工不干了，“你们送东西光给头儿送？好，等下我投诉。”她半开玩笑地说。听到此话，孟小菊只得从随身携带的包中拿了条毛巾送给她。她接过去，捏了捏包装袋看了看，收起来。

因为修路，加油站车很少。孟小菊停了没多久，便和刘科长一起去别处再看看，留下三位女士在超市门口守着，看不时经过的车辆装没装 ETC，如果没装就赶紧上前去营销。

车辆装没装 ETC 很好判断——从前面一闪而过时，看车后视镜旁边有无一小片白色的东西，那是ETC记账卡的一小部分。肖霞这段时间因为常在外面跑，常常一下就能看出这一点。另外两位女士在她的指点下也很快掌握了这一技巧。

已装的自不必说，没装的拒绝的理由有很多，如：这不是我的车；我急着回家，不好意思；我是来加油的，不办什么ETC卡；公车……

三位女士轮番上前，有时干脆就一齐上阵，问来问去却没有一个办成的，直到孟小菊她们从外面回来。

又一辆车过来了，三个女人一齐过去，你一句我一句，却仍没有成功。刘科长在旁边斜睨了一眼，笑着说："你们一个一个上前问，别把人家吓着；也别问ETC装了吗，直接说你们是来现场安装ETC的。"

不久，孟小菊和刘科长又开车出去了。

肖霞腰椎的老毛病犯了，刚来不久便找了个废纸箱坐在地上，这会儿索性坐到小超市窗前的高凳子上，看外面进出的车辆。倪云秀也坐过去，和她一起聊天。夏芬一看，便也坐到那高高的凳子上去了，不过一有车子进到站里，她就立刻下来，跑过去询问。

时间一点点过去，已近十二点了，却是一个客户也没有办成。门口的女工明显有些过意不去，"给我办吧，我之前办了务信商业银行的ETC信用卡，还没装ETC呢。"倪云秀一听赶忙跑过去，忙乎了一阵子，却还是没办成。

夏芬心里越来越着急，一上午一个办成的都没有，今天的营销该怎样交差？不过后来她想通了，就当出来玩了。她善于自我安慰，阿Q精神胜利法嘛。她拿着手机，拍了一些照片，那两辆能载重两三万公斤的快递公司的大货车，女儿看到后该有多开心啊！

孟小菊和刘科长又回来了，几个人鸣金收兵，跟着钻进车里。

车子东折西拐，转了很久之后来到另一家加油站。

第二个加油站明显位置不错，车辆也多，明亮，洁净。加油站里也不像先前那个——堆满了成箱的水、车窗清洗剂等在售商品，上面还有红红绿绿的促销价格牌——这儿就只有一个个加油位，以及加油的工具。

这次三人主动分开站着，一有车来就分头上前去问。孟小菊和刘科长去办公室里给站长打电话，站长这会儿刚好出去。

肖霞站了不久又累了，夏芬从包里拿出几张纸给她让她坐下。倪云秀在那边开玩笑说让加油站的小美女教大家怎样给车加油。

还没问几辆车，忽听那边孟小菊在叫大家，说加油站这几天正等着迎接检查，让过几天再过来。

几个人再次上车，车子又向远处驶去。

“我们去吃饭，”孟小菊说，“肯德基可以吗？”夏芬正觉着不好意思，这开车那么远，光油钱就多少？刘科长又搭上几百块的茶叶钱，结果一上午几个人一笔业务没有办，这就要去吃饭了，而且还要去吃肯德基……夏芬正想着，就听倪云秀说了句：“随便。”

3

肯德基店离得不远，开车不久便到了。

孟小菊去点餐。

看孟小菊在那儿全心全意照顾着这几个人，夏芬不禁心生愧意。水喝着，饭吃着，但就是营销不出去，该怎么办呀？

夏芬偷偷对倪云秀说：“一个没办怎么好意思吃饭，还吃肯德基？”倪云秀很淡然：“单位出来营销就这样……上次咱们出来营销了一天不还没管饭吗……吃吧，吃了好有劲儿营销。”

孟小菊给每个人点了一个汉堡，外加几个蛋挞，一小包鸡柳，几杯豆浆，几杯可乐。几个人开始吃起来。

饭毕，几个人居然习惯性地对门口正在进餐的几个车主展开了营销。正说了没几句，那边孟小菊喊着大家一起上车。

车子又发动起来，继续在大街小巷中穿行。公园、卖场、书城、小区、广场。夏芬看到几个熟悉的地方：光辉装饰材料大市场、万达影城、高铁站……

终于，她们到达目的地：淮海省中国汽配城。三位女士下去之后，孟小菊和刘科长开着车子说再去别处看看。

夏芬、倪云秀、肖霞一起没走多远便分开行动了。肖霞说有要装 ETC 的等下打她电话——几个人中，只孟小菊与肖霞会把 ETC 装到车子上。

三个人分开的地方是一条宽阔的街面，倪云秀、肖霞往相反的方向背对背开始了营销，夏芬在原处徘徊了一会儿，便远远地往倪云秀的方向推进。

“你好，师傅，这是你的车吗？……噢，我是务信商业银行的，今天来这个市场里给统一现场安装 ETC。”

“你好，老板，人家都装 ETC 了，你的车怎么不装？我们务信商业银行的 ETC 优惠力度比较大，高速公路收费五折优惠，六十元之内直接优惠三十，超过的再按九五折。基本上是银行中优惠最多的了。”

“你好，美女，现在趁优惠赶紧办好，以后想用就用，想什么时候用什么时候用。如果到时候现办，一个是耽误事，另一个说不定到时候会收费了呢，一百八十元一个不少。”

“你好，老师傅。为什么要装 ETC，是这样的。从今年年底开始，省际收费站改为只有一个人工窗口，人工收费窗口会大量排队，长时间等待耽误我们的时间。另外，从明年年初开始，车子若不安装 ETC，将无法享受高速公路节假日免费的优惠。此外，若不安装 ETC，以后在一些停车场也会没办法停车。”

“你好，大姐……”

仍旧是各种拒绝，不外乎：办过了；我的车是外省车，没有本地务信商业银行的卡；我已办过外行的了；没装，想装，对ETC也了解，不过我要去家门口的务信商业银行装；同学、朋友有任务，先说过了；没装车牌，不要；你刚才不问过我了吗？我这个车不跑高速……

从大约下午的两点多钟来到市场，在之后近一个小时的时间里，夏芬把所有路过的她认为可能会办理的人问了个遍。她一会儿在路的这边走，一会儿去路的那边；一会儿往前走，一会儿又退回去询问新来的车主；一会儿顺着路走，一会儿又钻进一条条窄巷子里去；一会儿在这条路上，一会儿走回当时下车的那条宽阔的马路上去，那条路上刚好没人营销，这样她们三个人就可以三人三条路了。可真正回了那儿不久她便发现，那条路够宽阔，以至于许多车路过时都停不下来，径直在她面前呼啸而过。

就这样，有近一个小时的时间，夏芬在大太阳下面来回奔波，却一笔业务也没做成。她急于做成一笔，以便对今天的营销有所交代。可是，也许是太迫切了，她的表情，她的眼神，她的表达，反倒让人以为她是个日常来这儿跑业务的推销员，用习惯了的态度对之不予理睬，或想办法打发走了。所以，他们面对烈日之下满脸通红、汗水一直流却仍不停呱呱说话的这个女人，一个个用三两句话就把她的口给堵住了。

夏芬失望了。她泄了气，想自己也尽力了，大不了一个也没有。只是不知道另外两位女士的运气是否也和她一样。

这时马路中央一个卖水果的老人推着车子正向前走，见了夏芬问了一句买不买水果。夏芬说了句不买，老人的车子便过去了。车上颜色丰富的水果在擦身而过的瞬间吸引了她的视线，她叫住了那位老人。老人以为她想买，便逐个介绍，“这个是上海早春玉，宝玉的玉，是有机水果，那个是黑木林，个大吧？还有橘子、苹果……”夏芬心里有些难过，自己出来大半天了，一个业务也没有营销成功，还买水果。再说这买了水果又往哪儿放，提着，那不更加重自己的负担了吗？再说，买上几只水果，还不够她们几个人分着吃的呢，哪里又能带回家去给孩子。

“算了。”她略带歉意地说，“我还要到那边去，等回来再说吧。”推车老人淡淡地笑着说：“没事，你忙你忙。”

老人的淡然出乎夏芬的意料，照有的小摊小贩，走过去又给喊过来的，又这问那问问了半天，拿了水果又看来看去，最后却一个“算了”给打发的，临走时必定会忿忿然，有些还会说你几句，甚至嘴里不干不净地骂上两句。这老人却不。那一张脸上淡淡的笑意如秋日暖阳般的，让她心里顿生了歉意。

或许做生意、做事就应该这样吧，不要太刻意、太迫切，要有一颗平常心，夏芬心中默想。

不远处倪云秀在那儿叫她：“小芬！”她急忙走过去。倪云秀一张白白胖胖的脸因为热也透着红色，这让她的脸更娇艳、更生动，这是一种十七八岁小姑娘脸上才有的红艳与水灵灵，此刻却出现在这个四十几岁的中年女人脸上。

夏芬走到近前，关切地问：“办成了吗？”倪云秀说：“办成了一个，正在这儿等肖霞过来给安装呢。”倪云秀的话中透着兴奋。夏芬的心中陡然压力增大，别人都办成一个了，自己要抓紧了。不过这也不是想就有的事，倪云秀有了，我们这几个人多少也不算是空手而归了，她想。她和倪云秀说了两句便离开了，往前面走，寻找下一个目标客户。

4

夏芬向前走没多远，遇到一个正修车的女人，便过去跟她打招呼。转了那么长时间，她有些累了，也想放松一下，不想再提什么ETC了，只随便跟人聊个天。

“美女修车呢，你这车挺不错的。”她由衷地说。那是一辆深蓝色的车，刚刚打完蜡，有着丝绸一样的光亮。

“嗯，我的车还没装ETC，正想问问怎么装的，你哪个银行的？”女人说。夏芬不禁心中一喜，这真是“踏破铁鞋无觅处，得来全不费工夫”呀！

没费多少事，女人便准备办了，又问办了送什么东西，说之前都送煮蛋器。刚巧，肖霞给倪云秀装好了，一起走过来。孟小菊转了一圈也回来跟她们会合了，刘科长去别处了，没跟过来。

女人选了赠品停车牌，之后很快一切便处理完毕。她们又聊了聊，便离开了。

夏芬成功办理的第二个ETC业务同样出乎她的意料。

在营销的过程中，夏芬边走边拍了不少图片，给三位同行女士自然也拍了不少。而她自己却几乎没拍什么照片，只倪云秀给她拍了一张，照片上她脸红红的像只大龙虾不说，角度却也不对，站姿不够优雅、端正。夏芬是一个很注重自身形象的人，出来营销也想拍几张照片作为留念。她不好意思让同来的几位女士再给她照，只好走到一个车前，请人帮忙照几张。照的时候假装是在给人讲ETC的办理方法。那人给拍了几张，姿势还好，离镜头近，人像也大。

就在他们拍照的当口，斜对面的地方忽然有人喊：“办ETC的吗？”夏芬心中又是一阵狂喜：欢喜总是在不经意时到来，这怎能不让她高兴万分呢？她几乎没费什么口舌，又一笔业务谈成了。此时，另三位女士已跟了过来，几个人很快又把这一单业务处理好了。美中不足的是这位客户有两辆车，另一辆车的行驶证没有带，就只办了一个。扫码填信息让他回去自己做的，想来成功的可能性就极小了。

有另一个银行网点的三四个人也在市场里营销，之前大家已远远地看到过了，并打了招呼。这会儿他们大约是准备回去了，从身边路过的时候传授经验说：你们去那边，那边，对，那儿我们还没扫过，你们看能不能扫几个。

很巧，这第三单 ETC 业务又是在大约一个小时的时间内做成的。这是一个中年男人，身材略瘦，大约经常开车走高速、去一些远点的地方，所以他对这五折优惠封顶三十元不够满意。夏芬就给他介绍了另一种优惠方式，九折封顶一百元，他找了好一会儿才找到行驶证，又在那儿兀自算了好一会儿才终于决定要办。孟小菊、肖霞、倪云秀她们刚好又过来，不久这一单又办好了。

这时，倪云秀又拉了一个客户，他的车子在大门外，几个人便坐上车子一同前往。

很短的时间内，这一单也搞定了。肖霞和夏芬坐车里喝中午吃饭时剩下的饮料，边说边聊。不久，孟小菊和倪云秀上车来了。“刚才他们（另一网点的员工）打电话过来说，他们的 OBU 用完了，那儿还有几个客户，让我们过去扫。”

几个人又同车前往，到那儿时夏芬惊讶地发现，她们此番来的地方正是下午刚到时三人分头营销的地方。

下车时夏芬忘了带手机，又营销的业务只好由孟小菊做了。

暑热阵阵。奔波了一天的夏芬早已发髻散乱，她把头发略略整理了一下，用皮筋束起来。营销用的手提袋被她用胳膊挎着，用倪云秀的说法那是：怎么看怎么像大妈。

四个人粗略算了一下今日的战果，一人三四单，四个人一起办了十几单，可以了，不少了，完美收官。

正当夏芬顶着蓬松凌乱的马尾巴，挎着营销手提袋，迈着豪迈的步伐走到车边，抬腿迈向孟小菊白色小车的松软座椅时，身后传来一个熟悉的声音：

老板，打蜡！

一辆崭新的路虎开至近前，车门大开，从上面下来一个人，一步步走到夏芬的面前，一个照面，夏芬的心立刻狂跳起来——前任！

男人的脸在夏芬汗涔涔、红通通的面颊上扫了一眼，眼中的光芒顿时由明亮转为黯淡，最后咕哝了一句什么，之后目不斜视、旁若无人地转身走开。只留下夏芬一个人在那儿，呆若木鸡。

秋日的玫瑰

1

十一月初的一天，一大早，姚苡五点多钟就起了床。说好的六点四十几分大家在曼城广场西门集合，拍照留影，七点钟要准时出发去茂县采风的，不能迟到。

姚苡到地方后见到的第一个人便是书画家协会的副会长沙歆曼，她也早早地就去了，正像只丰腴的白天鹅一样，忙忙乎乎地和曼城书画界的几位名流一起合影留念。

这之后不久，薛菊也到了。很快大家都到了，一起拉起横幅拍照合影，横幅上写着：祝曼城书画家协会新作品发布会暨茂县采风活动圆满成功。

拍完照大家陆续上车，姚苡和薛菊坐在一起，暴风雪和另一个人坐在她们后面，过道那边坐着庄汶泽和另一个老师。庄汶泽前面靠里坐着最近挺活跃的苗新卉大姐。

姚苡一边和薛菊说着话，一边不时朝庄汶泽那儿瞥一眼。她喜欢他，这个皮肤白皙、脸盘宽大、鼻直口方、身体壮实的男人让她有种说不出的好感，如果说这次活动能有一个男人引起她的兴趣的话，也就是庄汶泽了。

其他的男人，如暴风雪——“暴风雪”是画家潘科霖的网名——就长得有些丑陋了：窄脑门，宽下巴。姚苡总感觉他鼻子下端和嘴巴挨得有些近，脸形像个尾端高高翘起的尖辣椒。这次，他积极响应书画专委会尚奕达主任的号召，好好“捯饬”了一番，西装革履地来了。不过，这平常穿衣打扮随意惯了的，要临时“武装”起来也并不容易。所以今天，暴风雪虽穿了一身西装，却也不比他平时强多少，因为他样子仍是平常时的样子，平静、随和，泥土一样的身段放得低低的，朴实无华。他穿了西装只是比平常稍显局促、不自然。

姚苡知道，暴风雪和薛菊之间一直走得很近，两个人之间似乎还有那么一点什么。薛菊喜欢暴风雪，整天“暴风雪”“暴风雪”地叫，而暴风雪呢，却隐约对自己有一种说不清的……

姚苡默默地想，书画专委会主任尚奕达呢，大自己十几岁，似乎太老了些。摄影师老马，摄制水平很高，好像还是国家级的，人长得还行，很久之前加了好友又屏蔽过，不久前刚刚恢复联系，也只是对自己有些好感。老刘、姚苡一看他就想笑，他总是乐呵呵的，说起话来眉飞色舞的，让人感觉特别地开心，不过开心归开心，也就是适合做个朋友，要说男女之间的那种喜欢，没有。至于老王，又白又瘦的他，之前看到照片时觉得挺有灵气，挺喜欢的，这次见了却是毫无感觉。这让姚苡更深地理解了那样一句话：人不是因为美丽才可爱，而是因为可爱才美丽。

姚苡只对庄汶泽有好感。但她知道，庄汶泽做书画家协会的公众号已有不短的时间了，在这个活跃的群体里，庄汶泽想必早已有了自己喜欢的人。那么，他喜欢的又是谁呢？是书画家协会的副会长沙歆曼吗？

姚苡和薛菊一路聊着，边聊边胡思乱想。

暴风雪要姚苡把上次采风回来创作的画作发给他看。姚苡犹豫了一下还是答应了：她不喜欢东西没发表之前在群里胡乱转发，到时候谁抄袭谁的都不清楚了呢。她叮嘱暴风雪自己看一下就行了，不要在群里发。

路上，专委会主任尚奕达好像讲了什么，大约是这次活动由茂县书画家联合会主办、长展木业有限公司支持，茂县电视台记者将全程跟踪采访什么的。姚苡正想着事情，没怎么认真听。

2

曼城与茂县之间有大约两个小时的车程，两个小时之后，一行人来到了长展木业有限公司的大门口。门口左右竖着两个大牌子：中共曼城长展木业有限公司支部委员会、曼城长展木业有限公司工会委员会，中间挂着一条红色横幅：热烈欢迎曼城书画家莅临指导。

大家一起在大门口合影后，便进入到生产车间里参观学习。长展公司主要生产高档家具板、防滑覆膜板、花架板、贴面胶合板等，有员工二三百人，生产线十多条，规模不算大。厂房里整齐地码放着各样板材，工人们在静默地按部就班、有条不紊地作业，有人询问时才会简单作答。

姚苡对创业者总是心怀敬意，试想这大片生产土地的获得要经过怎样一个复杂的审批流程；这些厂房、这一个又一个流水线，是如何一砖一瓦、一点一点建立起来的；这里面的员工是如何由个位数到十位数再到百位数一点点增长的；那些高高堆积着的产品又是怎样从无到有、由少到多的。

每一个创业者都不容易，筚路蓝缕，其艰辛程度可想而知。

今天，长展公司作为本次书画家采风活动的支持单位，也无非是借活动来扩大影响、提高企业知名度。

大家走着走着便不见了薛菊。

姚苡偶尔会和暴风雪有一个简短的目光相交，每当这时，他总会主动过来跟她打招呼。姚苡偷眼瞟了一眼庄汶泽，他就在不远处正四处看着呢，边看边拍照，大概是为接下来要制作的公众号做准备。姚苡隐隐期待着他能向她这边走过来，而庄汶泽好像有点心不在焉的样子，似乎也在远远地搜寻着她的影子。

对于男女之情，姚苡以为自己早已经厌倦了那样一种游戏，自几年前与前任分手之后，她就不再爱任何男人，心早已千疮百孔，被伤透了。任何男人都很难开启她的心门。她也再不敢去爱了。

有花开就会有花谢，有激情燃烧的时刻，也会有心如死灰的那一天。姚苡对这一规律是早已亲身体验过了的，要想不在其中受伤，唯一要做的便是不开始。

但好感总是会在不经意间产生，自那次她出版第一本绘画作品集开了发布会，为在书画家协会公众号做一次宣传，她认识并与庄汶泽深入交流过几次，后来又见了他之后，春心再次萌动。

长相好的男人总是会让人在不觉中惦记着，总是会让女人产生一种欲据为己有的强烈欲望，庄汶泽就是这样一种男人。

姚苡在书画家协会的圈子里看到的庄汶泽一直是稳重老实、斯文有礼的，没见过他跟哪个女人暧昧不清。

而且最主要的是，庄汶泽似乎对她也很有好感，做公众号时常多挑选些她的照片放上去。

姚苡和书画协会秘书长宋婉玉是老朋友了，这会儿走着走着就又碰到了一起。宋婉玉喜欢拍摄，她制作出的美篇、短视频什么的总是图文并茂、颇具美感，文、图、美妙的歌曲，组合起来总会给人留下难忘的印象。

这会儿几个熟人碰到了一起，便拍起了照片。

3

姚苡在长展公司的车间里多待了会儿，等她和几个会员慌慌张张地赶到新画册发布会的现场时，书画专委会主任尚奕达正在逐一介绍出席本次活动的各位嘉宾。

桌上有席卡，姚苡很快便找到了自己的座位，开始听茂县书画家联合会主席、曼城书画家协会副主席、采风地镇长讲话。之后，尚奕达点名各位书画家发言。

庄汶泽离开座位，举着手机这儿那儿地拍照，表情淡淡的。姚苡的心中也是波澜不惊。她在来的路上已经准备好了发言的内容，所以一点也不紧张。

书画家们轮番发言，有的简短说几句，有的介绍了自己为这次采风新创作的画作。沙歆曼则朗读了尚奕达的一首诗配画作品中的小诗，音调很高，动作、表情、手势略有些夸张，这让姚苡想到表达的节制。女画家薛菊也发言了，她念了一首一路上匆匆写就的小诗，大声地，丝毫不怯场地，旁若无人地。对这一点姚苡非常佩服，敢于把一首在她看来不过是一段大白话、分了行的“白开水”当着众人的面面不改色心不跳地念出来，这本身就需要勇气。而她，没有这样的勇气。

暴风雪也发言了，姚苡当时都没听清他说的是什么，后来看他发群里的发言稿全文，才知他夸赞了画册印制精美，为这次来茂县采风感谢这个，感谢那个，感谢了一大圈子人。

尚奕达也点到了姚苡，要她发言。他一开始一次说了几个人的名字，其中有姚苡，不过姚苡没接着发言，话筒就传到别处去了，尚奕达就又点了那一边的人来说几句。老刘、老王也都发言了。老马忙着摄像，整个发布会上他一直忙忙活活的。

时间差不多了，尚奕达最后点名让苗新卉大姐高歌一曲，算是为今天新画作的发布会画上一个圆满的句号。白白胖胖的苗大姐没有推辞，爽快地答应了。她当着众人高歌了一曲《父老乡亲》：“父老乡亲，啊，父老乡亲，树高千尺也忘不了根……”

苗新卉镇定自若地站在活动主席台前的空地上，手持话筒演唱，不时还辅以手势倾情演绎。整个会场的人都沉浸在这新作发布会现场的歌声里。尚奕达喜欢以这样看似很不搭的安排来调节气氛，比如上次，在姚苡第一本画作出版开发布会时，尚奕达甚至安排某位热心的读者来了段快板，表演现场还说书了呢。

庄汶泽好像也没有发言，不知怎的尚奕达把他也给漏了。

4

发布会后，大家一起乘车去另一个乡镇吃午饭。

午饭前，姚苡和薛菊、苗新卉大姐，还有其他几位画坛的新朋旧友坐一起聊天、拍照，庄汶泽、暴风雪他们不知去了哪儿。

午餐很丰盛，杯盘碗盏摞得层层叠叠，鸡鱼肉蛋、菜蔬汤羹，各种形状的盛器，各种菜式的美味，姚苡和她的一帮书朋画友们一一享用。苗新卉大姐是个活跃的人，午餐进行了一段时间之后，她就开始和另一位男士一起唱起了二重唱：《为了谁》《老家》……二人配合默契，很是合拍。

脱去外套，露出橘红色毛衣的苗新卉体态丰腴，胸部高高耸起，比平日里靓丽了许多。众目睽睽之下的她丝毫也不紧张，表情动作自在随意，极为放松。她热情的笑容几乎感染了在场的所有人，大家一起随着歌声拍手叫好，大声嚷着再来一个。

姚苡看到苗新卉和她的新搭档，想起了以前常和她在一起的她的那位旧日好友。苗新卉新画册刚刚印制出来时，因为印制出现了瑕疵，她的那位“旧友”情绪很是激动，扬言要告负责印制的老马，告他侵犯肖像权、名誉权，甚至要索赔。后来一帮人帮着想办法，把问题解决掉之后他才肯罢休。

这位新搭档无疑更年轻，却是一样的土气，过来开发布会时穿了身皱皱巴巴的运动装，有人笑他，他一脸的不屑，说：“这是名牌，你不懂，不识货，我跟你说什么？！”

苗新卉的舒展自如是显而易见的，她就像一朵盛放的鸡冠子花，虽不十分清丽，却也枝枝叶叶尽情绽放。这让姚苡想起一首歌的歌词：想要怒放的生命……

苗新卉自从加入曼城书画家交流协会之后，她在歌唱上面的成长进步是迅速的。姚苡这几次参加活动见到她时，总能欣赏到她当众展示歌艺的精彩画面。

这餐饭美味可口。姚苡顶喜欢那每个人一套的青花瓷餐具，碗、盘、杯、盅、筷子、勺子，漂亮的餐具总能带给人以食欲。各样美食堆满桌子，这是主人在表达他的盛情款待之意。让姚苡最喜欢的还是这些团体会员的单纯，他们加入进来仅仅是因为热爱书画，他们彼此欣赏，互相支持，个体加入这个集体中之后便渐渐有了自信，敢于在人前展示自己的作品，哪怕那作品其实非常稚嫩，在成熟的书画家眼中是粗糙，甚至是可笑的。

一屋人先是同桌一起喝，之后一对一或一对多单独喝，然后是与别桌一起来来去去地串桌。

有苗新卉和搭档的歌声提神，这餐饭从头至尾气氛热烈，一吃就是好几个小时。

5

饭后一行人启程去果都大观园。上车后姚苡和薛菊换了位子，她想坐在靠窗的地方看风景。原本庄汶泽和姚苡只隔了个过道，这下中间又隔了薛菊，两人之间的位置明显拉远了。姚苡翻了翻微信，看到了之前发给暴风雪的那张画作下面他点的数个赞。

“观乎品盛，旷世奇珍富士红；大哉乾元，黄河神韵故道风。”书画家们在园区门口照例是拍了一张大合影，然后各自进入园区。

深秋时节，园内整洁有序，一条宽大的路面在眼前向前伸展开去，路的两旁是草坪花木丛竹，霜降过后，梨树已有了枯败的颜色。向里走，一对对石马、石象、石麒麟立在路旁红的石座上，显得庄严肃穆。

不久他们便来到了一位清代名臣的纪念馆。据景点名牌介绍，这是位数朝重臣，“官居直隶总督、太子少保、兵部尚书”，一生刚正不阿，深受皇帝重用及民众爱戴。

穿过纪念馆，是一座桥，往里去是树木夹道。已是秋深时节，路上、树下有着零星的落叶，叶片锈迹斑斑。若再过一些时日来，只怕是遍地枯黄、叶落满眼了。

景色宜人，姚苡与薛菊互拍了几张照片，其中一张是姚苡与尚奕达的合影照。尚奕达让薛菊帮他拍与其他人的合影，薛菊也很乐意。尚奕达一直看好薛菊，说她的画作有灵气。在刚刚的发布会上，尚奕达先点的几个人中就有薛菊。

庄汶泽和暴风雪这会儿又不知跑哪儿去了。这两个人总是喜欢单飞。

“敏于事慎于言所在为民请命；达乎德明乎义终生替君分忧”，姚苡低声念着这副对联，在名臣大殿里观看后，旋即离开，来到外面台子上拍照。女人总是喜欢照相，而且一照起来就没完没了的。姚苡如此，薛菊如此，苗新卉和宋婉玉一样如此，而沙歆曼就更不用说了。

从名臣纪念馆出来，便是青春行广场和知春亭、茂县精神纪念馆，这几个地方都是匆匆忙忙的行程，停留了没多大会儿。

6

茂县湿地公园离得不远，面积不足四百公顷，有生态保育、恢复重建、宣教展示、合理利用、管理服务等五大功能分区，景区内蒲苇、水塘处处，周围长有乡间常见的杨柳树、大槐树等。据说这里的银杏、水杉、野生大豆、莲为国家级保护植物，东方白鹳、红隼等也为国家级保护鸟类……

姚苡经常参加书画联谊会组织的各项采风活动，湿地类的风景也看了不少，此刻她的注意力不在风景上，不在正接受记者专访的尚奕达身上，不在一个人单逛的暴风雪身上，不在老马老刘老王身上，而在正忙着和一帮女士合影的庄汶泽身上。

沙歆曼、宋婉玉、苗新卉，正热情地拉着庄汶泽，亲昵地贴近他的身边，拍照。庄汶泽像个当红的偶像，来者不拒，和一个个美女做着亲昵的动作，或亲吻，或搂抱。此刻，轮到书画家协会副会长沙歆曼了，热情奔放的沙女士一屁股坐在了庄汶泽的大腿上，被庄汶泽一把揽进怀里……

姚苡在一旁看呆了，她觉得，在她心里，有一根丝线蓦然断掉了，迅速地。

一首歌悄然在耳畔响起：风停了雨住了，为何你还在流泪？是否在你的心里，还惦记着那朵玫瑰？噢，你心中盛开的玫瑰，它让你陶醉让你流泪。吹不散的记忆，把它从你的梦里找回。噢，秋天里的那朵玫瑰，你不再高贵不再完美。过了这个秋季，它就会老去就会枯萎……[①]

姚苡向远处望去，薛菊正走向暴风雪，要他帮忙拍照。暴风雪答应着迎向她，接过了她手里的相机。

① 文中歌词来自歌曲《秋天的玫瑰》，词作者：绿柳。

作者简介

AUTHOR PROFILE

姚京佑，侗族，湖南新晃人。中国剧作家协会会员，中国少数民族作家协会会员，北京微电影产业协会会员；中国诗歌研究院院士、博士，燕京文化集团客座教授，中国世界民族文化交流世促会特约研究员，青年文学家杂志理事，2022 年、2023 年两度被评为青年文学家作家理事会优秀作家。1991 年研修于中央戏剧学院戏文系高研班，创作广泛，发表及获奖各类文艺作品：诗歌、散文、小说、戏剧、电影文学剧本等。

因为爱情有蓝天

1

“恭喜发财！”蓝天给光明医药公司董事长的女儿田健英通电话，第一句话想给在北京的田健英一个惊喜。

“发什么财啊？天上掉馅饼了吗？先挂了啊，我在给实习生讲课。”田健英在自己的实验室与蓝天通话，她身旁还有两名女实习生。她没让蓝天往下说就挂了电话。

电话再次响起，田健英不经意地接起电话：“又是你这个捣蛋鬼，什么事快说。”

蓝天的声音传出：“我遵照董事长之命，拨了两个亿划入你的北京账号。”

田健英大吃一惊：“老爷子疯了，拨那么多钱在我账号上干吗？”

“当然是希望你在北京大展宏图啦！噢，电话里不多说，我马上飞北京，详情见面再谈。”

这是一个晴朗的夏天早上，蓝天放下电话，坐在深圳的一栋大楼办公室里。烈日烤炙着干燥的房子，使墙面蒙上一层灰色的尘埃，只能放下百叶窗遮挡强光。

蓝天走向窗前，望着远处的花园，一群飞鸟在树林上空展飞。他仔细望去，那是一群鸽子，它们自由自在地飞舞着。突然，一只鸽子惊叫着落于大地。

蓝天想着心事，没有观察飞鸽落地的情景，他在想着这个快节奏的商业城市，生活在这里的人们是怎样工作，怎样娱乐，又是怎样发展的。这里的夏天使人厌烦，但这里的人们又似乎已经习惯了。这里的市民很勤劳，“但目的不过是为了发财”。他们对经商特别感兴趣，用当地话来说，最要紧的是做生意。当然，这里的人们也有一般的生活乐趣和享受。例如：男人喜欢女人，特别喜欢漂亮女人陪着他们喝酒或去海边沐浴，但是他们很有分寸，把这些娱乐安排在星期六、星期日，其他日子里则设法多赚些钱。下午下班后，人们按时在咖啡馆相聚，在同一条林荫大道上散步或者待在阳台上聊天。年轻人喜欢找一下短暂而强烈的刺激，有钱的成年人，则喜欢跑跑滚球俱乐部，或参加联谊团体举行的宴会。

从蓝天此刻的表情来看，他在安静地望着窗外的风景，其实多少年来，他一直安静而耐心地等待一个中意人，宛如渔翁垂钓，宛如神话中的王子耐心等待公主，这种耐性只有能控制住自己躯体和感情的人才具有。他是北京人，有一副运动健儿的好身材，英姿勃勃。他那双有神韵的眼睛，闪射出了深谋远虑的胆识。

此刻，他在窗前徘徊，突然办公桌上电话响了。他急忙拿起话筒。

电话是从广州打来的：“蓝天助理，请您认真听，我们全乱套了，事故发生得太突然，来不及营救，光明董事长染上鸟瘟，昨夜 11 点离开了我们。”

这真是晴天霹雳的噩耗。

光明医药公司是在世界上有影响的知名公司，拥有九百亿美元的资本，分公司遍布世界各地。田董事长走了，这简直不可思议，他生前总是那么生气勃勃，充满活力，似乎有着用不完的力量，他一年到头争分夺秒地到处奔波，经常乘飞机到世界各地的分公司和附属厂检查指导工作。他每到一地，不是解决棘手的问题，就是提出崭新的主张，促使人人做事尽力，个个工作认真。

他虽然早已成家，但妻子因病去世多年，留下一个千金宝贝，那就是田健英。田健英毕业于北京的医科大学，又在意大利著名的帕多瓦大学进修几年，拿到博士学位后，她回到北京，在父亲的支持下，投资一个亿在北京建办“心血管科研所”。

田光明才华出众，能力非凡，谁能来接他的职位？他留下的宏伟的产业，何人有能力来管理？董事长还未选好接班人，但是他也绝不会想到自己在 60 岁就结束了生命。

他以为还有充分的时间挑选继承人，然而命运残酷地破坏了他那美丽的蓝图。

公司的秘书走进办公室，她名叫双凤，年龄大约 25 岁。她也是北京人，她的脸型俊俏迷人，表情丰富，体态丰满，腰肢柔软，富有风情月意。她曾向蓝天暗示，只要喜欢她，她就会给他欢乐，能使他满意。然而这个董事长的助理对她并无此情趣，因为蓝天心中装着的女人是田健英。

双凤扭动着身子走近蓝天：“又在想董事长的千金是吗？”

“别开玩笑了，公司发生了灾难，你知道了吗？”

“什么灾难？”

“田董死了，死于鸟瘟，这值得怀疑……”

双凤大惊失色：“不可能，不可能，什么鸟瘟？没听说过！田董不会离开我们的，你从哪里听来的消息？”

“刚接到广州分公司打来的电话，田董才去广州三天就发生这样的事？我们该如何把这个噩耗告诉健英？我刚给她送了一个好消息……”

双凤沉重地说：“我现在能帮你干些什么呢？”

“赶快订机票，我们都去广州。”

2

田健英与两个实习生走出实验室，在过道楼梯口发现一只死鸽子。实习生付晓雪用脚踢开，田健英指责道："不能这样，快捡起来丢进垃圾箱。"

"怎么会有死鸽子？"实习生吴海英问。

这时公司职员杨雄跑上楼，在仨女子身旁显得有些惊慌："我的鸽子，把它带到北京来，是想帮助它摆脱死亡，可怜它还是没有躲过死神的安排。"

田健英惊愕地问："这话怎么说？"

"广州闹鸟瘟，我前几天回去了一趟，就把家里养的几只鸽子带到北京来了。"

"赶快把死鸽子处理好。"

话刚说完，手机响了，她急忙接电话。是蓝天打来的，他把田光明的死讯告诉了她。

田健英听到这个消息，惊得天摇地动，口中发出一声惨叫，她似乎要晕倒了："我的爸爸不会死。"

实习生晓雪和吴海英扶着田健英，意识到发生了不好的事情。杨雄小心翼翼地问："田大夫，发生什么事了？"

田健英说："广州发生了鸟瘟，深圳也有了，听说鸽子都逃不过厄运。杨雄，你还从广州把鸽子带来，特意让我观看这悲惨的情景是吗？"

杨雄大惊失色道："我不懂啊田大夫，我的鸽子与田董的死有关系吗？"

田健英凝视着杨雄："你怎么知道我家老爷子死了？"

杨雄吞吞吐吐："不知道，我怎么知道，我不知道啊……"

田健英艰难地咬着牙说："你们去安排一下，我立即飞往广州。"

3

蓝天沉重地思考着：田光明的死讯必须通知他的家族成员，而这些成员分散在世界各地，必须迅速发布讣告。这个新闻将像冲击波一样传遍国际金融界。公司当前正面临着经济危机，要想办法缩小田光明死亡所引起的负面影响。这一切都压在他的肩上。

蓝天进入光明医药公司已有五年了，他如今30出头了，在25岁时毕业于北京医科大学，田健英是他的同窗。是健英在出国深造前把他引进这家公司，成为田董的助手。记得第一次与田光明握手时，田董热情地说："我的女儿多次在我面前提到你，夸你精明强干，才华横溢，富有创造性，我想我的女儿可能喜欢上你了。"

蓝天当时很幽默地回答："田董，我与田健英的缘分，也许是同桌时期开始的，当我第一眼发现身边有一个漂亮的女同学，我就在心中把她珍藏起来了，她自己也许还不知道这个秘密。"

田光明当时乐了："哈哈，蓝天你真行！努力干吧，希望早日将这秘密公开。"

蓝天高兴地回答："我也是为了爱情才进入田氏家族的医药公司，我会为了我的爱情而更卖力！"

田光明满意地说："好！小伙子好好干！我发现你和我有共同之处，我们两人都有雄心壮志，都想把整个世界变为己有。让我们努力去实现这个宏伟的目标吧。"

蓝天继续追忆着与田董相处的点点滴滴，这位长辈既是他的恩师又是一名杰出的导师。在这五年中，由于田董的亲自教导，蓝天已在公司成了一个举足轻重的人物。随着时间的进展，田光明让他挑的担子越来越重，让他领头组织创建了许多分公司。世界各地的分公司出了问题，就派他到那里去处理。田董让他通过工作协调田氏家族及各分公司之间的关系，蓝天也不负众望，提出各种创新的主张。董事长的心里明白，将来只有他蓝天能够管理好这家公司。但在目前，蓝天不是公司的董事会成员，因为这是家族公司，公司有规章制度，这个家族之外的任何人都不能参加董事会，也不能占有股份。

蓝天当然知道这一点。每次的董事会他都参加，但不作为董事成员，而是作为一个局外人。田光明是这个家族血统中最后的一个男人。田氏家族的其他人都是女性，她们都是田光明的堂姐妹。因此，堂姐妹们的丈夫也参加董事会。堂姐田蓉的丈夫是杨中新，堂妹田红的丈夫是朱旺发，还有一个小堂妹田桂英，她的丈夫是张有青。蓝天经常在心里想着，等我和田健英办了结婚手续，我也将会成为其中的重要一分子。

4

田健英在出行广州之前，突然想到去打开电脑检查一下邮件，当她发现邮箱里出现的神秘信件，她一下惊呆了。文字内容：田大夫，您父亲的骨灰即将被送往北京西山墓地，广州之行就免了，这也是为了您的生命安全，我们特意安排，请理解。不多叙。黑鸽子敬言。

田健英思考着，深感莫名其妙。她悲伤地靠在沙发上，木然地凝视着天花板。夏天的强光反射在天花板上的图案斑驳陆离、变幻无穷。

心胆俱裂的痛苦向她袭来，但她没有服镇静剂，因为她要体验这种痛苦。此时她的脑子好像变成了真空，又似乎装满了各种各样的事情、各种各样的回忆、各种各样的感情。痛苦的深渊，把悲痛引到过去，使她回到了和父亲在一起的年月里。

她悲怆地躺着，任凭回忆的浪潮猛力冲击，她在翻找着以往的记忆。

田健英的出生给父亲带来了沉重的负担，她的母亲在她出生后患了风湿性心脏病，在她五岁时就丢下父女俩离开了人世。

在母亲怀胎的九个月里，田光明一家人都以焦急的心情等待着即将诞生的孩子，他将是那个拥有几亿美元资产的田氏家族的继承人。然而，来到这个家族的却是个女孩儿。母亲就是带着这种精神枷锁整日郁郁寡欢，以致病情加重，不可挽救。

母亲去世后，童年时期的田健英很少见到父亲，父亲的形象很模糊，如同一个来去匆匆的陌生人。田光明到处奔波，他把女儿交给保姆照料，在田健英童年的印象中，保姆是她最亲的人。保姆是北京人，田健英被常年寄养在保姆家里，因此她是在北京成长的。从小学到中学，然后高中到大学，她都是在北京上学，未上大学之前，她是一个拥有暂住户口的北京人。

她的保姆也姓田，因而田健英从小称保姆为姑姑。姑姑名叫田秀兰，昌平区回龙观村人，是个美丽而善良的农村妇女。改革开放初期，田秀兰考了一个驾照在市里开出租车。那时田光明来北京联系业务，坐上了田秀兰的车。田秀兰性格开朗随和，田光明当时很有兴趣与她交谈，无意中谈到自己的家务事，说起他想请一个好保姆照顾年幼的女儿，他说只要人好，他愿出高价。田秀兰听后动了心，说她愿意当这个保姆，但有一个条件，把孩子送到她家里来。她说她丈夫是教师，空余时间可以教孩子学知识。田光明一听非常高兴，他感觉坐上田秀兰的车是一种缘分！就这样，田光明在出租车上找到了一个好保姆！然后，田健英就变成拥有暂住户口的北京人了。

田健英记起，在母亲病危之前，家里就请了一个保姆带她。那时是在深圳的家，父亲在深圳的职业介绍所引来一个二十岁左右的年轻姑娘。姑娘名叫唐小翠，是四川人，高考落榜后感觉前途黯淡，于是奔往深圳打工。因她盲目出行没有准备，在人才市场转悠了一个月仍然没找上合适的工作。小翠身上带的钱差不多快花完了，那天就碰上了田光明问她愿不愿意当保姆，她为了能在深圳解决吃住问题，答应了给田家当保姆。小翠来到田家后，特别喜欢健英，给她讲童话故事，教她唱歌，田光明看在眼里喜在心中。他看着女儿跟小翠很亲热，便高兴地说："小翠，你跟健英很投缘。"小翠回答："带健英能培养我的耐心，我想在将来的一天能当上幼师。"

田光明说能帮助她实现这个愿望，但必须在他家当一年保姆。小翠听后高兴地点点头表示同意带健英一年。但好景不长，不到半年时间，田氏家族中的一名男士盯上了小翠，对她不安好心，同时还想害死健英。

这名男士就是田蓉的丈夫杨中新。

5

田蓉爱上杨中新时，他还是个年轻的建筑师。当时田氏家族公司在深圳修建了几栋别墅，都是杨中新设计绘图、策划、主持修建的一些项目。田蓉认识杨中新后，二人迅速地热恋，并很快举行了婚礼。田蓉长得文静秀美（外人说田家的姑娘似一群仙女），她感觉跟着这个男人会幸福一生。当杨中新成为一个年轻美貌的女继承人的丈夫时，他毫不惋惜地放弃了建筑方面的理想，来到光明医药公司工作。他被留在深圳担任公关部部长，他坐在富丽堂皇的办公室，野心勃勃、不可一世。

杨中新在公司人缘好，他聪明有才，人人都喜欢他。他总是笑容可掬，亲切宜人，朋友们都羡慕他为人和善，脾气温和，但不知道他那笑容背后隐藏着阴暗的一面。事实上，他的感情易冲动，如果他憎恨一个人，他甚至可以把这个人给杀死。

他为自己的婚姻而沾沾自喜。田蓉沉浸在爱情的迷雾中，没有发觉自己的丈夫是一个寻花问柳的花花公子！婚后没几个月，杨中新在外面遇上一个流浪歌手名叫索拉稀，歌手对杨中新说这名字是她的音乐符号——567！索拉稀说话带有音乐感，表情丰富得使男人一见就情火燃烧。这样的一对男女，一见面就像两个行星碰撞时发生的爆炸一样激烈，见面不到半天就滚在一床了。杨中新为索拉稀买了一套漂亮的公寓，后来又为索拉稀出资制唱片。他为这个流浪歌手花费了许多钱，但这位歌手的胃口却越来越大，在杨中新快要招架不住之时，他突然发现了唐小翠，于是就发生了以下的惊险故事。

6

有一天，索拉稀去妇产医院检查，发现自己怀上了杨中新的孩子。于是她把杨中新叫来，把医院的检查单子放在杨的手中说："我已怀上了你的孩子，你该怎样安排我？"

杨中新当时显得高兴，说："那太好了！我有一个千金，我真希望你能给我生个儿子！"

索拉稀说："你想得太简单了吧，我没名没分的怎么给你生儿子呢？"

杨中新想了想说："有办法，我出一笔钱，给我的孩子找一个假爸爸……"

索拉稀一听发火了，说："别把我当商品处理，我要跟你结婚。"

杨中新为难地说："你突然怎么会产生这种念头？你这不是害我吗？你明明知道这是不可能的啊！"

索拉稀沉着脸吼起来："是我害你啊还是你害我呢？你想想，今后我跟孩子怎么生存？"

杨中新果断地说：“我出钱啊，只要有钱就能让你永远享受幸福。”

索拉稀逼视他问：“那你打算给我多少钱？”

杨中新试探地问：“你想要多少？”

索拉稀冷笑着说：“好啊，我们今日成了讨价还价的生意客了！那我也不讲客气了，你必须给我五百万美金，如果少一分一厘，我就上门找你老婆……”

杨中新吓坏了，急忙说：“姑奶奶，求你千万别去见我老婆，这五百万数额太大，我得慢慢想法子。”索拉稀沉着脸说：“给你两个月的期限，超过一天，我就上你家……”

杨中新离开索拉稀时，在心里苦叹着想，真不该去碰这样的恶女人，还说不把自己当商品，这种商品是世界上最昂贵的价格！

杨中新回到办公大楼的楼梯口时，正发现唐小翠背着小侄女也在那儿。侄女田健英亲热地问杨中新：“杨姑爷，我爸在楼上吗？”

杨中新望着唐小翠眼睛发直了一会儿，然后问道：“你是新来的保姆？”唐小翠冷着脸没有回答。

田健英快言快语地说：“我爸爸不准提‘保姆’这两个字，杨姑爷您要记住了啊。”

杨中新赔着笑说：“对对对，她是你阿姨，听你爸说很有文化，那我就叫家政姐姐吧，这回对了吧？”

“我爸在公司吗？”田健英又问。

“你看，我都忘了回答你哩，小乖乖，你爸爸今天特别忙，他在外面有业务。”

杨中新突然思考着什么，顷刻间一计在心，他眉开眼笑地说：“到吃午饭的时间了，我请你们吃西餐去好吗？”

唐小翠说：“不去，谢谢您，今天健英不太舒服，早上总喊肚子痛，我想让田董带她去医院看看。”

“我现在不痛啦，我要吃西餐。”田健英在小唐背上舞动着小脚喊着。

“很好！姑爷带你们先去吃饭，然后送你们去医院，健英的爸爸现在特别忙，今天我就代劳了。”

杨中新转身抱起田健英，把她送进自己的轿车里，然后朝唐小翠挥手，意思是让她上车。小翠钻进车里，又把田健英抱在身上。杨中新的轿车驶向一家麦当劳。停车后，他领着二人走进餐厅。端来食物，他叫二人慢慢吃，自己却离开座位，去了洗手间。

大约二十分钟，没见杨中新回来，田健英问小翠：“阿姨，我杨姑爷到哪儿去了，怎么还不回来？”

小翠正想回答什么，一个陌生男人走近她们身边笑眯眯地问：“你是叫田健英吗？”

田健英睁着大眼：“我不认识你，你是谁？”

陌生人说：“我是你爸的手下人，刚调到你爸的公司不久，你可能不认识我。你爸刚才回到家见不到你，他就着急了，后来他给杨姑爷打电话说点公事，杨姑爷告诉你爸说你们在这里，然后要忙去办一件重要事。”

唐小翠怎么也不会想到这人是杨中新派来的绑架黑手，一点警惕心也没有便上了陌生人的车。

7

陌生人开车驶向一栋漂亮的别墅，把俩女孩儿引进客厅。只听房里的女主人索拉稀喊道：“喂，你出来，你带来两个女孩儿是准备干什么？”

杨中新的声音从房间里面传来：“她们就是你想要的五百万，你不是想从我身上刮油吗，这油得从她俩身上刮……”

唐小翠发现情况不对，想喊救命。声音未出，即被人塞了嘴。

索拉稀被这情景吓坏了，喊道："姓杨的，你出来，我没有逼你干违法的事，你想绑架人，这太伤天理了！"

田健英吓得哭起来，陌生人狠抽她一耳光，打得田健英鼻子流血。

"你要再出声音，我把你一刀砍了。"陌生人威胁田健英。

唐小翠颤抖着身子说："这是为什么啊，我们无仇无怨的……"

杨中新从里屋出来，指着索拉稀说："这个女人跟你们有仇，她恨田家的人，是她逼我向田家敲诈巨款！现在只能委屈你们配合我。"

索拉稀愤怒地吼道："你胡说，我真是瞎了眼，跟上你这么一个王八蛋！"

"说得对，我俩都瞎了眼，你不逼我，我会走这一步路？我拿不出五百万，到时你若迈进田家门槛，那么我的惨景更是不敢想，没法子啊，我只能先动手为强。现在你也必须跟我配合，才能拿到五百万。"

索拉稀悲观地说："现在我一分钱也不要了，你把人放了，求你别连累我。"

杨中新从身上掏出手枪威胁："不行啊，亲爱的，你要不听我的话，先让你的脑袋开花。"

索拉稀吓傻了，说道："你想要我干什么？"

"给田光明打电话，让他拿五百万美金来赎回自己的女儿。"

"那你以后还能在田家端饭碗？"

"没有以后，走一步算一步。"

"好，我听你的，放下那吓人的东西吧。"

杨中新收好手枪，拉着索拉稀走向座机电话，拿出电话记录本，他用手指着，叫她打那个指定的号码。

田光明办公室的电话响了，他提起电话不忙不紧地问："喂，哪里？"

索拉稀望了一眼杨中新，说道："我是你的一个亲戚，我现在特别缺钱花，想向你讨一笔……"

田光明回答："这位女士开什么玩笑？"

"不是玩笑，你的女儿在我手里。"

索拉稀把话筒交给健英说："你喊一声爸爸，叫他送钱来。"

田健英哭着喊道："爸爸，我好怕！"

田光明听到女儿的哭声惊得肝胆欲裂，问道："健英，你在哪里？"

索拉稀抢过话筒说："已经告诉你了嘛，她在我的身边，现在很安全，不过，超过一定的时间就不敢保证啦。"

田光明不假思索地回答："我给钱，我给钱，给你五百万美金，到什么地方取？"

索拉稀说："不准骗人，如果玩花样，我会撕票的！"

"你要保证不动我女儿的一根毫毛，五百万美金算不了什么。我们都要守信，快约好地点。"

索拉稀又看了一眼杨中新，意思让他定地点。杨中新用手指指，暗示她自己定地点。于是索拉稀说道："今晚 10 点钟把钱放到大剧院门前的垃圾箱里。"

索拉稀挂了电话，无奈地叹着气。

杨中新满意地点头："配合得很好！任务艰巨，要继续发挥你的战斗力！"

8

田光明害怕女儿被害，不敢报警，按约定的时间和地点把钱送了去。

陌生人开车带着索拉稀把钱取回来，三人在客厅里数钱。唐小翠和田健英还被关在卧室。陌生人把数好的钞票装进麻袋里，杨中新转身走向陌生人身后，掏出手枪瞄准陌生人的后脑勺射击。陌生人做梦般倒下，索拉稀吓得身子发抖，说："这笔巨款使你变成魔鬼了吗？"

杨中新没有说话，又举枪瞄准索拉稀的胸口射击，索拉稀的胸口溅着血花朝天倒地。杨中新把俩女孩儿放了出来，拉着小翠走近两具尸体前发狂般地说："让你参观参观，这是他们的下场。"

唐小翠吓得魂不附体，求饶着说："放我们一条生路吧，我们不会报警的。"

杨中新拍着小翠的肩说："不要怕，我舍不得杀你，今后你就是我的老婆了。你也看见了，我有了这么多钱，够你享受荣华富贵了。咱们今晚睡个好觉，明天我就带你远走高飞。"

唐小翠哭丧着脸说："我不要你的钱，你放我们走吧。"

"不行，你别想得太简单了，我放你出去报案吗？"他将唐小翠推回卧室，边脱衣解带边说："乖乖地做我的老婆，你若反抗，也是那种下场知道吗？"

唐小翠畏缩在墙角下发抖，田健英吓得转身用手蒙住双眼。杨中新像恶狼捕羊一样抓起小翠往床上扔，接着强暴了她。完事后他穿好衣服，从冰箱里取出食品，拿出一瓶啤酒，举起瓶子像喝水一样往嘴里倒。小翠带着羞辱和仇恨，不哭不闹，毫无表情地盯着这个魔鬼。不到二十分钟，杨中新醉了，他朝床边倒去。唐小翠走向厨房，找到一把斧头，她提起斧头走近杨中新，举起斧头朝他的头劈去。杨中新在惨叫声中丧命。唐小翠却慌了神，对田健英说："怎么办？我杀人了是要抵命的！"

田健英想了想说：“翠阿姨不要怕，我帮你作证，这个坏蛋不是你杀死的。”

小翠问：“那又是谁杀了他呢？”

田健英说：“死了的那个阿姨！”

“死了还能杀人吗？”

“翠阿姨，你现在一点也不聪明……”

“哦，让我想想，健英帮阿姨变聪明起来……”

田健英不回答，她给父亲打电话，让田光明带警察来现场。田健英放下电话望着小翠说：“阿姨，你快把衣服换了丢进洗衣机洗掉那个血迹，去衣柜里找一套合身的穿上。”

小翠慌张地说：“这下子你好像长大了，我却变小了啦！”

“我知道，阿姨心里慌得没主意啦，阿姨干了件大事啊，这个事情干得太好了！”

唐小翠走向索拉稀的衣柜，翻了一会儿总算找到一套合适的红色连衣裙，急忙穿上。田健英看着拍起手说：“太好了，就穿它吧。”

田光明带着警察赶到时，洗衣机已洗好衣服，小翠没取出，让它放在洗衣机内。田健英哭着抱住父亲的腿说：“爸，我的杨姑爷被地上的那个阿姨打死了。”

田光明搂着女儿泪水直滚：“健英，你没事就好！告诉警察叔叔，是谁绑架了你们，你慢慢地说。”

田光明一进门只顾搂抱女儿，还未发现身旁的杨中新，当他突然见到此景大惊失色。

“啊，杨中新怎么会在这里？”

“是他绑架了我们。”小翠回答。

“天啊，怎么会是这样？”田光明满头雾水。

“爸爸，他们三个争着要分那五百万，然后吵起来，杨姑爷就开枪打死了陌生叔叔，然后杨姑爷抱酒瓶喝酒，他喝醉了倒床睡觉，地上的阿姨就拿起斧头把他劈死了。杨姑爷未死之前还作过挣扎，他把手枪举向地上的阿姨，就这样，两个人一起死了。”

警察望着唐小翠问：“是这样吗？你看清楚了吗？”

唐小翠镇静地说：“是的，他们为了挣钱互相残杀。”

“小孩子不会说假话，这案子很清楚了。小孩儿没事就烧高香了。”田光明说。

“不对啊，杨中新今天一直在办公室啊，他……等等，我给他家里拨个电话。”田光明抽出手机给堂姐田蓉打电话。

“喂，蓉姐，中新在家吗？”

田蓉的回话：“在啊，他在床上躺着呢。你找他有事？我去叫他起来。”

田光明惊愕得声音变了调：“哦，已深夜了，不好意思打搅他。”

田蓉的声音：“是啊，现在十二点半了，有什么重要事明天再说吧。”

田光明挂了电话对警察说：“这个人不是杨中新。”

田健英急忙说：“爸爸您说什么啊，这个人就是杨姑爷！”

“你的杨姑爷现在躺在家里睡大觉。”

“我不信，我不信。”田健英跳着说。

“你不信我把人叫起来跟你说话。”田光明欲从身上掏手机。

警察挥手说：“田总不用打电话了，看来这个案子并不简单……”

田光明已经被吓到了：“是啊，非常复杂！出现了两个杨中新，这个电话还是要打，叫活着的杨中新赶到现场来。”

“我看这样吧，我通知局里另派两名警察去传讯你的堂姐和她的丈夫来现场。”警察说。

“这也行，我们就等着观奇迹怪事了。”田光明说完抱起田健英。

“爸爸，杨姑爷真的还在，那么这个人又是谁呢？我怕啊爸爸。”

9

门铃响了，田光明走过去开门，两位警察走了进来，随后进来的是田蓉和杨中新。唐小翠和田健英看见活着的杨中新不约而同地尖叫一声。田光明抱紧女儿说：“不用怕，你看吧这才是杨姑爷。”田蓉惊愕地看着眼前情景，好一会儿说不出话来。

警察望着活着的杨中新问：“你认识这个人吗？”

杨中新很惊奇地看了看死亡的杨中新，平静地说：“我不认识他，也无法解释，这个世界真奇怪，有跟我同面孔的人，同样的服装，同样的身材……”

唐小翠睁大眼看着活着的杨中新，说：“我发现了有不同的东西……”

田光明看着唐小翠说：“不要怕，发现了什么尽管告诉警察。”

唐小翠说：“带我们到麦当劳吃午餐的是站在这里的杨中新的声音，后来躺下的杨中新与这个活着的声音不一样。”

众人把目光扫向活着的杨中新，他神情异常紧张，一会儿又镇静下来，说：“小保姆，警察听不懂你说些什么，你能不能说明白点！”

田蓉愤怒地望着唐小翠：“我好像有些明白了，是你串通一个假杨中新操作绑架案！我知道你穷得可怜，缺钱花，但你也不能干这样伤天害理的事。”

“姑姑胡说八道！”田健英喊了起来。

“你小屁孩一个知道什么，不懂就不要说话。”

“我就知道，带我们吃麦当劳的就是活着的杨姑爷。”

田光明突然面色剧变，冷冷地说：“姐夫，你一定认识这个跟你一模一样的人吧？”

杨中新红着脸吼道：“田光明，你不要玩着花样来栽我！我在公司干得出色，人人都认可，但我不会抢走你这个总裁的椅子，你的位子雷打不动，你不要眼红我。”

“这是什么话？”田光明被气得说不出话来。

“田光明，我听两位警察说了，我侄女被人绑架，敲你五百万美金，可是事实上你的五百万没丢这怎么解释？你要跟我老杨较劲，我也不会放过你……”田蓉凶狠狠地说。

田光明气得嘴在哆嗦：“我的姐！你好蠢！”

“我当然没有你聪明，我从来不会演戏。”

“你越说越不像话，你糊涂透顶，我劝你大脑清醒点，要不你哭的日子在后面呢！”

一位警察说：“别吵了，我们也明白了，这案子是家族矛盾引起的，现在你们这个家的人也没受伤，财也没受损，死者是局外人。”

“警察同志，你们不要怕麻烦，你们要弄清楚今天发生的事情。”田光明气愤地说。

杨中新挽住田蓉的手：“我们走吧，这里没有我们的事情啦。”

一位警察对杨中新说：“杨先生请跟我们去局里一趟……”

“为什么啊，就因为我与地上那个人长着同样的脸？”杨中新又紧张了。

另一位警察严肃地说：“杨先生别太轻视我们警察，我们这一行也不是吃白饭的。据我初步分析，地上的杨先生很可能与你有关系。总之，问题没弄清楚之前，你与这个人是脱不了干系的！你必须跟我们走。”

“我抗议！”田蓉喊道。

田光明讥讽道：“你抗议无效，必须服从法律程序。”

“田光明，你害人不浅！”

“我的姐！你总有一天会明白，害你的人是谁！”

警察带走了杨中新。杨中新走前回头对唐小翠说：“小保姆，你换上这条红裙子很好看！懂吗？”

唐小翠被这句话吓坏了，面色剧变。

田光明带俩女孩儿回到家，唐小翠把实情全部告诉了田光明。她流着泪告诉他，是她杀了那个假的杨中新，换上了真杨中新情人的红裙子。

田光明紧张地问：“小翠，你敢这么肯定？”

唐小翠说：“那个警察的分析提醒了我，我的脑子里一直回响着假杨中新与那女人的争吵声，假杨中新说的话就像从真杨中新的口里出来。我突然明白了，那个女人一定是真杨中新的情人，他的情人向他要一笔巨款，于是他就制造这样的绑架案，然后他把最后的任务交给假的杨中新。我认为，假的和真的一定是双胞胎，他们经常有联系，有沟通……”

田光明说：“这太可怕了，小翠，你不能留在深圳了。我给你一笔钱，你可以去读民办大学，我建议你去北京读书，总之，逃离这里。对了，医科大学我有熟人，你愿意学医吗？”

“只要能上大学，学什么都比现在强。”

“那好，就这么定了，我给你 100 万，我亲自送你去北京。”

唐小翠惊得睁大眼望着田光明：“给我这么多？我不能接受您的巨款！”

“这是酬谢费，没有你今天的勇气，我家健英说不定也没了。

假杨中新如果不死，五百万美金回得来吗？”

“我走后会不会牵连您啊？如果以后查出来是我杀了人怎么办？”唐小翠忧愁地说。

“记住了，这件事永远只有你、我和健英知道，健英今天知道这么做，她是把你当成大恩人，以后更不会说出去。”

就这样，唐小翠被送进北京的大学学医，四年后毕业被田光明安排在广州的分公司工作。送走唐小翠后，田光明把杨中新从公安局保了出来。他思前想后，只能这样保住家族团结和小翠的平安。那一起案子，一直像谜一样被搁在公安局的档案里，没有人诉讼，也没有人想着再去翻动这个案子。

10

田健英回忆到这里，杨中新的形象似幽灵般在她脑海里晃过。她在想，这个杨中新，后来自己要求调动，父亲把他派到纽约分公司负责销售。据说他后来与父亲关系很好，而且在纽约干出了大成绩。

电话铃响了，把田健英的思绪拉回到现实中。她急忙接电话，唐小翠的声音传来：“健英，是我。”唐小翠的声音透着悲痛的音调。

田健英听着这声音，感觉亲人就在身边，她突然流泪了：“翠姨！我爸……”她悲痛得说不出话了。

“我送田董到北京，咱们到西山墓地见，我有好多话要对你说。杨中新到广州待了一星期，田董就在这几天突然染上鸟瘟。健英，这里面有问题，我要调查，我在想，二十年前的案子可能要一起翻！”

“翠姨，您是说我爸是被人害死的？”田健英的声音带有恐惧的音调。

“百分之八十是这样的结论。要节哀啊健英，振作精神，咱们不能倒下！”

田健英放下电话，走出房门口，杨雄手捧着两只死鸽子迎面走来，说：“田大夫您看，我的鸽子全死了，它们就像人的命运一样，死神找上了，往哪儿逃都没用。”

此刻谁在田健英面前提到“死”字，都很刺激她，只见她突然疯了似的用力推开杨雄，吼道：“你为什么总要往我伤口上撒盐？”

“哦，对不起，对不起，我忘了田大夫还在悲痛当中！”

“田大夫，门口的警卫肖胜利生病了，病得很严重，好像是急症，您去给看看吧。”一位护士在楼道口对田健英说，然后急匆匆离去。

田健英匆忙下楼，看着另一名警卫扶着肖胜利走向急诊室。

田健英在工作间穿好白大褂立刻奔往急诊室。她摸了摸肖胜利的面额说：“好烫，烧得厉害，量量体温。”

肖胜利捂住胸部艰难地说：“肺部又热又痛，我从来没生过病，怎么一下子会成这样？可能是因为我在厂门口捡了两只死鸽子。”

“你今天捡了死鸽子？”田健英边给肖胜利量体温边问。

“那是杨雄从广州带来的，早上有两只飞到大门口，我在看着它们玩。一会儿鸽子发出一阵惨叫，我惊奇地看着它们的身体慢慢变硬。我就去捡起来，突然感觉手被猛烈地电了一下，然后杨雄跑了过去，说那鸽子是他的。”

“奇怪，他为什么没被电着？”田健英产生了怀疑。她抽出体温计仔细地看着。

“哎呀，40℃，快躺到床上去，先给你打一针看能不能退热。”田健英忙起来。杨雄捧着死鸽子走进来，田健英沉着脸喊道：“杨雄，你还想干什么？”

“我想让田大夫给看看，鸽子能不能复生。”杨雄装着很傻气的样子。

“你给我出去。”田健英舞起手喊着。

“傻帽儿。”护士在一旁对杨雄撇嘴。

杨雄不声不响地往外走，田健英又喊道：“回来，把你的死鸽子放在这里，我倒要看看这东西到底是什么变的？”

杨雄突然转身朝田健英微笑说：“我就知道您会收下它们的。”

“放到旁边那个盒子里吧。”田健英毫无表情地说。

杨雄把死鸽子放进那个白塑料盒里，他像完成一项重要任务似的舒了一口气走了。

实习生吴海英气喘吁吁地跑了进来，对田健英说：“田大夫，楼上有你的紧急电话。”

“好，我给病人打一针马上去。”

田健英给肖胜利打完针后，让站在旁边的护士好好守着肖胜利观察病情。她匆忙上楼，接到电话，她惊愕地张着嘴半天合不上：“你是黑鸽子？”

“是的，我会经常给你发信息，别怀疑，我是保护你的人！我能预料到，鸟瘟已被送到北京去了，瘟疫就在你的身边。千万小心，对了，首先给自己注射夏血清。”

“夏血清在哪里？”

“在杨雄的工作室，你赶快监控这个人，否则，大祸临头。”

“你一定知道我爸爸是怎么死的？”

“当然，不在电话里啰唆了，我们会有见面的机会！现在，我们都在战场上，懂吗？”

“我挂了，找杨雄要夏血清去。”

“对，迅速，拜拜。”

田健英放下电话，杨雄阴沉地出现在眼前。田健英大惊失色："你……在偷听我的电话？"

"你的行动落后了一步，田大夫！"

"你是什么人？"

"我是一个让你死于鸟瘟的人。"

"这是我的地盘，你太胆大包天了吧！"

"不胆大我就不会出现在你身边。"

"谁派你这样做的？"

"这能告诉你吗？那不太傻了？"

"赶快交出夏血清，否则，我报警。"

"你走不出这间房了，只能到阎王那里去报警！"

"你要害死我，也会受到法律制裁的。"

"我不怕死，反正我也活不了几个月了。"

"你患了绝症？"

"艾滋病。"

之后吴海英领着警察赶到了，杨雄立刻往嘴里塞药，立即喷血倒地身亡，结果了自己。

11

田健英和吴海英来到杨雄的工作室寻找夏血清，翻箱倒柜终于在衣柜里的一件工作服的口袋里翻出两支夏血清。

田健英对吴海英说："你快去给肖胜利注射一支。"警察在办公室等着田健英。她走了进来，手上拿着唯一的一支夏血清："就剩下这一支啦，黑鸽子叮嘱我，要注射它。"

警察说："这个黑鸽子一定是你爸身边的人，他一定清楚很多事情。看来，你爸的死一定是被人谋害，杨雄如果不死的话，应该很快就会水落石出。"

田健英感慨地说："警察先生们又有事干了。"

另一名警察说："我们天天都在忙着，但今天的案情格外有吸引力。"

"我在五岁的时候迷上了破案这一行，医学是我们田家的传统专业，要不，我早就当上警察了。"田健英悠悠地说。

"太夸张了吧，田大夫，你五岁时小屁孩一个懂啥呀？"一名警察说。

"我五岁时被人绑架……哎，跟你们提这事我就会头痛，对了，我先去看看楼下的病人。"

田健英走出楼道口，她的姑姑田秀兰面带悲痛地朝她走来。

"姑姑，您怎么来了？"

"健英，我都知道了，蓝天给我打了电话，让我来陪你。你爸就来了，我也要去西山看他一眼。他这样好的人说走就走，他怎么舍得丢下我们不管呢？"田秀兰边说边擦泪。"

"把钥匙给我，我自己进屋。你先忙你的事去吧。"田秀兰接过钥匙，脸上挂满了泪水。

田健英匆匆来到急诊室，问候肖胜利："好些了吗？"

"感觉轻松多了，谢谢您啊田大夫！我听吴海英说，目前只有两支夏血清，您却给我注射了一支。这种药就像灵丹妙药，注入我的体内马上见效。"

"好，那你好好休息吧。"田健英说完急忙离开，她回到田秀兰身边。

"姑姑，姑爷还好吗？"田健英问。

"你姑爷退休了没事干，整天围着一群鸽子转，跟鸽子说话，跟鸽子唱歌，他可神乎了。"

"噢，姑爷也养起鸽子了，好多北京老人都喜欢养鸽子。"

刚说着，田健英的电话响了，传出陌生人的声音："你是田大夫吗？”

“是啊，您哪位？”

“我是你姑姑田秀兰的邻居，你姑爷突然病了，病情严重，话都说不出，他让我帮忙打个电话，他说你姑姑到你那里去了，想问一下她已经到了吗？”

田健英紧张地说：“谢谢您啊好邻居！我姑姑在我身边，希望您帮帮忙，把我姑爷送到我诊所来，我发您地址，一切开支我付。”

“行啊，我打车不用一小时就到。”

田健英放下电话忧愁地说：“姑姑，姑爷也病了，我叫人送到这里来了。”

田秀兰一愣：“怎么会呢，我来之前还好好的，怎么一下子就病了呢？”

“也许是被鸽子染上鸟瘟了，最近深圳、广州都有鸟瘟，据说是鸽子感染……”

田秀兰的声音透出恐惧：“我听蓝天在电话里告诉我，你爸是染上鸟瘟走的。天啊，太可怕了，你姑爷再有个三长两短可怎么办啊？”

“姑姑不用担心，有我呢！我给他打一针就好了。”

田健英突然开始担心了，因为只有一支夏血清了，再出现这样的病人怎么办呢？到哪里去找药呢？这夏血清是光明医药公司刚研究出来的试验产品，她的研究所没有货，生产地在广州。她心焦地在姑姑面前徘徊。

“健英，你走来走去的，是不是担心你姑爷的病治不好？要不，你爸爸怎会一病就起不来了呢？”

“不是的，姑姑，您放心，我会治好姑爷的病。您别急，我打开电脑看看。”

田健英急忙打开电子邮箱，上面出现新邮件："田大夫，拿到夏血清没有，速回音。我一直守在电脑旁等待你的消息。黑鸽子。"

田健英急忙输送讯息："杨雄自杀了，我在他的工作间翻遍了，只找到两支夏血清，我诊所又多了一例病人，怎么办？我感觉束手无策！"

"不可能只有两支，他带走了一箱，挖地三尺也要找出来。杨雄自杀对我们不利，他是一个很重要的人证……特别交代：你接触病人之前，一定要注射夏血清，以免感染。"

"现在就剩下一支了，我姑爷养鸽子，也染上了这种病，马上就到我诊所，我必须给他注射最后这一支。"

"天啊，老天爷真是给我们添乱！你赶快去找夏血清吧，我这里给你空运几箱过去，但一时也到不了啊。你一定要听我的，赶快注射夏血清，你不能倒下，因为你是光明医药公司总裁的继承人，你若有三差两误，我可担当不起责任。"

"谢谢黑鸽子的关心，我立即去找夏血清。"

田健英欲关邮箱，一排文字又显示出来："我的分析，夏血清一定被人转移，你必须通知公安部门，派人戒严你的研究所，整栋大楼都要搜查，此时此刻不能放人走出研究所。快行动，我等着你的信息。"

"谢谢你的提醒！你就守在电脑旁等待我吧。"

田健英关了电脑对田秀兰说："姑姑您坐一会儿等姑爷来，我先出去办点事。"

"好，你忙去吧。"

田健英走进办公室，几个警察在议论着，见到她来止住了话题。

"警察先生们！又有大麻烦找你们了。"田健英焦虑地说。

一名警察说："你的气色太差了，有什么事只管说吧。"

"我想要公安派人来进行大规模戒严，并告诉大家北京已经有鸟瘟，需要一种除毒消炎药进行治疗。目前我们光明医药刚研制了一种排疫药品，名称为'夏血清'，这是一种注射药，它的功效是可以排解种种瘟疫。这种药由我们广州的分公司生产，杨雄前几天已带来一箱，我们翻了半天在他衣柜里只发现两支。警察先生们，你们看这是不是大事情？"

"我叫王雪建，是管这片地方的片警，我正要赶去通知养鸽子的人家检查身体。"

"检查身体可以后一步，目前当紧的是配合田大夫找出血清药品。"另一名警察提议。

"是啊，现在要进行大搜查，我想要公安多派些人来。"田健英说。

"我这就通知局里派人过来。"一名警察说。

"对了，杨雄的家属在广州，一时来不了，我看应该先把他往火葬场送，因为他有艾滋病，不能停留在我的研究所。"

"难怪他想死！田大夫，还得等两个小时，我们的法医要求将尸体鉴定后才能往火葬场送。"

"好吧，咱们各自行动，又有病人要来了，我得去接应。"

警察和田健英各自忙碌起来。

12

田健英的姑爷张贤有躺在急诊室的床上，呼吸很粗，他睁着眼无奈地望着田健英。

"姑爷，我马上给您打针，会好过来的。"

"不，不要打，我挺得住，健英你给我弄点其他药材……"

"为什么不打针啊姑爷？"

“我知道你要注射的是夏血清，我听护士说了，诊所就只剩一支夏血清了，这一支我不能用啊，健英。护士说你应该注射夏血清后才能接触我这样的病人。”

“护士知道什么呢，我的抵抗力强，您看吧姑爷，我戴着高级防毒口罩和手套，不会有问题的。”

田秀兰站在一旁悲泪着、为难着，此时此刻她不知道该怎么说。

“健英，听姑爷的话，把那一支用在自己身上。你的生命比我重要得多，你正年轻有为，还要干许多大事，还要为千千万万的患者治病。我就不同了，我这么大年龄，就是去见马克思也能闭着眼去了……”

“姑爷，您的想法不对，我一定要救您，您是我最亲的亲人，我从五岁来到您和姑姑身旁，您待我胜似亲生儿女。姑爷啊，我对您的感情比我亲父还深，我在你们身边比在亲父身边多得多！”

“健英，你听我说，昨夜我梦见你爸了，他风风火火赶来，说要跟我下一盘棋。以往他每次来看望我们，都要跟我下棋。昨夜，我们在梦中下棋我输给他了。他好高兴，我却不愉快，突然意识到他死了，我说你死了还来跟我下棋？他说老伙计，我没有死，你也不会死，我们都会好好地活着！说完这话他就消失了，我醒来后好想他啊！想着这梦就难受！我跟他感情深，他是医药界的名人，可是他没有架子，对我像亲兄弟一样！我想啊，可能是他真的要来邀我去西山陪他了。”

“姑爷，您别说了，您在怀念爸爸，因此有所梦。可是他已经离开我们了，我们活着的人得要好好活下去。我对您还未尽到孝心，今后您就是我的亲爸爸，我要孝敬您和姑姑，我要你们的晚年过得愉快！姑爷，您就听我的，打针吧。”

“这支针真的不能用在我身上。”

“谁说只有这一支，我们所里有一箱，护士们根本不知道，跟您瞎说。”

田秀兰哭着：“老天啊，为什么要在我们面前出难题啊。”

13

公安局派来了警力，他们楼上楼下展开搜查。所有医务人员及警察都在翻箱倒柜，每一个角落每一块地板都不放过。

此时，研究所的大门口，只准进，不准出，外面围了许多看热闹的人，不知这里发生了什么事。

急诊室里，田健英还在劝说姑爷，突然一口鲜血从张贤有嘴里喷出，喷到床单上也喷到田健英的脸上。田健英大喊：“姑爷！姑爷！”

张贤有昏迷过去了。田健英趁机为他注射了这最后一支夏血清。

身旁的护士和观者都深受感动，流着泪望着田健英。

田健英打完针长舒一口气，她转身发现众人都担心地望着她。

“健英，健英！我的好姑娘！我的好女儿，你千万不能有事啊。”田秀兰悲怜着说。

田健英搂住田秀兰说：“姑姑，我的命硬，不会被传染。姑爷睡着了，您也休息一下吧，到我办公室里去。”

田秀兰从身上取出手绢擦着田健英脸上的血迹。田健英推开她的手说：“不用，我去洗洗就行了。”

田健英快速从办公室洗手间清洗了出来，迎面碰到一个急匆匆走进来的护士。她说：“田大夫，我刚得到一个消息，北京的鸟瘟扩散得厉害，今天有一百多例在大唐医院治疗。听说那家医院有夏血清，我们去买一些过来怎样？”

田健英惊疑地说：“这个药品是我们的专利，还没有向市场销售，大唐医院怎么会有夏血清呢？”

“难道是杨雄偷出去卖了？”

“有这种可能，他患绝症缺钱花，我先去打电话问一下。”田健英快步离去。

她走向楼道，警察们绝望地摊手说：“没有找到夏血清，这怎么办啊？”

“我看不用找了，夏血清不在我们研究所。”田健英丧气地说。

“怎么回事啊？”警察问。

“现在大唐医院有夏血清，但这个产品只有是我们在做！我得调查清楚。在这里应该是找不到了，夏血清肯定被转移了！”

田健英匆匆走进办公室，抓起电话带有火药味地问：“喂，我找大唐医院院长。”

电话对面声音传出：“稍等。”

田健英忍耐着火气听电话，一会儿传来院长的声音：“喂？”

“李院长您好，我是田健英。”

“啊！田所长您好啊！我们好长时间没有见了，抽个时间我做东，咱们去王府饭店。”

“还有闲心去王府饭店，您那里难道不忙吗？”

“是啊，这两天特忙，北京染上了鸟瘟，我们医院住进了一百多例这种病人。”

“我打电话问的就是这件事，你们用什么特效药进行治疗啊？”

“夏血清，这是你爸和几个科研人员共同研究出来的啊！你明知故问是不是？”

“我爸染上鸟瘟死了，李院长不知道啊？”

“这不可能，他就是染上这种病也不会死，田所长这玩笑开大了！”

田健英哭了起来：“李院长觉得我在开玩笑吗？”

“田所长，这难道是真的？”

“李院长，我们的夏血清还没上市，连我这里都没有，您从哪里获得的这种药？”

“大家都在抓经济效益，还不会想办法吗？”

“李院长如果不愿意说实话，那我也不客气啦，你肯定不希望到法院见吧。”

“别说得那么严重嘛！我们是同行，而且是经常见面的老朋友！”

“侵犯了朋友的利益，朋友可以变成敌人！”

“别小题大做，田所长！”

“你要知道，我不喜欢别人叫我所长，我手下的人都叫我田大夫。”

“知道，知道，你跟你爸一样，特别谦虚。”

“别说奉承话，我现在想听的是实话。告诉我，你是怎样弄到夏血清的？”

“要我回答这个问题，难度太大！”

“我所里已有两例病人，急需用药，你能不能支援我？”

“这个没问题，我马上派人送去。”

田健英放下电话，匆匆下楼走进急诊室。

张贤有醒过来了，悲情地望着田健英。

“姑爷好些吗？”

“你还是给我打了那一针，我感觉舒服多了，我就担心你……”

“姑爷不用担心，马上就有人送夏血清过来。”

“那太好了！”

“姑爷你安心休息。我等会儿再来看您。”

田健英回到电脑旁，打开电子邮箱，出现了新邮件：“田大夫，好半天没有你的回话，我好焦急。”

“黑鸽子，我来了，我这里没有找到夏血清，挖地三尺都没有。我猜想一定被杨雄转移了，现在突然得知大唐医院有这种东西。”

“那怎么办呢？你注射了夏血清吗？”

“这个问题马上就会解决了，我与大唐医院院长联系好了，他给我送一些过来。”

“那就好，解了燃眉之急！哦，你还未回答，注射了之前的夏血清没有？”

“那一支我用在我姑爷身上啦，老天也不知是为何，让我的亲人全染上这种病。”

“我的天啊，你还没注射又去接触病人，我真担心你啊！”

“药马上就到，我立即注射就行，假如那一支不用在我的姑爷身上，他可能就没命了。你不知道我的姑爷是我的养父，一个父亲倒下了，另一个父亲必须得陪我！”

“你是善良的好姑娘，要不，蓝天怎么穷追不舍呢？”

“你也认识蓝天？”

“认识，他是很有魅力的男人！”

“哦，黑鸽子，你是男士还是……”

“我是长着胡子的丑男人。”

“玩笑了。”

“我与你爸是最好的知心朋友！”

“我们什么时候能见面呢？”

“明天，我和蓝天送你爸到北京。”

“你这话，好像我爸活着回来似的。”

“应该这么说吧……”

“哦，你认为他没有死？”

“对，他永远活在我们心中！”

“田大夫，田大夫，有人送药来了！”门外一阵呼喊声，田健英急忙关了电脑。

14

大唐医院的一位医生把药送到田健英办公室，田健英让他坐下。这人说：“不坐了，我赶紧回去，病人多，医生都在忙。田所长，您得给我现款，这药每支三万，我带来二十支，合计六十万元，是开支票呢还是怎么着？”

田健英大惊：“二十支六十万？我们光明医药公司的药没有那么贵！”

“是啊，你们自己产的当然不贵，但这是二手货，田所长难道不明白当今商品市场的交易吗？”

“我跟你们借好不好，过两天就给你们送药去。”

“不行，我们的流动资金不够，这是花高价分来的，我们李院长说没有多要你一分钱。”

“你走吧，我跟你们李院长商量，这药只能借，我不买。”

“不行啊，田所长，跟院长说了也没用。”

“我跟你们院长是老交情，怎么没用，你走吧。”

“就是老情人也不行，人亲钱不亲啊我的田所长。”

“你怎么说话的啊？”

“对不起田所长，我一急就乱说话，但要现钱六十万这句话没错！”

“好，你去财务科领吧，我开个单子。”

对方接过她开的单子退出办公室，田健英突然感到一阵恶心，她捂住胸口。

吴海英走了进来，见状急忙扶住她："田大夫，心里不好受吗？"

"突然心口发热，又想吐。怎么搞的？"

"莫非感染上了？我给你注射一针吧。"

"我想吐，想吐……我完了……"说着吐出来一口鲜血。

"来人呀！"吴海英扶着田健英大声喊着。

一群护士拥了进来，把田健英扶向病房。

吴海英为田健英注射夏血清，身边陪着一群医生和护士。

田健英忧郁地说："老天要保佑我啊，帮我渡过难关啊！"

"难关会过去，田大夫，您就是想得太多了，这两天您太痛苦，这次吐血是情绪引起的，不是那种病。"吴海英安慰着。

田秀兰闻讯奔了进来，惊恐地走近田健英床前，哭泣着说："我的乖孩子，你这是怎么啦，不会也得了那种病吧？姑爷的血喷到你脸上，难道真的感染了吗？"

吴海英说："阿姨不用担心，我给田大夫注射夏血清了。"

"我只要闯过了这一关，我一定要当救世主。"田健英坚定地说。

此刻，蓝天大踏步进来，他望着躺下的心上人，心疼地握住她的手："健英，你可不能倒下，要陪我一起战斗！"

田健英惊喜地望着蓝天："你带夏血清来了吗？"

"带来了一箱，原安排我明天才到，我意识到这里的情况很不妙，就飞过来了。"

田健英喜悦地说："太好了，有了夏血清，就解决大问题了。"

蓝天转过身望着田秀兰："阿姨也在这里。"

"我姑爷也病了。对了，我问你，杨雄前两天从广州回来带来多少夏血清你知道吗？”

“带一箱啊，他没交给你吗？”

“就因为寻找那一箱救命药，这一片的警察都出动了，挖地三尺也找不着药影子。杨雄他死了。”

“别提他，养病要紧，死了的人暂时放一边，咱们现在要提防的是活着的人。老爷子走了，你的家族，有一群人睡不好觉，他们想的是争夺大权，还想搞垮光明公司。哎，我现在对你说这些干什么？”

突然，蓝天从身上抽出一瓶喷药，让田健英张开口，蓝天对着她嘴里连按几下，神情恐惧，凝视着站在一旁的吴海英问：“你就是吴海英？”

“是啊，怎么了？”

“你给田大夫注射的不是夏血清！”

“怎么不是夏血清，你胡说什么啊蓝经理？”

“你给她注射的是炭疽毒品，你是杨中新安排的人！”

吴海英立即变色道：“什么杨中新？我听不懂。”

蓝天一把揪住吴海英的衣襟：“少给我装，站好，等下跟警察老实坦白。”

蓝天立刻拨打警察的电话，随后两名警察进来。

田健英惊疑地问：“蓝天，你这是干吗呢？”

“黑鸽子告诉我，你身边的两个实习生都是内鬼，我刚给你检查也验证了，你被吴海英注射了炭疽毒品。一小时即会发展为败血症，要赶快清理血管，把体内的血统统过滤。”

田健英身体颤抖了一下：“抽光我的血，那就没命了。”

“亲爱的，然后把我的血输给你。记得吗，我俩都是B型血。”

“怎么能输你的血啊，你倒了，公司还能靠谁啊？”

“假如我俩必须倒一个，那么就该是我，你是光明的顶梁柱，我舍命也要救你！”

田健英悲哀地吼道：“不，不，不，蓝天，我不能没有你！”

“亲爱的，我只是打个比方，我们俩谁也不会倒。”

两名警察带走了吴海英。田健英望着吴海英离开的背影，自言自语：“她看上去是个多好的女孩儿啊，我是在做噩梦吗？”

“蓝天，你也认识黑鸽子？”

“黑鸽子是广州刑警大队的队长李中华，破案很厉害的。自从我们生产了夏血清后，田董就预感杨中新在蠢蠢欲动了。他和唐小翠商量，请李中华暗中调查杨中新的一些可疑行径。”

“老爸警惕性真高，可惜还是被人害了。”

“你要化悲痛为力量，今晚会有两位贵客到，一切事情以后再聊，我先去喊医生来给你换血。”

蓝天从旅行袋里取出成品药袋，取几粒放入田健英嘴里，然后倒了杯温水让她喝。

“你现在的状况不能注射夏血清了，幸好我准备周到，带来了清洗血管的百草丹。这种成品药也是我和田董研究了两年的成果，已在深圳进行临床试验，取得了很好的成效。”

田健英充满幸福感，热泪盈眶：“如果我死不了，我们尽快去领那一张受法律保护的纸！”

蓝天笑了：“亲爱的，你落后了，如今领证不是一张纸，而是镶有金边的合影照，还有一本红通通的小册子。”

二人在幸福地想象中，两名医生走了进来。蓝天把自己的换血建议告诉她们，医生们说这个方法不错，她们以前也给患者做过。

15

田健英已换了血，躺在病床沉睡入梦中。梦境中的她好幸福，她与蓝天手牵手在大海边漫步，蓝蓝的天空游动着银白色的云彩。微微暖风吹动她洁白的连衣裙，蓝天俨然一副风度翩翩的学者气派，含情脉脉望着健英。她开心地望着天空呼喊："我爱大海，我爱蓝天，因为爱情有蓝天。"

她从美丽的梦中喊醒了，睁开眼喊："蓝天，蓝天，你在哪里？"

蓝天躺在另一个病床，就在她的左边。因输血太多，他的脸很苍白。他软绵绵地挥挥手："亲爱的，我在你身边陪着你。"

田健英挣扎着要起床："蓝天，你还好吗？"

"别动，我很好。你怎么样啊？"

"我也很好，刚做了个甜甜的梦，我们去看大海了。"

"我们都太忙，以后抽时间陪你去看海。"

"生活中没有梦境中美哟！"

这时，唐小翠领着一名警察走了进来，笑着说："健英，我们来得不是时候，你俩在秀恩爱，打扰了哟！"

蓝天说："唐姐，中华哥，你们来了。"

唐小翠说："你们俩经历了一场大灾难，吉人自有天相，我看你们挺过来了。"

田健英说："唐姐你来了太好了！"

田健英感觉见到了娘家亲人，眼里流出了泪："唐姐，我太想你了。"

唐小翠说："跟小时一样，动不动就撒娇。"

蓝天说："唐姐，她把你当成母亲一样亲！"

唐小翠说："是的，她应该叫我阿姨，但她总喜欢喊我姐姐。"

李中华正式介绍自己："健英，我是你爸的好朋友，我叫李中华。"

唐小翠玩笑道："叫他警察叔叔吧。"

李中华说："没错，我是叔叔，你呢就应该是阿姨！"

田健英望着两人相视甜蜜的微笑，明白了一切："哦，你俩是一对佳配！美好的伴侣！"

唐小翠用四川话回答："对头，我们在一起两年了，就等你和蓝天一起举办婚礼。这是你爸的安排。"

田健英表情悲哀："可惜我爸看不到这一天了。"

李中华说："田董看得到的……"

"叔叔你说什么？我爸他没死吗？"

"在杨中新的阴谋中，他死过多少次了，但他有智慧！"

田健英万分惊喜道："真的吗，我爸在哪儿？"

唐小翠说："他在该出现的时候会出现的。后天，有一台好戏要揭开序幕，表演人物是光明家族人员，你等着看好戏吧。"

田健英说："唐姐，不对，有警察叔叔在身边，我今后真要该叫唐姨了。"

唐小翠说："我就是你的唐姨，好好照顾蓝天，我们来时在前台打听过了，他为救你抽了两千毫升血，身体很虚弱，要打维生素 B12 半个月，还要好好调理。"

蓝天说："唐姨，你就把心放肚子里吧，秀兰姑姑也会照顾好我们的。"

唐小翠说："健英就是公主命，姑姑像亲妈一样，爱她的人恨不得把她含到嘴里！好了，你们好好休息，后天见。"

16

两天后，光明医药北京诊所大厅挤满了田氏家族和公司领导成员。以杨中新为首，身边聚集田蓉、田红、田桂英、朱旺发、张有青和双凤。他们围在一团，商讨着如何推翻光明的老招牌，对众人展示公司的新招牌"中新医药"。

杨中新向众人挥手说："大家注意了，田健英和蓝天就要来了，我代表公司所有人向他们摊牌，北京研究所不再是田健英负责管理。我们的老大走了，光明时代结束了。经董事会商议决定，北京研究所由我接管，公司的新名称是‘中新医药’北京研究所。北京的财务会计是双凤同志。”

此时，田健英、蓝天、唐小翠、李中华进入大厅。

蓝天大声说：“田家大姑爷，北京研究所的领导未到，你在通告什么呢？”

杨中新气急败坏道：“你这个外来客不够资格发言，你不知道自己犯了多大错误吗？”

“我当然不知道错在哪里？请大姑爷指出！”

“光明公司的产品被转移到外面医院，这不是你这个内鬼搞的吗？我的姐夫死得不明不白，你难道没有责任吗？”

田健英说：“大姑爷不要激动，正因为蓝天责任重大，所以他请了公安警察协助调查，现已经有结果了。”

田蓉吼道：“结果在哪儿？拿出来看看。”

蓝天说：“各位请看大屏幕！”

大厅中央墙面上的大屏幕展示出公安局在审案的影像。警察审问吴海英的过程也被一一呈现——

警察：“你叫什么名字？”

吴海英：“不要问了，你知道我叫吴海英。我对不起田所长，她人那么好，可我鬼迷心窍，为了不义之财出卖良心。我是被蓝天的秘书双凤收买了，双凤喜欢蓝天，想方设法想得到他，可蓝天不近人情，心里只有田所长。为这事双凤怀恨在心，出钱要毒害田健英。”

警察：“事情没有那么简单吧，双凤给你多少钱？”

吴海英：“她给我和付晓雪各 50 万，说谁有机会谁下手。”

警察：“双凤哪来那么多钱？还有幕后主使人吗？”

此刻，现场的杨中新和双凤神情剧变，二人还是忍耐着看着大屏幕的内容。

吴海英："双凤是杨中新的老情人，这是双凤亲口告诉我的，她说，杨中新曾经害死她姐，现在跟她好，是想弥补对她的亏欠。"

李中华的目光扫向杨中新和双凤，这二人惊慌失措，欲往外溜。田蓉羞怒地奔向杨中新，李中华早已准备好手铐，铐住了杨中新和双凤二人。

田蓉悲痛大哭："杨中新你是恶魔！当初大哥的提醒我还听不进去。"

杨中新怒吼："蠢婆娘！我是你老公，这个时候你不要火上浇油。"

"蓝天，算你狠！但你是外来人，坐不上总裁的椅子。"

唐小翠说："大姑爷，告诉你，田董的椅子目前只能他自己坐。"

杨中新笑了："噢，他可死里复生？马克思放他回来了？"

此刻，田光明昂首阔步走向大厅。

众人惊呼："田董！"

田光明向众人挥手："亲爱的家人们大家好！我在这里向你们推荐一个新科技产品。"他从身上摸出一个打火机造型的器具向众人介绍："这个像订书机吧？但它是探照扫描仪，用它可协助警察破案。这是蓝天研究出来的好东西，我的女儿被人毒害，就靠这个。蓝天太牛了，我看中的人今后要重用。"

众人鼓掌："蓝天，田董的好助手！"

田光明说："大家高兴了吧，我也非常激动，杨中新多次想要我性命，他跟我斗还是嫩了点！他去广州，在我杯里下毒，我早有防备，将计就计，装死一回。我用一具无名尸体扮成我的样子，让杨中新亲自看到我倒下去，如他所愿了。于是他便作威兴浪，利用杨雄和双凤，让杨雄制造鸽子瘟疫，然后掌控夏血清，向社会搜刮民财。鸟瘟之事，是杨中新亲手引发，他在好莱坞向一名搞生物研究的研究员购买了一种病毒，他将这病毒注射入鸽子体内，于是就发生了鸟瘟事件。”

唐小翠捧来保温瓶，让田光明喝上一口水。唐小翠接着讲：“杨中新把鸟瘟投放重点放在北京和深圳，如今北京、广州、深圳都发生了鸟瘟。但是大家不要怕，我们光明医药公司为民谋福，面向所有感染鸟瘟的地区免费发放夏血清和百草丹药品！”

田董为了与丑恶势力斗争到底，宣布出资两个亿准备在北京大力生产夏血清和百草丹。“首都是祖国的心脏，保卫祖国、保卫人民是光明医药公司应尽的神圣使命！”

众人的鼓掌声和热烈欢呼声久久难息。警察带走了杨中新和双凤。田光明说：“大家安静，还有一个好消息要告诉亲人们。我准备选择一个好日子，为两对最佳伴侣举办一场隆重的婚礼。第一对是唐小翠和李中华。”

李中华奔往唐小翠身边，两人兴奋地向众人挥手。

田光明说：“李中华是广州刑警大队的大队长，为防范坏人损坏我公司的名誉，在半年前我请李大队长暗中调查杨中新的所作所为，这个大姑爷有许多见不得人的事不在这里曝光了，一切按国家法律法规处理。”

唐小翠说：“第二对情侣就是蓝天和田健英，对健英来说，蓝天就是她的白马王子！健英被人注射毒品差点丢命，是蓝天不惜性命，输了二千毫升鲜血救活自己珍爱一生的女人，这样的男人值得我们敬佩和赞扬！”

众人称赞道：“蓝天好样的！”

田健英说：“蓝天，我爱你！因为爱情有蓝天！”

田健英和蓝天甜蜜地拥抱。

作者简介

AUTHOR PROFILE

袁武星，男，1976年出生于河南洛阳，共产党员，医务工作者，获洛阳市五一劳动奖章。现为《依安诗社》签约诗人、《青年文学家》签约作家、洛阳市职工作协会员、洛阳《星辰有声》微刊责任编辑。业余时间喜欢诗歌、散文、小说等文学创作，近年来创作文学作品近三十万字。其诗歌《我的祖国》被评为2019年度河南省“五个一”网络正能量文学作品，2020年被选入《古风新韵——诗词鉴赏》一书。其诗歌《父亲》于2019年发表于河南省一级刊物《牡丹》杂志。

荣 姐

我们常说，做人难，做女人更难，尤其是一个善良的女人，当遇到大事时的抉择更是难上加难。今天为大家推荐的小说《荣姐》，讲的就是这样一个故事：漂亮、倔强、善良的荣姐，她唱过戏，当过兵，转业后成了公务员。年纪轻轻死了丈夫，在历经坎坷之后又遇到了一个渣男，巧合的是这个渣男正是以前曾喜欢过她的那个人。他诈骗过几十吨的棉花、打伤债主并撕毁合同、堆起新坟逃避抓捕、一怒之下杀死妻子，让同母异父的两兄弟成了孤儿。面对这样一个十恶不赦的男人，可怜的荣姐到底该如何抉择……

一

清明节小长假的第二天。午后，春风和煦，阳光明媚。

那天我约了邻居，到我家一边下棋一边品茶，享受着这难得的惬意时光。下棋时，本来我的开局很好，却一不小心进入了“死胡同”。正当我举棋不定的时候，荣姐打来电话，我刚一接通，顿时感觉到一种异样的气氛。

“兄弟啊，做个女人咋就这么难呢？唉……”电话中，荣姐没有了往日的开朗风趣，变得长吁短叹。

我问：“姐，今天是怎么了？这可不像咱当兵人的风格呀！”

“你说，嫁给他这两年，我通过关系为他们父子找工作，为他儿子买车买婚房，他们天天吃我的住我的，我到底图个啥？这个‘白眼狼’竟然还动手打我。这日子是没法过了，我想离婚算了，可他只一句话‘想离婚没门儿’，我可该咋办呢？”荣姐说着便呜呜地哭了起来。

我劝她：“姐，谁家的厨房还不冒冒烟儿？打算把日子过好可不能把离婚挂在嘴上，说多了会伤感情的。”

荣姐继续说：“你是不知道啊，前天下午老王一直把我打到大街上，我的鞋都跑丢了。他揪着我的头发像打小偷一样往死里打，最后还是过路人帮我报了警。你说我啥时候受过这样的气？”荣姐哭得更伤心了。

“先别激动，就算天大的事也能找到解决的办法。你现在哪里？王哥呢？”我顺便问道。

“我在家，这还有法儿出去见人吗？不知道老王死哪儿了，两天都没见人影，打电话也不接，巴不得他立马死掉才好。”

“先别急，我联系王哥问问情况，不管怎样动手打你是他的不对，我让他向你道歉，日子终归还是要过的。”

挂掉电话，我立即联系了王哥，但他电话处于关机状态。我突然意识到问题没那么简单，老王不仅把荣姐追到大街上打，还惊动了警察，这得是多大的矛盾呀？想到这里我便立即放下手中的棋子，打发走了邻居，然后约上几个朋友去荣姐家看她。

荣姐打开门时，把我们吓了一跳。面前的荣姐头发散乱、衣衫不整，她赤着脚站在地上，因为没穿高跟鞋，个子也似乎矮了一大截。她虽然戴着一副墨镜，却没能遮住脸上遍布的淤青，与平日那个让人惊艳的荣姐判若两人。

二

认识荣姐是在三年前，那时她才刚过四十五岁。当时的她柳眉杏目双眼皮，披肩长发拉成了顺滑的直发，发梢剪得整整齐齐，约有一米六五的个子，不胖不瘦，皮肤白皙，气质颇佳。荣姐衣服穿得总是很得体，而且能看出来都是价格不菲的名牌，更显出她成熟女人特有的美。那时我对荣姐了解并不多，只是听朋友们常提到她，知道她是从部队转业回来的公务员，而且单身，但为什么单身不得而知。

生活中的荣姐是个大大咧咧、不拘小节的女人，有着军人的果断和干练，酒量也是“巾帼不让须眉”。第一次见到她是在朋友们聚会的酒桌上，至今我还记得那次和她喝酒的情景。

酒过三巡，轮到荣姐“打圈儿”了。她径直走到我身边说：“兄弟，今天咱俩是第一回见，就从你这儿开始，姐先给你端个见面酒。”

因为我不胜酒力，就推辞道：“你是姐，理应给你敬酒才对，咱共同干一杯算了，我确实酒量不中。”

谁知还没等我说完，荣姐就抢着说：“女人不能说随便，男人不能说不中。”一番话引得全桌人哄堂大笑。

气氛已经如此热烈，我也不甘示弱，借着酒劲儿脱口而出：“万水千山都是情，不喝这杯行不行？”

她又满面春风地回我：“兄弟不喝这杯酒，你是嫌姐长得丑？”这一次大家又是鼓掌又是起哄，我只好接过酒杯一饮而尽。

虽然只是第一次见面，可我们就像是多年的老朋友似的，所以我也就跟着他们称其为“荣姐”。酒局结束时我们互留了电话，后来又约着打过几回麻将，唱过几回歌 。她不仅会唱歌，还会唱河南的豫剧，因为我也好这口，我们便有了更多的话题。随着交往的日益增多，荣姐在我眼中的形象也就越来越立体了。

三

荣姐常和我们开玩笑说：“姐现在是老了，当年可也是一朵村花儿，咋能在那穷山沟里埋没一辈子呢？”

原来，荣姐小时候名叫荣花，出生在豫西大山里的农村，世代以种地为生。虽然家里穷得叮当响，但她从小对豫剧情有独钟，尤其爱唱黑头，也就是包公的粗嗓门。可她父母穷得很有骨气，都说那是下九流的行当，死活不同意她走唱戏这条路，还吓唬她说：“唱戏的都是疯子，看戏的都是傻子，你要是个唱戏的，恐怕连个婆家都找不到。”

话虽这样说，荣姐因为从小长得高挑而又漂亮，从上初中开始，家里的媒人就没有断过，但都被她一一回绝了。在她十五岁那年，又有个媒婆来到她家，当时荣花正坐在院子里纳鞋底。媒婆一见到荣花，就一个劲儿地夸赞起来：“这闺女长得可真俊，打着灯笼都难找的俊，俺要有这样个闺女，看我不给她打扮得要多漂亮有多漂亮！”然后煞有介事地把荣花娘拉到一边说：“老嫂子啊，咱俩进屋，我有话给你说。”媒婆一边往屋里走一边还不住地回头看荣花。

荣花觉得这一定又是来提亲的，便悄悄躲到门外偷听起来。只听媒婆说：“老嫂子，你看咱家这草房子冬天不挡风夏天不挡雨的，荣花她哥也二十出头了，至今还没个媳妇，我都替你们着急。现在有个好茬口，就相中咱家荣花了。如果你和老哥答应，我保证他至少给咱拿一万块钱，再给你盖三间青瓦房，给你儿子娶个媳妇一点问题都没有。男方是咱邻村的，姓白叫白延亮，从小脑子就好使，这几年跟着他爹做生意老抓钱了，人长得也排场。”媒婆顿了顿接着说：“就是有一点，他比咱闺女大个七八岁。”

“妹子呀，你说得再好，我也得跟闺女商量商量吧！荣花大了，是个很有主见的闺女，现在可不是我们那个年代了，‘隔布袋买猫’那一套已经行不通了。”荣花娘说。

“是这样，你和我哥好好合计合计，过几天我再来。常言说好事多磨，只要能给咱闺女找个好婆家，就算我跑断腿磨破嘴也值得。”

第二天，荣花娘便和荣花聊想让她谈谈自己的想法。可还没等娘开口，荣花就说：“我知道你要说啥，想都别想，就算不叫我唱戏，就算他再能挣钱，我也不会答应，我还想继续读书呢。”倔强的荣姐把娘到嘴边的话全噎了回去。

四

暑假的一天，娘让荣花去井边挑水。荣花挑着水桶一路走一路盘算：这样的日子何时是个头啊？ 难道我只能在这个小山村里挑一辈子水做一辈子饭吗？这可不是我荣花想要的生活。电视里有句广告词说得好，“不等不靠，自己创造”。既然我想要的家里给不了，不如来它个先斩后奏，三十六计——走为上策。想到这里，荣花伸手摸了摸口袋里积攒了许多天的十几块钱，心里底气更足了。于是她一不做二不休，把水桶往井边一扔，就跑到村口搭上了开往市里的客车。到了市里，她一路打听着找到了梦寐以求的艺术学校，并直接找到了校长。

说来也巧，当时学校正缺少她这样的唱女包公的学生。在她自报家门后，校长叫来几个老师，想让她唱两句听听，看有没有学戏的天分。

“一句话如同那霹雳闪电，一腔热血往上翻。击鼓鸣锣响三点，天大祸事包某我承担……”

这是豫剧《包青天》里包公的唱段，荣姐唱得响彻云霄、荡气回肠。她一亮嗓子就得到了校长和老师们的一致肯定，都说她虽没有经过专业学习，但绝对是个可塑之才。

校长问她：“为什么想来学唱戏？”

“就是喜欢。”荣姐回答得干脆利索，一点也不怯场。

“家里同意吗？”

“不同意，我是偷偷跑出来的。”

“那你的学费怎么办？”

“我想等我能挣钱了再把学费交上。”

当时校长就被这个小姑娘的话给惊到了，稍稍停顿了片刻，便带头鼓起掌来。他接着说：“好，好，好，年龄不大却挺有想法，今天就破格录取你了。你只管在这好好学习，回头我和你爹联系就是了。”

“不用联系我爹，等他们找来再说。”

“你不怕他们着急？”

“没事，人只要活着就有办法。”

校长再一次感到震惊，就这样，校长特批她成了全校唯一一个免费的学生。荣姐在戏校里就像一只出笼的小鸟，度过了一段属于自己的快乐时光，也出落得愈发漂亮了。

五

自从荣姐扔下水桶不告而别，母亲在家左等右等不见闺女回来，便一路找到了井边。母亲一看只有两个水桶在那儿扔着，还以为女儿寻短见跳井了，就疯也似的哭喊起来：“俺荣娃儿跳井了，快来救救俺家闺女吧！”又趴到井沿上边哭边说：“荣娃啊，只要你好好的，我让你学唱戏还不中？”可井里哪里还有荣花的踪影。

等父亲千辛万苦找到她时，荣姐已在戏校里小有名气了。校长把他请进办公室里，又是递烟又是倒水，和他讲了半天的大道理。

校长说：“你家小荣很有天分，是唱戏这块料，如果给耽误了，说不定你要后悔一辈子呢！”

父亲听后是既高兴又难过，高兴的是闺女还活得好好的，难过的是闺女不就是想唱个戏吗？做父亲的连这点愿望都满足不了，心里感到惭愧呀！可事已至此说什么好呢？最后只得长叹一声说："不管怎么样活着就好，那就由她去吧，只是，只是给你们添麻烦了。"

常言说得好，人挪活树挪死。两年后的秋天，某部队来学校招收文艺兵，荣姐再次被破格录取。她毫不犹豫地穿上了军装，摇身一变成了一名英姿飒爽的军人。她是这所艺术学校建校以来第一个被部队破格招走的，给学校也长足了脸面，校长见人就说自己当年的决定是多么的英明。

当乡里敲锣打鼓把喜报送到她老家时，整个小山村都沸腾了，连祖宗八辈儿也跟着荣耀起来，乡亲们都纷纷前来道贺。乡亲们都夸赞说："没想到咱这穷山沟还真能飞出个金凤凰，你们老两口就等着享清福吧！"父母的眉头舒展了，脸上的皱纹也灿烂得像正在怒放的山菊花一样。

转眼服役到期，荣姐被分配到市里的某个委局当上了公务员，过起了朝九晚五的日子。虽然只是一名最基层的干事，但毕竟端上了铁饭碗，她也很是满足。在后来的几年里，凭着聪明能干她辗转过几个部门，现在也晋升成为科级干部。

二十四岁那年她结婚了，丈夫是一个家境殷实的"高富帅"。第二年她又生了个白胖小子，日子过得相当滋润，荣姐一高兴就会情不自禁地唱上几嗓子。

这个城市正是她当年学唱戏的城市，周末她也常到原来的学校去看看，荣姐所有的梦想就是从这里开始的。抚今追昔，一幕幕往事浮现在眼前，不禁让她感慨万千。她常想：如果不是当年的勇敢，说不定今天还在那个穷山沟里挑水做饭呢，何来现在的幸福生活呀！自己本是一个农村女孩儿，用十年的时间换来了如此华丽的转身，应该算是成功了，还有什么不满足的呢？

每次想到这里，她就变成了幸福的小女人。

六

然而人生如戏，上天总是在不经意间跟你开一个玩笑。

在荣姐三十五岁那年，儿子小柯才刚刚十岁，一场灾难却从天而降。那是个冬夜，天上下着大雪，在外地谈生意的丈夫在回家途中被一辆失控的大货车撞得没了人样，当场就撇下她们母子走了，曾经的幸福也在那一刻戛然而止。虽然荣姐后来拿到了一笔赔偿款，生活上暂时不成问题，但对一个女人来说，这样的打击谁又能承受得了呢？

爱人走了三年之后，就有人给她介绍过对象，她也曾想过找一个人共度余生，但为了不让孩子受委屈，她一直都没有把这件事提上日程。

时光飞逝，荣姐已经四十五岁。突然有一天，儿子小柯郑重其事地跟她说："妈，我想跟你说件事，但是你不准生气。"

"说吧乖，啥事？"荣姐好像猜到了儿子的心思。

"你保证不生气？"

"保证。"

"这么多年你遇到过合适的没有？"小柯干脆直接说了。

荣姐虽然已有心理准备，脸上还是飞起了两朵红云，不知该如何回答。

小柯接着说："如果有合适的你尽管答应，我已经是个大学生了，不要为了我耽误你的幸福，那样我就太自私了，只要你愿意我永远都会支持你的。"

荣姐把小柯紧紧地搂在怀里说："乖儿子，你真是长大了，谢谢你理解妈妈。"说着，她的眼里便有了闪烁的泪光。

有了儿子的理解和支持，一切就顺理成章了。很快，一位高大魁梧、温柔体贴的男人王建峰闯入了她的心房。经过朋友们多次把关，他们终于走进了婚姻的殿堂。结婚时虽没有大操大办，但一有机会她就把结婚照拿出来给我们看，也偶尔带着男人参加过我们的聚会。荣姐重新回到了小鸟依人的状态，左一声老公右一声乖，和丈夫各种亲密，各种腻歪，把幸福晒得满天飞，连新婚的小夫妻都略逊几筹。

这个曾经温柔体贴的男人，如今竟成了荣姐恨不得快点死掉的“白眼狼”。

七

我们问荣姐：“这两年你们俩一直挺好的，我们还都祝福你呢，这回到底是怎么回事？”

荣姐说：“小柯也那么大了，经常带着女朋友回来，我们长辈老和两个孩子住在一起也不合适，我就考虑着再买一套房子，可老王却想用这笔钱来还债。他这笔外债也从没和我说起过，而且是一笔几百万都填不上的大窟窿。你们知道，我这钱也是小柯他爸拿命换来的呀，当然不能替他还债了，所以就吵了起来。”

王建峰也曾小有成功，听说前些年把做生意赚的钱都放到了投资担保公司，还从朋友那儿借贷了不少，结果半生的积蓄都打了水漂。因此妻子与他离了婚，他一赌气就答应净身出户，法院还把儿子判给了他。眼看着儿子已二十多岁，父子俩不仅居无定所，更无生活来源，日子过得捉襟见肘。荣姐和王建峰结婚后，也确实为他们付出了太多，本想着就这样开始一段全新的生活，谁知又闹到了这步田地。

幸福的家庭总是相似，不幸的家庭却各种各样。但作为朋友，宁拆十座庙不拆一桩婚，何况这还是朋友们促成的好事。再说如果真的走到离婚那一步，对荣姐将又是一次难以承受的痛苦，这是我们不愿看到的，也只能劝他们冷静下来再说，别的我们又能做些什么呢？

因为聊天坐得太久，我站起来伸了个懒腰，转头望向窗外。此时已近黄昏，只见一抹如血的残阳挂在西边的天际。忽然又有几片云飘过来，和夕阳的余晖融在一起，时浓时淡，时聚时散。

正在这时，荣姐的电话响了。她顺手拿起手机，但怔怔地盯着屏幕不愿接听，在铃声快要停下来时才按下了接听键。

“老婆，对不起，前天是我做得不对，无论如何我不该动手打你。我也认真考虑了两天，等我回去咱们好好谈谈，好吗？”听得出来这是那个“白眼狼”王建峰的声音，带着满满的诚恳和歉意。

荣姐又是好一阵犹豫，但还是答应了：“好吧，我等你。”

挂断电话，她仰头靠在沙发上，有种难以名状的复杂和痛苦，两行泪水再一次从青一块紫一块的脸上滚落下来，嘴角抽搐了几下，揪得让人心疼。

是时候离开了，我们又安慰了荣姐几句，便起身告辞。从荣姐家出来，天已经完全黑了，满街的霓虹灯晃得人眼花缭乱。我们默默地走路，谁也不想说话，也不知如何开口。

此刻，我又想起了那盘没有下完的棋……

八

荣姐摘掉墨镜走到窗边，远远近近林立的高楼里早已是万家灯火，安静而又温馨。可那灯火里边的人是否也和她一样，正承受着痛苦的煎熬呢？一阵凉爽的风吹进来，她深深地呼吸了一口新鲜的空气，郁闷的胸口稍稍舒服了一些。

她来到卫生间洗了一把脸，抬起头看着镜子里的自己，把头发梳了梳，瀑布般的直发又恢复了原来的柔顺。她用手轻轻地抚摸着那张曾经漂亮的脸，淤青比两天前好了一点儿。然后又来到厨房，看到水池里那堆已经泡了两天的碗筷，才想到家里已经两天没有开火做饭了，自己也不知道这两天都吃了些什么，虽然感觉很饿，但一点儿食欲都没有。

她强撑着把碗筷洗了，又到客厅抻了抻凌乱的沙发罩，接着倒掉了下午客人们抽烟用的烟灰缸。她正拿着抹布准备擦桌面的时候门铃响了，同时传来了儿子的声音：“妈，开门。”

荣姐心里一阵发慌：“小柯回来了，这可该怎么办？儿子看到我的脸怎么给他解释？何况老王马上也要回来，儿子的火暴脾气我是知道的，如果他们碰到一块又会发生什么情况呢？”

这几天正是清明节小长假，小柯本来带着女朋友去旅游了，应该明天回来才对。荣姐已做好打算，明天就跟单位请公休假出去玩几天，一来散散心，二来不想让别人看到自己脸上的伤。可现在儿子竟提前回来了，她又该如何应对这个局面？

“妈，开门呀。”伴随着急促的门铃声，小柯又叫了起来。

“来了。”荣姐一边忐忑不安地答应着，一边放下手里的抹布。门开了，儿子拉着旅行箱走了进来，身后跟着他的女朋友小雨。

“妈，你的脸咋了？”儿子一进门就发现了她脸上的伤痕。

“没，没事，是妈妈不小心摔了一跤。”

“摔跤？怎么摔的？”儿子急切地问道。

小雨也说：“阿姨，我们刚走两三天，怎么会摔成这样？怪不得小柯一出去就心情不好，还老做噩梦，总感觉要发生什么事，我们放心不下就提前回来了，您怎么不给我们打个电话呢？”

小柯是个急性子，见妈妈好像很为难便猜到了几分，说：“你就别骗我了，到底怎么回事？是不是王叔打的？你倒是跟我说呀！”

“你们先坐一会儿，等我跟你们说。”荣姐说着，委屈的泪水又不自觉地流了下来。

小雨正准备把旅行箱推到一边，只见小柯一脚踢了过去，旅行箱竟从客厅穿过卧室飞到了阳台，又“咚”的一声撞到了洗衣机上。

“他竟敢打你，我今天就让他滚！”儿子的怒火已经不可遏制，咆哮着，“他去哪儿了？让他立刻马上给我回来，看我不打死他。”

荣姐坐在一边不知如何是好。小雨说：“柯柯，你先别激动，也许事情没你想的那么复杂，听听阿姨怎么说好吗？”

九

“前天你们刚走，我和你王叔又说到买房的事，他非要把这笔钱用来还账不可，我死活不同意，所以就吵了起来……”

荣姐还没说完，门铃再一次响起，应该是老王回来了。荣姐正犹豫着该不该去开门的时候，儿子已从沙发上跳起，快步冲向了门口。

小柯又高又壮，从小热爱运动，各种对抗性的运动样样在行，大学期间还经常去健身房撸铁，练就了一身结实的肌肉。王建峰虽也高大魁梧，但毕竟已五十六岁，那一堆发面似的大肚腩把衬衣都快撑烂了，一看就是缺乏锻炼的人，所以小柯根本没把他放在眼里。

门“唰”的一下打开了，正是老王默然地站在那里，战争一触即发。小柯毫不犹豫地挥起右手，上去就是一拳，正打在老王的左眼眶，瞬间裂开一道口子。老王下意识用左手捂了上去，只见血已顺着指缝流了下来。小柯又抡起左手，“啪”的一声扇在老王的右脸上，本来白胖的脸立即成了一块刚烤出来的面包。接着小柯又飞起一脚踹向老王的腹部，老王捂着肚子，“啊”地叫了一声便顺势蹲在了地上。

此时，同在一层居住的两户邻居听到了打斗声，已围拢了过来。大家纷纷劝道：“好了小柯，有什么事好好商量，打出人命可是犯法的。”邻居们一边劝说着，一边把小柯推进客厅按坐在沙发上。他们回头又去搀扶老王，老王竟“咚”地一下跪在了地上。邻居们说：“老王啊，这算咋回事，有什么话进屋里说，叫别人看见多不好。”大家费了好大劲儿才把老王扶进屋里，让他坐在餐桌边的椅子上，邻居们便都回去了。

荣姐把屋门关上后，走到老王跟前责骂道：“你还好意思进这个家，两年来你对这个家做过什么？我对你们父子俩付出得还不够吗？你趁孩子们不在家竟然对我下手这么狠？”

小雨把荣姐扶到沙发边，和小柯三个人并肩坐在一起，便接着荣姐的话说：“王叔，你说我们都对你怎么样？ 没有把你当外人吧，你看看阿姨的脸，还叫她怎么见人？打女人的男人是多么可恶你知道吗？”

老王擦了擦脸上的血忍着痛开口了：“对不起，我和你妈说过要回来好好谈谈的，刚走到楼梯口就看见你们走在我前面。我已料到今天会发生什么，如果我想提前离开也是可以走掉的，但是我想该来的总会来，不如当着你们的面把话说清楚。”

荣姐说：“还有什么可说的，我只有一个要求——离婚，以后咱们井水不犯河水。”

“首先我向你们诚恳道歉，两年来你们都对我非常好，但这只会增加我的愧疚。因为我的过去太复杂，这两年我隐瞒了太多，不是一两句就能说清的，所以整天心情不好。”荣姐和两个孩子认真听着，却听得一头雾水，不知道他葫芦里装的到底是什么药。

老王接着说："作为一个男人混到今天这个地步，真的太失败了。不光住着你们的吃着你们的，还让你妈给我们父子俩找工作，别人还都说我傍上了富婆，成了吃软饭的老白脸，我能受得了吗？我也是有自尊心的人，这种寄人篱下的感觉你们可能不懂，任何男人都不想这样做，可我又有什么办法呢？"

老王说得很诚恳也很动情，荣姐虽不明白他的过去，但心里也慢慢柔软了下来。小柯的怒火已经消失了一大半，但依然呵斥道："对你这么好，你还能这样做，算个男人吗？简直就是东郭先生救下的那只狼。"

"对不起，请你们听我说完。这两天我是在洗浴中心度过的，也认真考虑了很多，我决定离开，也不想再拖累你们。但是想到五月一号就是你妈妈的生日，也是我们结婚两周年的纪念日，所以今天想回来请她吃个饭，顺便把话说明白做个了断。可事已至此，也都没法上饭店了，我现在就走，祝你们幸福。"老王说完，从身上取下一串钥匙放在了身边的餐桌上，就准备起身离开。

荣姐听到这里，才想起这个重要的日子马上就到了，难得他还记着这件事，不禁一阵难过，就像打翻了五味瓶，酸甜苦辣咸一起涌上心头。自己两年来都是和老王在一起庆祝这个日子的，多多少少都能收到他的礼物，顿时又有一种幸福感袭来。可今天他去意已决，也不想再过多挽留，她不想在孩子们面前丢掉自己的尊严。就让他暂时离开吧，离婚的事也先别提了，也许以后还有机会见面，不管是合是离，只能再从长计议了。

"既然你已决定了，我也不再多说什么，等我给你整理几件衣服带着。"荣姐说着便进了房间。

不一会儿，王建峰提着那包衣服打开门走了，"咣"的一声把门关上，一个人孤单地消失在门外的走廊里。

十

清明节假期很快结束，小柯和小雨都上学去了，老王也离开了，家里只剩下荣姐一个人。既然孩子已经知道这件事，她也就没必要再出去玩了，荣姐只是跟单位请假说老家有事，需要请假一星期。以前自己一有空就会约朋友们来打牌，或是一起去唱歌，这时候一点心情也没有了。

荣姐脸上的伤一天天在恢复，心里虽然无比空落，但好像轻松了许多，只是老王临走前的那些话有时会不自觉地在耳边回响。老王的过去能有多复杂？还有多少是自己不知道的呢？从认识到结婚这两年多来自己对他一点都不了解吗？难不成他还是个杀了人的通缉犯？她想来想去还是觉得算了，想多了头疼，大不了就是离婚嘛！丈夫死了不也照样过到现在，离婚又算什么呢？以后他走他的阳关道，我过我的独木桥，有我的小柯和小雨陪着也挺好的。

可荣姐转念又想起了自己的生日，两年前的那天她是多么幸福啊！老王虽然没为这个家付出过什么，但毕竟是个男人，他的到来让这个家更有生气了，也让自己重新变回了幸福的女人。我不需要花他的钱，只需要一个完整的家，至少在外人看来是这样的。他临走还记着我们的结婚纪念日，说明心里还是有我的。男人也不容易，也会有自己的难处，也许他真的受过伤，只是不轻易把伤口展示出来而已。他离开了，又会往哪里去呢？还去住洗浴中心吗？每每想到这里，荣姐就会禁不住一阵伤感。

一周之后，荣姐脸上的伤已经痊愈。那是个礼拜一，她准备上班去，起得很早，将自己好好收拾了一番。往镜前一站，她仿佛又回到了以前的那种美艳状态，心情也不自觉地好了起来。

她刚打开门准备下楼，只听啪的一声，一个白色的信封从门缝里掉在地上。荣姐捡起一看，信封上没有署名也没有地址，心中一阵疑惑。

荣姐锁上门，一边撕着信封一边往电梯走去。在电梯里，她把信取出来，是一张 A4 纸，内容是打印的，上面除了一个手机号码，就只有一句话："如果想知道你老公是谁，请在今晚八点钟联系我。"其他什么也没有说。

真是一波未平一波又起，荣姐又一次蒙了，脑子里也和这封信一样一片空白。可那个陌生的电话号码，那一句无头无尾的话又像一个造浪机，搅得自己脑海里波涛汹涌。她在电梯里愣了好一阵子，甚至忘记了按下一楼的楼层号，所以电梯还在原地停着。

但荣姐也毕竟是个见过世面的人，她又自我安慰：不就一个电话吗？联系一下又能把我怎样？咱也不是被吓大的，不管老王是个什么样的人，也不管他过去做过什么，和自己又有多大关系呢？说白了只不过是一对没有经过充分了解的半路夫妻而已。想到这里荣姐便镇定了很多。

为了慎重起见，荣姐没有把这事告诉任何人，更没有报警，她决定晚上在电话里会会这个神秘的人物，到时候把通话内容录下来，说不定哪天还能用得上呢。

十一

这一天过得可真漫长，荣姐不知道自己是怎么熬过来的，工作上老是心不在焉。有人叫她的时候，她不是好长时间没有反应，就是突然被吓了一跳。没有工作的时候她就一直望着办公室的窗外发呆。窗台上那几盆绿植已经十来天没有浇水了，她也没有注意到，好像根本不存在似的。

终于到了下班时间，她迫不及待地往家里赶，路上不停地观察着周围来来往往的人群，仿佛有人在暗中跟踪着自己。到了家里仍不免紧张，她一进屋就把门反锁上，把所有的灯都打开，把所有的窗户都关好，把窗帘都拉上，好像每个窗户上都有一双眼睛在盯着她。晚饭她也没心情吃了，从客厅到卧室再到厨房，不停地来来回回，坐立不安地等待着八点钟的到来。

墙上的挂钟敲响，她又是一个激灵，八点到了。荣姐深深地吸气，又慢慢地呼出，反复几次，狂跳的心终于平复了一些。她僵硬地坐在沙发上，取出手机照着那个号码拨了过去，同时把手机调到了录音状态。

“嘟……嘟……嘟……”电话通着，却没人接听，每一声都那么漫长。荣姐忍不住看了一下手机屏幕，并没有显示电话的归属地。

电话终于接通了：“喂，你是荣姨吧？我不是坏人，你尽管放心。你什么也别说，只要静静地听就是了。”一个山西口音的男子声音传过来，虽然低沉，但听得出来是个年轻人，也并没有凶神恶煞的感觉。

“你老公是叫王建峰吧，你知道他原来叫什么名字吗？你知道他老家是哪里的吗？你知道他以前的所有吗？”一连串的问话让荣姐再一次陷入迷茫之中。但对方只让自己听，就什么也没问，而且这个神秘的男子也没给她说话的机会。

“这些你可能都不清楚，那我来告诉你。王建峰最早叫白延亮，他比你大八岁，老家是你们邻村的。你十五岁那年应该有人向你提过亲，那个白延亮就是现在的王建峰。”听到这里，荣姐忍不住震惊得倒吸了一口凉气。她正想说些什么，却被神秘男子打断了。

“他十八岁时就跟着父亲到云南的一个小县城做生意了，那时他做的生意是倒卖棉花。有一次他从新疆订购了几十吨棉花，合同上签的是卖完付款，可他竟然把棉花全部转移，然后在空仓库里放了一把火，制造了失火的假象。等债主去要账时他说仓库失火了，所有棉花烧得一点没剩。

“后来债主暗中调查得知，那批棉花他以批发价出售，净赚了四十多万。债主又找到他说给二十万也行，可他死活不认这个账，还把对方打成骨折，撕毁了那张合同。

“之后他改名李庆安，到山西一个偏僻的农村落了户。1994年和一个丧偶的女人共同生活，第二年生下一个儿子叫李锐，比我小五岁，如果没记错他应该是属猪的，今年已有二十五岁了。

“他原来的债主迫不得已报了案。等公安局到山西抓他的时候，可能提前走漏了风声，他就在村后的玉米地里堆起了一座新坟，让女人说他前几天游泳淹死了。他本来就是外地人，在那里很少和别人打交道，处事很谨慎低调，周边的人对他都不太熟悉。那时的侦破手段也落后，所以这事便不了了之。

“1999 年夏天的一个晚上，他和女人因琐事吵架，一怒之下把女人给杀了。他带着四岁的李锐连夜逃到山东，又改名周云山，和一个离了婚的生意伙伴共同生活，儿子改名叫周锐。前几年因把钱放在投资担保公司赔得精光，他又一次分手，然后再次改名王建峰，就阴差阳错找到了你，儿子现在叫王锐。”

神秘男人只管讲，荣姐只管听，竟然听得入了迷。如果不是那一句“然后再次改名王建峰，就阴差阳错找到了你”，简直就像在听一个和自己无关的别人的故事。

可电话中这个神秘的男子又是谁？他为什么知道得这么清楚呢？

十二

荣姐的脑子飞快地转动着，这一切应该都是真的。老王的年龄就是比自己大八岁，他曾说过原来在山东做生意，他的名字就叫王建峰。他的儿子就是叫王锐，今年二十五岁，不错，是属猪的。至于他在山东之前的事，却从来没有提起过。白延亮？真的是当年给我提过亲的那个白延亮吗？怪不得这个名字耳熟。如果真的是他，也只是听媒人说过他跟着父亲做生意挺能赚钱，但因两人从来没见过面，关于他的其他情况自己一概不知。难怪每次说要回老家，他都推三阻四，总是借口有事不想回去，是怕碰到老家的熟人吗？老王临走之前说他隐瞒了太多，难道就是这些吗？当年因为年龄小没有答应他的求婚，三十年后却又以这种方式走到一起，难道这就是所谓的命运吗？

有一句话说得好，不要高估一个人的善，也不要低估一个人的恶。只有你想不到的，没有别人做不到的，一切皆有可能。

“你是谁？”荣姐终于试着问出了第一句话。

“被杀害的那个女人是我的母亲，王锐就是我同母异父的弟弟，应该说他杀掉的是我们两个的亲生母亲。那天晚上，他们只是因为家庭琐事争吵，可越吵越凶，把我吓得不知道该怎么办。他以为我睡着了，但借着灯光我看得清清楚楚，那一幕我永远都忘不掉，从此我就成了一个孤儿。”说到这里，这个神秘的男子竟然有点哽咽。

“这封信是谁送来的？”荣姐继续问。

“是我，我已经跟踪他很久了，二十一年来我唯一的心愿就是把他送上法庭，得到公正的审判。你当过兵，又是个公务员，应该知道公安部早已下令命案必破。同时你也是个母亲，应该能体会到我的感受。我们都是无辜的，只希望你能配合。”

神秘男子又说：“清明节前我就准备通知公安去抓他，想在清明节那天告慰母亲的在天之灵。可我的孩子突然生病住院，就回去了几天，回来后一个礼拜都没见到他，才不得已出此下策。”

听到这里，荣姐早已惊诧得不知所措。老天呐，和自己同床共枕了两年的老王竟然真的是个杀人犯！李庆安、周云山、王建峰，到底哪个才是真正的你？ 对，还有个白延亮，你真的是个“白眼狼”啊！你诈骗过几十吨的棉花，你打伤债主撕毁合同，你能想到用一座新坟来逃避抓捕，你还曾亲手杀掉了自己的妻子，你简直是一个作恶多端、十恶不赦的坏蛋，当初我真的眼瞎了吗？

小柯十岁那年就没了爸爸，荣姐总觉得给儿子的爱是不完整的，电话中这个从小没爹没妈的孤儿又过的是怎样的一种生活呢？想到这里，荣姐不禁可怜起这个孩子来。自己也是个母亲，如果这是自己的孩子自己该怎么办？是啊，我们都是无辜的，但王建峰你必须受到法律的严惩。可王建峰现在不知在什么地方落脚，该怎样才能帮到他呢？

“孩子，我实话跟你讲，正是清明节前一天我们吵了一架，他把我追到大街上打得鼻青脸肿，然后儿子回来又把他揍了一顿，他就离开了这个家。当时我正在生气，心想你走就走吧，所以根本没问他打算去哪里，我现在能为你做些什么呢？”荣姐说。

“五月一号是你的生日，也是你们的结婚纪念日，而且你肯定还保存有他的电话，一有他的消息请联系我就是了。这是我最后一丝希望，二十一年了，我所有的积蓄都花在了这件事上。如果我完成不了这个心愿，只有随母亲而去了。我相信你会帮我，也一定有办法帮到我，我会一辈子感谢你的，谢谢你阿姨！”说完，神秘男子便挂断了电话。

这个电话足足打了近一个小时，听到最后，荣姐虽没有了先前的紧张，却又有种不安充斥着大脑。她陷入沉思之中，也在为这个孩子的勇敢和执着而感动。二十一年了，这要付出多少代价才能调查得如此清楚呢？她在进行着激烈的思想斗争：“我到底该怎么办？如果帮助这个素不相识的孩子，我可能是勇敢的、正义的，甚至有种大义灭亲的伟大。可我亲手灭掉的毕竟是同床共枕了两年的男人。王建峰虽然对我不算好，还打过我，深深地伤害过我，但一日夫妻百日恩，至于要送他坐牢甚至是被枪毙吗？可如果我置之不理，或者现在通知那个白眼狼让他潜逃，我又如何能够安心？那个可怜的孩子已经承受了二十一年的痛苦，让那个女人就这样死得不明不白吗？ 再说潜逃也只是暂时的，冤有头债有主，杀人偿命欠债还钱也属天经地义，出来混总是要还的，该来的迟早都会来。可王锐的婚期定的是十月一号，再有五个多月就要结婚了，让这个没妈的孩子在婚礼上也看不到亲爹吗？怎么办，怎么办，怎么办呢？”

这一夜对荣姐来说，注定是一个漫长的不眠之夜……

十三

又是一星期过去了，这一周荣姐翻来覆去想的都是这件事。但她考虑更多的是：人活一辈子绝不能苟且偷生，我是个当过兵的人，我唱戏时演的都是包公，如今又是一个公务员，一路走来自己代表的都是人间正道。今天如果能亲手把这只“狼”送上公正的审判台，才不愧对自己这么多年的经历，才能让自己心安。恶人理应受到惩罚，不然天理难容，我绝不能助纣为虐，否则也会得到报应的。王锐是无辜的，错就错在不该有这样一个爹。如果王锐将来明白这个道理，他不仅不会恨我，甚至会感谢我今天的选择。至于王锐的婚礼以及他今后的生活，我都会安排妥当，权当我养了两个儿子就是了，甚至那个神秘的男孩儿，我都愿意照顾。

豫剧《包青天》里那几句铿锵有力的唱词又浮现在她脑海：“一句话如同那霹雳闪电，一腔热血往上翻。击鼓鸣锣响三点，天大祸事包某我承担。”

荣姐浑身充满了力量，于是她决定提前打探一下王建峰的近况。

荣姐立即拨通了王建峰的电话："喂，你在哪儿？这些天过得好吗？"

"那天我做的也不对，你也有你的难处，我们毕竟还是夫妻。两个儿子跟亲兄弟一样，有你在这里才像个完整的家，我还想和你一起过生日呢。"荣姐继续说着，想用柔情把他唤回来。

"荣，我在郑州，那天都说到那份上了，我还怎么有脸回去？再说孩子们能原谅我吗？"

"你走后我和孩子们谈了很多，小柯也承认当时太冲动了，不该打你那么狠。俩孩子都很听我的话，这个你尽管放心。半个月来我整夜整夜失眠，睁眼闭眼都是你的样子。"

"只要你不怨恨我就好，我也惦记着你的生日，但是这几天暂时回不去。我在朋友的公司里帮忙，最近事情很多，等'五一'放假我就回，再陪你过个生日，好吗？"

"那好吧，你要照顾好自己，少喝酒少抽烟，如果工作不顺心就早点回来，我等你。"

"好的，你也注意身体，别太累着自己。"

荣姐挂断电话，心里已经有了主意：首先，等小柯回来就和他说清楚这件事，让他知道王建峰到底是个什么人；第二，把自己的打算告诉小柯，一定要得到孩子的理解；第三，让小柯亲自给王建峰打电话道歉，好让他放心回来；最后，提前订个饭店，吃饭前给那个神秘的男孩儿发个短信，让他通知警察准备行动，让王建峰去到他该去的地方。这顿饭必须让老王吃完再走，毕竟自己和他夫妻一场，就算今生无缘再聚，也尽量不留遗憾。一想到这些，荣姐又忍不住伤心起来，但依然没有动摇自己的决心，不然那就不是她的性格了。

决心已定，一切按计划行事。

十四

在接下来的日子里，荣姐和王建峰联系得很频繁，为的是打消他心中的顾虑。四月三十日很快到了，下午五点三十分，荣姐又给王建峰打去电话：“老公，你到哪儿了？给我带了什么礼物？”

“我已坐上高铁，六点半准时到家。礼物已经备好，到时候给你个惊喜。”老王的声音显得很兴奋，而且充满了柔情。

“那就先别回家了，饭店已经订好了，王锐和他的女朋友也会来，我和孩子们都在饭店等着你。”荣姐说。

“也行，哪个饭店？”

“我现在就把地址发给你，直接过来就是了。”

“好的，不见不散。”

那天荣姐特意把生日宴订在一个叫“再回首”的餐厅，雅间的名字叫“缘聚”。这家餐厅环境很好，装修风格浪漫而又怀旧，头顶的音箱里不停地播放着那首经典老歌《再回首》。是啊，聚散皆是缘，离合总关情，你我今日别，回首已成空。

六点半，王建峰如约而至。他的儿子王锐带着未婚妻来了，小柯和小雨也都来了。一家人一边愉快地用餐，一边商量着王锐的婚礼如何举行。这是荣姐专门安排的话题，她不忍心给老王留下后顾之忧。

晚上九点整，饭店门口突然响起警笛声。荣姐听得很清楚，又感觉特别刺耳，同时瞥了老王一眼，发现他的眉头紧紧地皱了一下。荣姐的脸上掠过一丝复杂的表情，连她自己也说不清是痛苦还是欣慰，应该是二者都有吧。

说时迟那时快，四名警察直接进入他们所在的雅间。警察只说了一句：“公安局的，请跟我们走一趟。”同时亮了亮工作证，一副明晃晃的手铐便戴到了王建峰的手腕上。王锐既惊恐又迷茫，连忙问："爸，这到底是怎么回事啊？"王建峰回答说："你以后会知道的。" 旋即他就被带出了饭店。

荣姐和四个孩子紧跟着拥到门口的警车旁，王锐早已泪流满面。王建峰回过头来看着荣姐和孩子们，脸上既没有悲伤也没有哀怨，似乎更多了几分轻松和释然。

"这一天终于来了，孩子们记住一定要做个好人，请保重。"王建峰说完便转身踏上了警车。

警车附近站着一个三十来岁的小伙子，他用目光不住地搜寻着荣姐。他是最后一个上车的，临上车时朝着荣姐深深地鞠了一躬。这时荣姐才看清他的脸，和王锐长得还真像。这应该就是王锐同母异父的哥哥，那个背负了二十一年痛苦的孩子吧。

荣姐紧紧地攥着王锐的手，和四个孩子依偎着站在一起。荣姐的泪也下来了，朦胧的泪眼中，警车鸣着警笛呼啸而去，瞬间消失在茫茫的夜色里。

此时，身后又传来了姜育恒那凄婉的歌声："曾经在幽幽暗暗反反复复中追问，才知道平平淡淡从从容容是最真。再回首恍然如梦，再回首我心依旧，只有那无尽的长路伴着我……"

南　南

南南属龙，今年是他的本命年，他二十四岁了。前几天是他结婚的大喜日子，他的外公外婆、爷爷奶奶、姑姑叔叔、舅舅舅妈、姨父姨妈、哥哥嫂子、表弟表妹，一大群人都来给他道喜。

这个小村子坐落在黄河中下游分界处的南岸。可能跟风俗有关，南南的婚礼办得简单朴素，但很特别。特别的是，婚礼上南南有两个爸爸和两个妈妈，但只有远道而来的这个爸爸是亲的。知道内情的亲人都忍不住偷偷落泪，包括已经八十岁的爷爷和外公，这让婚礼多了几分沉重。

南南出生在农历二月初一，据算命的说，这一天出生的男孩子命特别硬，如果生在二月二就好了，那是龙抬头的日子，日后必将大富大贵。而且他双脚的第二个脚指头都特别长，农村有句老话：二拇脚趾长，不克爹就克娘。还真邪乎了，他出生的当天就夺走了妈妈的生命。因为难产，妈妈被送到县医院的时候已没有了生命体征。妈妈没有亲自喂南南吃过一口奶，没有抱过一次这个鲜嫩的小生命，甚至没有来得及看上一眼自己的孩子就离开了这个世界。

家人把南南妈妈的后事草草办完，看着襁褓中嗷嗷待哺的孙子，爷爷奶奶犯了愁。经过全家人再三商议，决定把孩子送给他的大姑收养。大姑远嫁黄河以南，在过去因交通不便还是离家相当远的，也因为生活不太顺心，几年都难得回来一次。大姑婚后多年未育，年龄越来越大，一家人认为她会把南南视为己出，不会亏待自己亲侄子的。姑父是一个老实巴交的庄稼汉，一直畏惧妻子的厉害，他也不敢有二话，家里，有个孩子将来还有人给他们续个香火养个老，这倒不失为一个好主意。南南有个同胞哥哥大他三岁，从此兄弟俩也被黄河远隔开来。为了寄托全家人对他的思念，才给他起名叫南南。家人又不想让南南有太多的想法，影响家里和姑姑一家的感情，二十多年来，哥哥和很多人一样，都是因南南结婚第一次来到大姑家，这兄弟俩并不像亲兄弟那样亲热。

当年南南被送走半年后，爸爸又娶了一个妻子，没过两年又生了一个女儿，但由于感情不好离了，女儿被叔叔收养了。接着爸爸又娶了一个，没过几天又匆匆离了。据他爸爸讲是一直忘不掉南南妈妈的好，才对别人都产生不了感情。但是作为男人，他年纪尚轻，而且家里在当地也是有头有脸的大家族，怎么能让他这样孤苦伶仃地过一辈子呢?

机会很快来了，20 世纪 90 年代初，贵州一些偏远农村的生活条件还是相当的差,因此经常有那边的年轻女子远嫁到这里来。某天，一表哥带着表妹小云来到他们村里，说是表妹家里太穷了，父亲病重没钱医治，急需 3500 块钱，谁愿意给这个钱就把表妹嫁给他。表哥说这话时有种卖身救父的豪迈，小云也不住地落泪，让人看了为之动容。爸爸一家人看这个女子各方面还都不错，当时就决定照条件办事，表哥拿到钱后跟表妹交代了几句就匆匆离开了。可当天晚上就出现了状况，半夜里总听到有人在上房后边叽里呱啦地叫。家里人感觉不妙，赶去一看发出声音的正是白天那个表哥。经过盘问才知道他和小云本是一对夫妻，已有一个儿子，他是在送暗号让妻子找机会逃走呢。爷爷发话说：进了我家的大门可没那么容易出去，想让我丢钱又丢人门都没有。到了这份儿上，一家人便对女子严加看管。

一晃二十多年，小云又给他家生了三个孩子，大女儿今年十九岁，小儿子十五岁。十七岁的二女儿便是南南现在的妹妹，也送给姑姑收养了，这样姑姑也就“儿女双全”了。小云今天见到了亲生女儿，眼神里流露出满满的柔情。小云虽来自贵州，但离家远隔几千里，在这里也有了一群孩子，便只能认命了。而且她聪明勤快不怕吃苦，也早已融入了这个大家庭。去年她远在贵州的儿子结婚，她还回去过一次，但很快就回来了，好像更割舍不下这个家。那天她是以妈妈的身份参加南南的婚礼，给儿子封了一个大红包，里边装了 9999 块。小云也是有故事的女人，失去亲妈的孩子已够可怜，此时此刻她禁不住想到自己的儿子。这个红包既是对南南这么多年亲情亏欠的弥补，更是希望他能够从此拥有长久的幸福。

南南结婚前曾给爷爷打电话说：大姑家在当地势单力薄，姑父为人老实，又由于兄妹俩没有一个是亲生的，周围的人总不拿他们一家当回事，他们小两口还想回来和哥哥一起生活。爷爷也不是铁石心肠，当年把他送给大姑也是没有办法的办法，听完电话早已泣不成声。爷爷怎能不伤心呢？自己一辈子没有受过别人的欺负，自己的亲孙子如何受得了这样的委屈？ 回来生活倒不难，可养他长大的女儿女婿的后半生又该托付给谁？ 养了你 24 年，给你盖房娶妻，这是亲生父母应该尽的责任和义务，但他们都做到了，你这一走将给他们留下怎样的凄凉？一辈子心强命不强的女儿还有什么希望可谈？后来爷爷在和外公说起这些的时候，两位耄耋老人都忍不住老泪纵横。

南南的妻子也是一个从小没妈的孩子，两个同病相怜的人在工作中相识，一见面就情投意合，有说不完的话，诉不完的苦，从此便许下了牵手一生的诺言。

清明节那天，南南带着新婚妻子回来给妈妈上坟。跪在坟前，他从口袋里取出一封信读给妈妈：妈妈，我是不幸的，但又是幸运的，虽然失去了您却又得到了两个妈妈的呵护。还有这么多亲人都在关心着我，他们给了我比别人更多的爱。您放心吧，我长大了，也结婚了，今天带着妻子来看您，明年会带着儿子来看您的。我也会把姑妈当成亲妈来照应，我知道她也有太多的辛酸，也曾吞咽过太多不为人知的泪水。既然谁都无法选择自己的出身，就要学会接受，我们也一定要努力活出个样子，这样才不辜负这么多人的厚爱。祝您安好！

读完之后，南南把这封信放在一堆纸钱里，一起烧给了妈妈。信纸瞬间化作一缕青烟越飞越远……

作者简介

AUTHOR PROFILE

赵大明，湖南省作家协会会员，现为湖南省双清区作家协会主席，《青年文学家》作家理事会永州分会主席。先后在《人民日报（海外版）》《湖南日报》《青年文学家》等多家报纸期刊发表作品400余篇。

付　款

家住公园旁边小区的市委龙部长，是个晨跑爱好者。

这天，他和往常一样，拿着手机就跑出了家门。

龙部长刚跑到公园门口，迎面来了一位肩挑莲藕的大娘。

大娘岁数六十上下，一头白发。

龙部长见大娘的莲藕洁白新鲜，便停住了脚步，问道："大娘，您这莲藕是卖的吗？多少钱一斤？"

大娘闻声放下了担子，答道："卖的！5元钱一斤。"

龙部长走过去，蹲下挑选了两根递给大娘。

大娘熟练地从担子里拿出了秤。

"帅哥呀！三斤二两，一十六元钱。"

龙部长站起身来，习惯地把手伸向裤袋。

糟糕！钱包没有带出来，他只好尴尬地放下手中的莲藕。

大娘即刻明白他没有带钱包出来，便对他弱弱地说："有微信支付吗？"

龙部长闻言眼前一亮，说："有！"

大娘从口袋里掏出手机，捣鼓了一番，递了过来，说："扫一扫我的收款码吧！"

龙部长十分惊奇，连忙说："您老人家还会玩微信？"

大娘有点不好意思地说："会！是我孙子教我玩的。"

大娘好像打开了话匣一样，脸露喜悦的神色，说："我儿子看我卖菜零钱难找，算数又算不好，于是，就给我买了这部手机，不但替我开通了微信，还帮我绑定了银行卡，教会了我如何操作使用。”

龙部长当即扫了大娘的收款码，轻松地把莲藕钱支付过去，提着买好的莲藕，朝公园内跑去……

捐　款

白公市江边的一间简易的木板房里，从昨天傍晚到今天早上，一盏节能灯一直亮着。

收废品的黄老头儿，坐在木板搭架的床头，一遍又一遍地数着装在祖传瓷坛里的硬币和毛票。

这可是他两个月的收入啊！

昨天，他在市民政大院里收废品时，办公楼下排起了长长的队伍。大家都在踊跃捐款。

一打听，原来是他的家乡苗侗乡遭受了百年不遇的洪灾，好几个村寨变成了废墟。

黄老头儿闷闷不乐地回到了江边小木房。

黄老头儿坐在床头细细地想：那么多素不相识的人都伸出了援助之手，自己这个苗寨长大的能袖手旁观吗？

天黑了下来。

黄老头儿从木板床上起身，来到床角，揭开大坛子盖，从里面取出一个十分精致的瓷坛子，然后拉亮节能灯，重新坐在床上，一遍又一遍地数着坛子里的硬币和毛票。

天亮了，太阳出来了。

黄老头儿关闭节能灯，锁了小木房，捧着瓷坛走上了街头……

早上八点钟，黄老头儿第一个出现在市民政局办公楼。

当负责募捐的小刘上班走进办公室，黄老头迅速跟进，将瓷坛放在小刘的办公桌上。黄老头儿轻轻地说了一句：“同志，我要捐款！”

小刘惊讶地看着眼前这位年过半百的老人。黄老头儿又肯定地补充一句，说：“同志，我要捐款！”

小刘连忙打开抽屉，取出发票，说：“老人家，您向哪里捐款？”

黄老头儿语气坚定地说：“向苗侗乡。”

小刘又问：“捐多少？”

黄老头儿指着瓷坛说：“全在这里面。”

小刘接过瓷坛，仔细一瞄：呀！一罐硬币和毛票。

小刘把坛子里的硬币和毛票倒在办公桌上。一张小纸条出现在眼前：白公市收废品的苗侗老人捐款二千二百六十三元五角。

小刘顿时热泪盈眶……

还　款

小豹子夫妇兴奋异常地分坐在婚床的两头，清点着新婚宴席上亲朋好友送过来的红包礼金。

小豹子念着送礼人的姓名和礼金，珍妹子按着计算器统计着。

小夫妻俩要多高兴有多高兴。

这时，小豹子突然想起来了一件事，连忙对珍妹子说：“亲爱的，虎伢子他们的红包礼金收在哪里？”

珍妹子这才想起，婚宴开始时，熊虎送过来一个封得很紧凑的红包。

于是，珍妹子从众多的红包里，找出了一个还未拆封的红包交给小豹子。

小豹子接过珍妹子递过来的红包，迅速拆开，几张纸条露了出来。

小豹子取出其中的一张，几行自己熟悉的笔迹出现在眼前。

珍妹子抬头看了看小豹子，发现小豹子拿着纸条发呆，便一把抢了过来。

珍妹子拿着纸条读了起来：

欠　条

今欠到好友熊虎结婚礼金五百元。

欠款人：山豹

某年某月某日

小豹子惭愧地低下了头。

他为自己当年自以为聪明，现在看来十分荒唐的举动后悔不已！

后遗症

小虎子清晨起了床，洗漱完毕，拎起奶奶提前准备的两袋物品，关了电灯，离开家走出了山寨。

小虎子家住苗侗山寨，离上海市可远了。

奶奶想念在上海工作的小儿子，便要小虎子趁着初冬季节，去一趟上海叔叔家，顺便捎点儿家乡的土特产。

小虎子沿着走了十多年的羊肠小道，往镇里赶过去，搭乘去县城的班车。

几番折腾，小虎子终于在第二天傍晚到达了上海。

走出高铁站，远远就看见堂姐站在出口向他招手，小虎子高兴地走了过去。

到了叔叔家二十二层的房子里，小虎子迅速把奶奶准备的物品分别拿出来交给婶婶。小虎子指着那包紫色红薯对婶婶说："这是家乡新种的品种，奶奶说给你们尝尝新。"

婶婶闻言，便挑了几个，洗净之后，放进唐宁锅里蒸了起来。

晚上，叔叔下班回来了，大家一起共进晚餐。

小虎子指着桌子上的紫红薯对叔叔说："叔叔，这是家乡新种的品种。"

还未落座的叔叔往桌子上仔细一看，当即脸色苍白，一下就倒在地上。

小虎子和堂姐吓得不轻，迅速走过来将叔叔抬起来，放在沙发上躺着。

婶婶见状，吓得不轻。

老公怎么了？从来没有的状况。

过了一会儿，叔叔缓过来了，指着桌子上的红薯说："把它端走吧。"

叔叔见小虎子满脸疑惑，便拍了拍小虎子的肩膀说："叔叔是吃红薯吃怕了哦！"

小虎子的叔叔坐正了身子，用手摸着小虎子的头，深情地说："往事不堪回首啊！"

"那时候，你叔叔我还小，家里啥也没有。喂几只鸡鸭都要受限制。宁要社会主义的草，不要资本主义的苗。你爷爷奶奶要出集体工，每个劳动日值一角八分钱。年头到年尾，红薯就成了主食，早上我吃一个烤红薯然后就到十几里山路外的公社学校上学，放学回家中饭晚饭也是一家人一起吃小块红薯拌米饭。实在饿了，你奶奶就递给我们几片红薯干。那时，不像现在，什么东西都要凭票买。每个月每人半斤猪肉，半斤煤油。我和你爸爸、姑姑围着煤油灯学习。后来，恢复了高考。我考上了大学，分配到上海。接着，改革开放，家里也渐渐富裕了起来，白米饭每天可以吃两顿了，而且可以吃到你奶奶做的腊肉腊鱼等。”

叔叔的一席话，令小虎子疑惑顿解！

原来叔叔得了吃红薯的后遗症。

孝　心

小山熊是苗侗山寨第一个到乡里中心学校读初中的苗家娃娃。

星期六的下午，学校休假。他提着母亲为他缝织的土布口袋，从学校里出来往家里赶，迎面来了一个卖冰棒的小姑娘。

小姑娘看着小山熊，甜甜地喊了一声：“小哥哥，买冰棒吃吗？很甜的哟！”

小山熊摸了摸口袋，口袋还有本周节省下来的五分钱生活费。他考虑了一下，便对小姑娘说：“买一根吧！”

小姑娘放下冰棒箱，从中取出了一根交给小山熊，并从口袋里拿出两张一分钱的纸币递给小山熊。

小山熊满心欢喜地把冰棒放进装水的瓶子里，抬脚往回家的路走去。

小山熊边走边笑，脑海里浮现着母亲吃着冰棒的幸福模样。

天黑了，崎岖的山路不好走。好在小山熊习以为常，快步向家里走去。

到家了，小山熊第一件事就是拿出冰棒，给自己从未出过山寨的母亲尝尝山外面的美食。

当小山熊取出瓶子，打开瓶盖，顿时傻了眼：怎么只有冰棒纸和冰棒棍子及小半瓶冰水?

小山熊伤心地哭了起来，母亲接过小山熊的瓶子，一把将小山熊拉到自己的怀里，摸着他的头，欣慰地笑了……

商　策

龙龙大学刚一毕业，表哥豹子头就邀他帮忙。

经过一日一夜的长时间的乘车，龙龙终于来到了浅沟市。

龙龙搭出租车来到表哥的住处，已是晚上九点钟了。

龙龙站在表哥承包的酒店楼下，看着车水马龙的大街，再回头看黑灯瞎火的酒店，心里一下就凉透了。

他知道表哥叫他过来的用意了。

放下行李后，表哥领着他来到了厨房，炒了几个家乡菜，拿出一瓶家乡老头子酒，兄弟二人边吃边聊。

原来，表哥豹子头承包了这个大酒店，生意一直不怎么好，前几个月还出现亏损了。

表哥见龙龙是学商贸的，而且正好大学毕业，于是请龙龙过来放手一搏，让龙龙来施展一下，反正已经亏了，也不在乎再亏一点儿。

听了表哥的坦诚叙述，龙龙突然眼前一亮。

龙龙对表哥说："给我十天的时间，同时给我准备一百万元流动资金。"

表哥当即拿出支票，填上金额交给龙龙。

龙龙接过支票转身上楼。

是夜无话。

第二天中午，浅沟市午间新闻之后就出现了这样一条广告：

"昭阳府大酒店三年大庆，诚邀昭阳的乡亲光临捧场，品尝家乡菜。（来客请带身份证入场，所有的消费一律免费）。"

当天晚上，一辆满载昭阳特产的大货车平安抵达酒店。

第三天，正好是星期六，工作在浅沟市的昭阳的乡亲听到消息如期而至。大家说着相同的语言，吃着家乡的雪峰蜜橘、崀山脐橙、昭东的瓜子花生，气氛亲切融洽。

中饭，晚饭，全部都是正宗家乡菜，什么武冈铜鹅、新宁血浆鸭、绥宁的柴火腊肉、隆回的猪血丸子、黄家坝水库的活鱼、黄荆岭上的土鸡，让乡亲们赞不绝口。

到了晚上，龙龙要客房部经理通知楼层服务员，将所有的客房灯全部打开，并给住宿登记工作人员交代："凡昭阳过来住宿的，十天免费。"

十天之后，昭阳府大酒店门庭若市，宾客盈门。订座电话、住宿预订响个不停，门卫站在店前的坪里指挥停车，手忙脚乱……

山歌哟吠下资江

双清区渡头桥镇姚喆村，是由过去的江口村和光辉村两个村合并而成的。当年，我上山下乡的地方就在现在的江口村。

那时，江口村叫江口大队，属邵东县鸡笼公社管辖。全大队基本上紧靠邵水河边。因此人们日常生活就与邵水河的联系格外密切。

那时，生产队运送公粮和肥料以及购买日常生活用品，均是利用木板船从邵水去资江，然后到邵阳城。

邵水逆流九十里。在我们江口大队这个地方，大概已经流至四十五里的样子。

于是乎，我们去邵阳城就是顺流而下。

记得那年五月份，生产队要把草料送到邵阳市下河线的肉联厂冷库（我们生产队每年要派很多人到那里喂猪然后获得猪肥）。队长要我和船工姚满叔等五位同志负责运送。

于是，我们这些出差的， 鸡叫三遍的时候就从家里出发。大家各自沿着高低不平的田间泥巴路，走向停靠在河边的木船。

草料是前天晚上就装好船的，我们只要上船后对木船稍作检查就可以开船了。

我们这艘木板船是专门用作运输的。因此，它的船体相比其他船只要大很多，载重量也大很多。

这艘木船是已经改造过的机帆船，并且是用柴油做燃料发动的。它既不要用竹竿撑船运动，又不要用木桨划船。

这趟行船，一则走的是顺水，二则开的是机舤船。因此，只需一位师傅把稳舵就可以了。

行船走水这项工作当然就归船工姚满叔掌管了。

我们只管坐在船头欣赏两岸迷人的风景。

原来心想这次出差会十分枯燥，毕竟五个大老爷们没有相投的爱好，一路上只会是你看着我，我看着你相互傻笑。

可没想到，船离了码头没几分钟，姚满叔就在船尾，一边手扶着舵，一边唱起山歌来。

别看姚满叔人长得五大三粗，嗓子那真是不错，高音与何继光有得一拼。

姚满叔坐在船尾悠悠扬扬地唱着：

乡里妹子进城来，
乡里妹子莫穿鞋，
何不嫁到我城里去，
上穿旗袍下穿鞋。

城里的伢子莫笑我，
我打赤脚好得多。
上山挑得百斤担，
下田捡得水田螺。

一曲唱完，咳嗽几声，接着又唱起来：

春季里，放风筝，
风筝像蝴蝶飞上天，飞下来，
飞上天，飞下来，
那个放下，那个放下，
我放风筝去散心呀哎嗨哎嗨哟。

金打铁，银打铁，
打把铁钳送姐姐。
姐姐留我歇，我不歇，
我要回家学打铁。

木船因为有柴油发动，加上顺流而下，不知不觉我们就到了黄家坝。

那时，邵水河上筑有好几座水坝。从邵东县城出来分别有檀山铺、封江渡、飞仓坝、黄家坝、云水铺、向家滩。

木船过坝是要等候的。

水坝的管理者要把水坝的池里放满水，让木船驶入，等进池的木船都到位后，开闸放水，让船只与池外河流平行。这样，过坝后的船只又可以继续航行。

我们的船过了黄家坝，很快就剑指渡头桥。

那时的渡头桥是区公所所在地，是一个比较繁华的集镇。供销社、粮站和农业银行代办站都坐落在这里。同时，为数不多的过境客车也在这里上下旅客。

我们因为要赶时间，所以就没有在渡头桥停靠。

我们的船只就好像老农民催促耕牛犁田一样，把邵水往两边分开。一路白浪翻滚，汹涌澎湃。

木船上的姚满叔兴犹未尽，丝毫不觉得疲倦，继续引吭高歌：

高山大岭一树槐，
槐树底下搭戏台，
早来三天有戏看，
迟来三天看戏台。

正月是新年，
坐在灶面前。
公公来扒火，
手捏两块钱。
…………

姚满叔一路山歌飞出木船，飞向两岸，引得两岸男女老少注足张望。

船在水上走，歌在天上飞。

不知不觉地，我们的船只越过了云水铺、向家滩，穿过了青龙桥，驶过了高庙潭，圆满地停靠在邵阳市肉联厂的冷库边的河运码头。

于是，这充满诗情画意的邵水飞舟就圆满结束了。

难忘的邵水河一日游也永存于我人生的记忆里！

熟读桂林

桂林的山水犹如一部多彩的艺术画卷，无论怎么看，看多久，都不会厌倦。

的确，在我和桂林十余次的亲密接触中，每一次都会有不同的感受。

虽然，我的家乡与桂林市只有一山之隔（我的家乡在湖南省邵阳市）。但是，第一次走进它的怀抱，我已经三十多岁。

20 世纪 80 年代末，我带着我的第一部编著的作品《铭记在人们心中的故事》，来到了桂林。

当我把作品交给漓江出版社总编室后，我这部作品的责任编辑莫雅平先生建议我去芦笛岩、象鼻山等景点看一看。

于是，我第一次近距离地接触桂林山水。

那时的桂林，没有像现在这么多现代科技建设及灯光点缀。大家观赏的所有的景色都是原生态的。尽管是初冬，但游人如织。无论是芦笛岩，还是七星岩，游览的人络绎不绝。那景点里的游人，一个跟着一个，没有拥挤，也没有争先恐后。大家互不干涉地观赏着赏心悦目的风景。特别是阳朔的大榕树下，那游人就像集会一样，里三层外三层地围着。

我在想：不就是一棵大树嘛！竟有如此魅力！

后来，我的这部作品出版了。

我与漓江出版社也越来越熟络了。因为，当时我的那本集子只编著了几十篇文章，书籍显得比较单薄。于是，我又用了近两年的时间，收集编著了两百余篇作品，书籍字数从八万余字扩展到二十多万字后，再次拿到漓江出版社报批。如此这般，我又有了多次穿梭于桂林山水间的机会。

后来几次来桂林，桂林都在变化，一次比一次美丽，一次比一次令人流连忘返。

这般多次地近距离接触桂林，我竟然恋上了桂林。

我每次来桂林 都喜欢住在象鼻山附近。一则离漓江出版社办公旧址近，二则可以近距离欣赏桂林风景。

每次，吃过晚餐后，我就到象鼻山公园散散步，欣赏象鼻山独特的风景。

傍晚时的象鼻山，风景特别优美。徐徐的晚风轻拂漓江，清澈碧蓝的江面微波粼粼。灯光把象鼻山倒映在江里，构成一幅绝美的山水画，美不胜收。

2008 年，我们双清区职工旅游桂林，都特别想放舟漓江。因为，那次来桂林，正好是丹桂飘香的时节。

我们在旅游完其他景点后，专门花了一天时间畅游漓江。

我们从象鼻山码头上船，一路逆流而上。站在游船的顶上，漓江风景尽收眼底。

游船航行在漓江水面上，就像老农犁田一样，白色的水浪向船身两边分开，两岸优美的风景也像翻书一样向后揭过。

因为是秋天，江风吹拂让我们觉得格外舒畅。

站在船上，我们尽情地怡赏着两岸迷人的风景，目不暇接。

最近的一次接触桂林，那是2020年，防疫解禁几个月后，我们一行八人光临了桂林。

我的这次桂林之行，让我对桂林又有了新的认识。

龙宫和水上乐园是新建成的，风景比桂林的老牌景区要优美很多。里面同样是溶洞和漓江水域，令人耳目一新。

最让人记忆犹新的是桂林城中的夜景 。

色彩缤纷的灯光投射在内河两岸的树枝上，美轮美奂。耸立在岸边的双子塔别具风韵，不管从哪个角度观赏，都是百看不厌。

十余次的游历宛如十余次地翻阅。

啊！桂林。您在我的心中，就是一幅多彩的画卷，令我爱不释手，百读不倦！

九寨沟览胜

从2020年11月开始，我的个人旅游活动，那真是好运连连。我先是花555元钱十天九晚畅游云南，接着自费1290元六天五晚玩转甘肃、青海。如今，我又花1380元九天八晚随蜀湘农业畅游四川。

2021年4月，我们蜀湘农业的会员们，从邵阳乘旅游大巴到长沙，然后再坐火车硬卧进成都，休息一晚后再随团去九寨沟景区旅游。

我们夫妻俩是旅游九寨沟线的，与从邵阳出发的这些同志不是一条旅游线路。于是，公司便迅速给我俩联系旅游团。

我们是第二天早晨离开成都去的九寨沟。

我们到达九寨沟时，突降漫天大雪。半个小时的时间，在下榻的宾馆，天上地下白茫茫的一片。好在我们功课做得足，冬装穿在身上不惧严寒。

我们在九寨沟景区外面的宾馆睡了一个晚上，第二天早上启程向景区走去。

到达九寨沟景区时，天空细雨绵绵。我们即刻感觉到寒冬已过，春天来临。

我们跟随游览的人群缓缓向前移动，然后乘旅游公交车游览景区。

九寨沟的景区分布呈“Y”形。我们乘车先到达一侧最远的景点——五花海。

站在九寨沟景区的土地上，我的脑海里即刻冒出歌曲《神奇的九寨》那动人的旋律。

真的，不看不知道，一看乐陶陶。

这个九寨沟还真的值得一看！

九寨沟的特点就是多“海”！

按我家乡的说法，它的这个“海”就好比我们的山塘和水库。

这 108 个大小“海”分布在整个景区内，构成了景区水的世界，难怪人们说九寨沟美就美在水。

我们乘着旅游公交车，由五花海景点往回走。每到一个景点，我们就从公交车上下来，自己慢慢地徒步欣赏。

这样走走停停，悠扬自在，没有半点心理负担。

到了珍珠滩景点，我的眼前突然一亮，太漂亮了！

清澈的水流被遍布在河床的微小孔隙所阻挡，生出成千上万的水珠，经阳光照射，像一粒粒晶莹剔透的珍珠洒满坡滩。同时，水流流至悬崖边滚落而下，形成新月形的珍珠滩瀑布。

我停住了脚步，拿着手机不停地拍照，想把这人间美景永久的珍藏。

看完珍珠滩，我们旋即乘车去了长海看五彩池。

九寨沟的长海景点，那真是美得美轮美奂。

观景的人真是多，里三层外三层的。我们头顶上是蓝天白云，艳阳高照，而脚底下却是踩着皑皑白雪。

尽管山水景致美不胜收，但是，袭人的寒气却丝毫不讲情面，使劲地从衣袖和脖子处往身体里钻。于是，我们在人堆里挤了一圈后，迅速往回走。

我们的九寨沟之旅的最后一站是落日朗瀑布。

我们仍旧是乘坐旅游公交车从长海五彩池到达落日朗瀑布景点。

下午的落日朗瀑布，没有了太阳的辉映，却彰显出自己的本色。它在高高的翠岩上急泻倾挂，似巨幅水帘凌空飞落，雄浑壮丽！

九寨沟的一天游历，我却像经历了三个季节：早上是春雨绵绵，中午凉爽如秋，在长海景点，虽然是下午两点多，我却感到了冬天的寒冷。

再次坐上景区旅游公交车时，我的九寨沟旅游已经圆满结束。

带着满心的欢喜，我们离开九寨沟景区。但是，我游兴未尽，大有诗兴井喷的感觉。于是乎，脑海里自然而然地响起了《神奇的九寨》的歌词：“神奇的九寨，人间的天堂。”

是的！这就是九寨沟！这就是人们向往的人间天堂！

回眸百亩大丘

近日应朋友之邀，去了一趟湖南省邵阳市双清区芹菜塘村。

站在曾经挥汗如雨、身体力行与当时的公社社员们一起开垦出的百亩大丘上，我心潮起伏，思绪万千。

尽管如今的百亩大丘已杂草丛生、满目荒凉，但我还是兴致盎然地穿梭在田野之中。

我在寻找，我在追思……

那是 20 世纪 70 年代末。

清晨，东方欲晓。

我那时是下乡知青，担任大队团支部书记。举着“江口大队第一生产队”的红旗，带着一队扛着锄头，挑着畚箕的男女老少，行走在乡间小路上。这就是我们生产队参加公社百亩大丘开垦的队伍。

那是正时兴农业学大寨的年代。

我们邵东县除了学大寨之外，还增加了一个学习本地学大寨的先进集体——邵东县斫礴公社野鸡坪大队。

当时的学习模式基本上是照猫画虎。我们要去开垦百亩大丘的地方是邵东县鸡笼公社芹菜大队的一片山丘。它的对面就是公社办公楼。

我们 50 多位队员到达指定的地点时，那里的人还不是很多。除了我们外，基本上是离指定地点较近的大队的同志。

一面红旗一支队伍。空地上已有六面红旗迎着晨风飘扬。

六支队伍里也响起了“下定决心，不怕牺牲，排除万难，去争取胜利”的语录歌。虽然唱得参差不齐，但还是响彻云霄。

大家站在队伍里等待着分配任务。

太阳刚刚从对面山上露出半边笑脸，工地上的喇叭即刻就响了起来，那听了将近十年的“东方红，太阳升，中国出了个毛泽东……”的乐曲声旋即随风飘扬。

这时，只见我们的生产队队长手拿着字签，笑眯眯地向大家走来。我知道：一定是抽了一个好签。

果然，我们队长抽到的是一块没有树木、没有杂草的黄土坡工地。我们迅速地向工地靠拢。

整个公社分配的工地，全部由白石灰做出标记。在标记的区域内，有的是连片的松树，有的是黄板土地，中间还有一个面积不大的石山。

真的，比较起来，我们的工地是最容易开垦的。

到达目的地后，队长给50个人做了分工。大家挖土的挖土，装土的装土，运土的运土，工地上即刻就活跃了起来。

大概是早上八点钟的样子，工地上的广播开始播报工地上的好人好事。我一下来了灵感：我是邵东县广播站的业余通讯员，搞这个现场报道还不是手到擒来！

于是，我放下锄头，抹去额头上的汗珠，向生产队队长请假说去上趟厕所，但实际上是去现场挖新闻。

当我走到工地中间那块小石山地时，一眼看见我们的公社书记正挥动大锤在打炮眼。于是，我迅速从短裤口袋里掏出早就准备好的笔和纸，迅速把歌颂书记的新闻稿写成交到工地广播站。

工地广播站的播音员一见是报道书记的，二话没说，对着话筒就念了起来。

当我走回工地时，队长满脸惊讶地看着我，不过是半袋烟的工夫，工地广播员就念出了我写的现场报道。

第二天下午收工的时候，工地广播员在广播里呼叫我的名字。我挑着畚箕走过去时，一眼就看见公社书记站在那里等我。

原来，我写的那篇新闻稿，公社广播站发给了县广播站，并在第二天早上的全县新闻节目里播报了出来。

公社书记高兴地握着我的手，说："小伙子不错！明天你就不用去你们工地了，到工地广播站协助小石吧！"

我连声说谢谢！

…………

时间一晃就是四十年，那满山飘扬的红旗，川流不息的人，如火如荼的工地，响彻天空的夯歌号子，仿佛就在眼前……

中秋月，天上还是儿时眼中的那一轮吗？

2021 年中秋节来了！

尽管如今身处闹市，睡卧高楼大厦里，但我总得天上挂着的那轮明月，仍旧是我儿时眼中的那一轮。

吃过晚饭，我带着月饼、可乐、雪碧、啤酒和水果等赏月美食，和家人一道驱车前往邵阳市双清公园的双清亭，去观赏 2021 年的中秋月。

到双清亭赏月，其实是冲着"云带钟声穿楼去，月移塔影过江来"的诗境来的。

在双清亭上赏月，倍感奇妙：皓月在辽阔的夜空中格外明亮，没有云彩，没有遮盖。这时，你才会真正地见识到"天上一个月亮，水里一个月亮，天上的月亮在水里，水里的月亮在天上”。

不过，话又说回来，现如今，城镇的居民都没有浓厚的赏月兴趣了。

然而，我却不同。

我从懂事起，对赏月却有着格外的执念。

因为那时，我的家乡很贫穷。一年到头，家里没有几餐猪肉吃。中秋节就是有猪、鸡、鸭吃，还能吃到没有拌红薯丁的纯米饭的节日之一。所以，我们对中秋节也就比较期待。年复一年，就这样根植于我的血液中。

那时文娱生活也非常贫乏。在晴天的晚上，村子里的小朋友都会自觉地围坐在朝门口的石凳子上，听大人们讲古今中外的故事，以此来排遣枯燥的长夜。

我的爸爸妈妈是文化人，星期六晚上他们从山外的学校回到村子里。他们会来到小朋友人群中，给大家讲动人的故事。孩子们喜欢听我爸爸妈妈所讲的故事，尤其喜欢听嫦娥奔月的故事，百听不厌。

现在看来，就是这个嫦娥奔月的故事，使我爱上了赏月，特别是观赏中秋月。

几十年来，不管我身处何方，只要是中秋节，我都会带上月饼，找一个赏月最佳位置，慢慢地欣赏。

记得那年中秋节，也是我们全家返回宝庆城的前一天。妈妈在供销社里花了四两粮票，买了两个大月饼，还花了半斤肉票买了半斤猪肉。奶奶把生蛋母鸡和老鸭子杀了。全家老小过了一个热热闹闹的中秋节。

吃过晚饭，我和弟弟三人拿着大人分给我们的月饼，高高兴兴地来到背后山顶的空坪里，来观赏离开山村前最后一个中秋月。

背后山上的空坪并不宽敞，五六十个平方米。

我们三兄弟席地而坐，一边吃着月饼一边欣赏月亮。

这时，圆圆的月亮已从对面山林树梢中冲了出来，将银光洒满山村。

也许是要离开山村的原因，感觉那天晚上的月亮特别的圆，月光把整个天空辉映得明亮如昼。凉爽的山风从树林里吹出来，拂扫在身上格外的舒畅，田垄里蛙鸣声声犹如动人的乐章。

三弟疑惑地问道："这个月亮，明天夜里会不会跟我们一起去宝庆城？"

正是三弟这个天真的提问，几十年后，让我仍旧认定中秋月，天上还是儿时眼中的那一轮。

时间不知不觉到了午夜，明月当空，秋风徐徐，双清亭格外宁静。我对着天空，将家乡的月亮发给远在澳大利亚悉尼的兄弟，他也把澳大利亚悉尼的月亮视频发给我。哦！原来中外的月亮一样圆！

老师的样子

我的文学创作的指导老师赵海洲老先生，虽然逝去了多年，但是，他亲切慈祥的样子永远铭刻在我的脑海里。

我的老师赵海洲先生是中国作家协会会员，全国著名的散文作家。他退休前，一直担任湖南省《楚风》杂志社的副编审。

赵海洲先生不但是我的老师，而且还是我的亲堂伯父（他的父亲是我爷爷的亲哥哥）。

记得我初入文学创作之路时，父亲带我到长沙拜他为师。

那时，他已从下放的衡东县回到了长沙，担任湖南省群众艺术馆创办的《湖南省群众文艺》的文学编辑。

老先生祖籍为湖南省邵东县鸡笼公社井泉大队。新中国成立之前，他和我的父亲都是湘中二支队的外围成员，同时，是反内战、反饥饿、反压迫的积极分子。湖南和平解放之后，他与我父亲双双成为家乡小学的教师。《资江农民报》创刊后，他和我父亲两兄弟成了该报的编辑、记者。

20世纪70年代初，他和我父亲被调进了长沙。我父亲调到了《新湖南报》。赵海洲先生被组织安排到省文联文学组担任代组长（省作家协会的前身），从此，一干就是四十余年。

父亲把我写的东西交给赵海洲先生后，他审读了几篇后对我说："文字底子还可以，缺少生活历练，因而，写的东西立不起来。"

父亲见状，忙对老先生说："大明已上山下乡，在邵东县鸡笼公社江口大队。"

老先生高兴地点了点头，站起来走到书柜边，抽出了两本书递到我手上，说："拿回去好好学习。不明白的，写信告诉我。"

这时我知道，我已正式成为了他的学生，我心里非常高兴。

我们回邵阳的时候，老先生交给我一封信，要我回邵东后去找县文化馆的杨真一老师。因为杨老师是涟源地区文艺创作的名家，对辅导我写作有很大帮助。

拜师以后，老先生对我十分关注。除了给我邮寄每期出刊的《湖南群众文艺》外，只要是他下地区，去县讲学或在娄底地区、邵阳地区和邵阳市举办文学创作班，他都要带着我或推荐我参加。

老先生是个非常正直的学者，对关系稿、后门稿深恶痛绝。

有一次，我的一篇散文在娄底地区的《涟水》刊物上发表了，我满心欢喜地给老师寄过去，盼望他给予刊用。然而，他回信对我进行了狠狠的批评教育："自己的作品是什么水平自己应该有自知之明，千万不要想着走后门、找关系将它发出来。这样，不但自己得不到进步，而且还会搞坏了文学创作的风气。"

从这以后，我扎扎实实地沉下去，积累生活素材，发挥创作灵感，终于在他的认可下将作品推了出来。

后来，在他的精心教导下，我的创作水平突飞猛进。作品在《人民日报（海外版）》，中国人民解放军福建前线广播电台等报刊电台不断刊播。

看得出，他对我这个学生是非常满意的。

2014 年，我的长篇小说《青山庙的选举》想请他写序。当时，他正在住院治病。看到我递上厚厚的稿件，他接过去二话没有说就答应了下来。

给我写的序可能是老先生留给人间的最后一篇文章。

每每想到这里，我就热泪盈眶，老师的样子也自然而然地展现在我的眼前……

畅饮百岁寿酒

迄今为止，在我的人生经历中，值得引为自豪的是：我已品尝了三位百岁老人的生日宴酒。

记得，我第一次参加百岁宴酒的是我的亲奶奶。她是我姑父的母亲，我姑妈的公婆。

亲奶奶的百岁生日酒宴，在我姑父的乡下老家举办。

办酒的那天，大概是我姑父乡下老家最热闹的一天，也是那个乡下有史以来的第一次。

那天，邵阳市和双清区民政部门送来了贺匾，姑父老家的乡、村两级组织则安排了歌舞班子，姑父的本家宗祠更是安排了龙腾狮跃以及十足的喧天礼炮。那来自附近村庄的想沾沾福气的乡亲来了很多，硬是坐满了百余桌。

我们这些晚辈亲戚端着酒杯去敬寿星时，寿星老人竟一手捧杯，一手抓着鸡腿，站起来与我们分别碰杯。

那精气神，丝毫看不出老态龙钟！

其实，我的亲奶奶的人生经历也是比较艰辛的。她生育的七个儿女个个都成了国家的有用之才，但是，老伴过世得比较早，使得她晚年生活基本上是与儿孙们为伴。

然而，就是这样的生活环境，陶冶了亲奶奶的性情，让她与世无争。她的心态非常的好，一日三餐，无忧无虑。

我参加的第二个百岁生日酒宴，是我的亲爷爷。

生日酒宴在邵阳市的贵都大酒店举行。老人家低调行事，只宴请在邵阳市的亲朋好友。尽管如此，宴会厅还是宾客满堂。

宴会开始前，寿星老人被邀坐在临时搭建的礼台中央的木椅子上，神采奕奕，接受晚辈们的祝福！

当主持人邀请寿星老人的后辈上台与寿星老人合影留念时，寿星老人不用旁人帮扶，轻松站起来，把座椅推开，步履稳健地走到台前。

宴会后，我问寿星老人的长子——我三弟的岳父告诉我，老人之所以有如此健康的身体，是因为老人深懂养生的精髓。

老人每天要喝几盅自酿的米酒，坚持不拄拐杖在住宅周围散步。

最让我称奇的是第三位百岁老人。

他是我高中同学的父亲。

老寿星居住在远离邵东县城以及邵阳市区的山村里，生活条件也是一般水平。

然而，就是这样一个普普通通的山村大爷，寿命却在村中高居榜首。

说来也是奇怪得很，山村上千户人家，祖宗十八代也没有出过百岁老人。我同学一家，差点出了两位百岁老人。我同学母亲去世时，年纪已九十六周岁。

老寿星过百岁生日时，不愿意在邵阳城里的五星大酒店过，硬要将酒宴摆在老家。

那天，我们去贺寿时，只见老寿星一身喜庆服装，披红挂彩，喜笑颜开，没有半点垂暮之感。

我们感到非常的不解，于是，悄悄地问我的同学。我的同学告诉我：她父亲能享百岁高寿，完全是取决于良好心态和良好的生活习惯。老寿星不抽烟，不喝酒，非常注重身体锻炼，自留地也打点得非常工整，一日三餐的青菜，都是老寿星自己亲手栽种的。

吃喝完了三位百岁老人的寿酒之后，回到家里，我竟产生了写作冲动，同时暗自高兴。三位百岁老人的潜质我都具备，而且，我的身体素质和生活条件、生活环境都比三位百岁老人好。因此，我只要坚持不懈，我的百岁寿辰也是可以达到的。

我在自勉：从现在开始，加强锻炼，养好身体！开开心心，快快乐乐过好每一天。到那时，我也要举办百岁生日宴！

尝 新

20 世纪 80 年代之前，在我的家乡——湖南省邵阳市双清区农村，“尝新”是仅次于端午节、中秋节的一个重要的节日。

那时，我家乡的父老乡亲只要是尝了新，就表示田里新出产的大米走上了餐桌。于是，大家就可以开始食用新产的大米了。

我的家乡是一个距离邵阳市区十余公里的小山村。那里，风光秀丽，绿树成荫。从山外有两条小溪流过来，在我家门前的庙门口汇合，再一路欢歌流进逆水九十里的邵水河。

四十年前，我家乡的父老乡亲生活是比较艰苦的。那时，大人们每个劳动日酬值只有八分钱。小山村，田少地多，大家的口粮基本上是红薯和高粱，一年到头吃不了几顿白米饭。地窖储存的红薯要从当年秋天吃到第二年的“尝新”。

因此，这个“尝新”就是我家乡的父老乡亲的盼头。

每到秋收时节，田野里插栽的稻子成熟了，亲人们都要举行“尝新”仪式。

于是，“尝新”这一顿饭，各家各户都是很注重的。

记得，我们全家迁往邵阳市的那一年，家里是在老家举行最后一顿“尝新”仪式。

爷爷为了准备好这一顿饭，首先向生产队报告，征得队长同意后，然后从稻田里摘一些稻穗拿回家来交给奶奶。然后，由奶奶将这些稻穗去壳存米，再从米坛里淘米（这一餐不放红薯丁）。

“尝新”的那天清晨，鸡才叫第三遍，奶奶就把我从床上喊起来，然后把全家这一个月的猪肉票交给我，要我拿着它到公社所在地的食品站去购买猪肉。

我踩着晨露，披着晨曦，赶到十多里外的食品站。

我那时还小，嘴巴甜得不得了，策得屠户师傅翻转（家乡话意思是引得屠户师傅高兴得不得了）。屠户师傅给我割下一块比较好的猪肉。我拿着买好的猪肉，一路欢歌回到家里。

放下猪肉后，我又脱得精光，扑进庙门前的小溪里，在溪堤的空隙里摸出不少的鲫鱼来。

为了“尝新”这顿饭，奶奶忍痛把心爱的大母鸡给宰了。

“尝新”这顿饭搞得十分丰盛。

等鸡、鱼、猪三牲摆上桌后，爷爷就像春节祭祖一样，倒了三杯米酒，盛了三碗米饭，再倒了三杯浓茶。然后，他拿着一根火眉纸（用粗纸卷成的点火柱）和烧纸（祭祀用品）来到屋外的台阶上，一边口中振振有词，一边焚烧烧纸。

我知道：爷爷是在祈祷上天，感谢上天庇佑，有了如今的“尝新”。

仪式搞完之后，“尝新”这一顿饭就在全家欢天喜地中进行……

“尝新”这个俗成的节日，尽管过去了四十余年，但仍然铭刻在我的脑海，挥之不去……每每想起，仿佛就在昨天……

家乡话车

走在尚存的小段石板路上，脑海里旋即浮现孩提时往事……

我的家乡尽管是个远离城市的小山村，但交通却不落后。早就修好的石板路是十里八乡人们的出行必需。

最早出现在石板路上的独轮车，是我八伯父的独轮车。

那时，四爷爷的长子八伯父年轻力壮，是家族出色的晚辈。他推着一辆独轮车，沿着这条石板路上走两市塘、湘乡、湘潭、长沙，下走宝庆府、雪峰山、黔阳、贵阳。独轮车吱呀吱呀，一路欢唱。

那时，在八伯伯的带动下，家乡出现了独轮车车队，送公粮，送牲畜，乃至婚嫁，家乡的独轮车发挥了独特的优势。

有一年冬天，学校里放寒假，我跟八伯伯去魏家桥赶场。八伯伯在独轮车上放了块木板，让我坐在上面，我觉得好好玩。

那时最为壮观的是送公粮的场面。

八伯伯带领大家，推着独轮车，把装公粮的箩筐摆在独轮车上。八伯伯的车放的箩筐多，而且十分稳当。

送粮车队浩浩荡荡，吱呀吱呀响彻云霄。国家粮站的大坪里摆满了我家乡的独轮车。

20 世纪 70 年代初，国家在家乡的山背面修建了一座地下油库，供应邵东机场的飞机油料，从此石板路变成了碎石公路。八伯伯与时俱进，把独轮车换成了两轮胶胎板车，还买了几匹马拉板车，跑起运输来了。

一到年底结算，八伯伯一家赚的工分比其他的乡亲多很多。分配自然比乡亲们要多。

交通设备的拥有，极大地提升了八伯伯的人气。他成了十里八乡学习的榜样。

过不了多久，八伯伯他们拿着公社的介绍信，去武汉找到了姚喆将军，搞到了一台手扶拖拉机。家乡为此放了好多鞭炮。

改革开放以来，八伯伯一家更是芝麻开花节节高，不但买了解放牌汽车，还买了一台边三轮摩托车。八伯伯成了家乡第一位富裕了的村民。

后来，我的家乡拥有私家车的人多了起来，不仅八伯伯全家成员拥有了轿车，好多本家兄弟姐妹都拥有了轿车。

每年一到春节或清明节，各家各户门口停满汽车、摩托车。

作者简介

AUTHOR PROFILE

吴祥，男，1957年10月生，中共党员，系湖南省作家协会会员，现为湖南省双清区作家协会主席，《青年文学家》作家理事会永州分会主席。2021年加入中国散文协会。从20世纪70年代开始耕耘文学创作园地迄今，先后在《人民日报（海外版）》、中国人民解放军海峡之声、《湖南日报》《青年文学家》等国家、省、市报纸杂志发表小说、诗歌、散文200多篇。著有故事集《铭记在人们心中的故事》、报告文学《崛起在邵水河畔》、故事集《我们的邓爷爷一百个小故事》、长篇小说《青山庙的选举》等多部文学作品，还有多篇作品被出版社选入丛书结集出版。与此同时，还先后有多篇作品获得不同级别报刊及媒体奖励。

我是汉川人

迁居十堰有年头了。我真的喜欢上了这个山美、水美、人更美的城市，并把这里当成了我的第二故乡。

我是汉川人，骨子里流淌着汉川人的血。作为一个移民城市，十堰的居民来自五湖四海，外来文化和当地风俗习惯进行融合、沉淀，形成了这个城市特有的人文奇观。土生土长的当地人不承认自己是郧阳人，说是十堰人；新朋友相互介绍时，说姓甚名谁在哪儿发财后，总要问老家是哪儿的。自然，因为一些历史原因，一说出我的籍贯，就有人发出唏嘘声和坏笑，令人憎恶！

“尖黄陂，绞孝感，又尖又绞是汉川。”这是在我们老家，三岁的小孩都知道并引以为傲的典故，到外地却成了我们难以启齿的尴尬。在这些人的眼里，仿佛我们汉川人都是些奸猾狡诈、大奸大恶、难缠难处之人。

一次我到外地出差，在车上同一位“老外”侃了起来。他是一位中国通，得知我是汉川人时，问：“你们中国有句俗话：奸黄陂，狡孝感，又奸又狡是汉川。“你是这个汉川的人吗？”我啼笑皆非，哭笑不得。见我面色难看，他马上解释说：“I am sorry！（对不起！）No！No！（不！不！）我不是这个意思，请你原谅！这是你们中国人玩的文字游戏，本意是说你们汉川人智慧、聪明的……”

坏人说不好，好人骂不坏。我一直谨守着我做人的准则，身边有很多不错的朋友。只是因为出生地是汉川而引出的尴尬，常常让人多少有些不快，有时甚至差点和别人吵了起来。所以，当人问及时，我常是避而不答。这次反而是老外的一席话警醒了我：有些问题我们是必须面对的，出生地是哪里并不重要，重要的是我们的为人，是我们对人生的态度。是的，我们不能选择自己的出生地，但是，我们能选择自己的人生。同理，我们也可以通过我们自己的努力，改变人们对汉川人的偏见。

仁者见仁，智者见智。

回头再说这个让我们汉川人蒙羞的典故。听老人们说，以前人们上汉口赶集时总喜欢戴斗笠。满街熙熙攘攘的人，你只要看一下他们头戴的斗笠，就知道他们是从哪里来的人了。那黄陂人的斗笠只是绞了一下边，顶是尖的；孝感人绞的是顶，边是尖的；汉川人的呢？把边和顶都绞了。于是人们就编了个顺口溜："尖黄陂，绞孝感，又尖又绞是汉川。"这是人们根据当地的气候特征和劳作的种类不同，发明并逐步完善的一种劳保品，是劳动人民勤劳和智慧的结晶。汉川是水乡，农忙时，人们戴着斗笠，可以腾出双手来干活儿。斗笠在农人的生活中和工人们的工作帽一样重要。干过农活儿的人都知道，"夏天孩儿脸，说变就变"。在农忙时，人们早晨出门，一忙就是一整天，不能有点风雨就往家里跑。特别是农忙搞"双抢"（土话，在夏季，当地农民为赶季节，一边忙着夏收，让早稻归仓，一边忙着秋种，赶在立秋来临之前把秋秧插完，是谓"双抢"）时，无论是在炎炎烈日下，还是狂风暴雨时，人们都要劳作。一顶斗笠，晴天用来遮太阳，下雨时可以当雨伞，干活儿方便，不误劳作。农闲时，人们就头戴斗笠下河打鱼，斗笠既遮阳又挡雨，而且不张风，实用又安全。至于黄陂和孝感，一个多是丘陵，一个多是山地，也有类似的原因。

这才是正版的汉川人，智慧、聪明。后来，这句俗话被一些别有用心的人编来编去，就成了现在的版本，成了侮辱我们汉川人人格的俚语。

说是非事，是是非人。

幼儿园的小朋友说："骂人不是好孩子！"

玩在十堰

十堰在玩，在十堰玩，玩在十堰。

反说正说，都不矛盾。

双休、春节等节假日，还有舶来的圣诞节、情人节等"洋节"，无不是十堰人玩的理由。这些还不算，一些五花八门的什么社群，更能玩出层出不穷的花样来。三天一小聚，五天一大聚。唱歌、郊游、野炊等，你想到了的，别人都玩腻了；你没有想到的，别人正玩得风生水起。

"十堰在玩"，十堰人有玩的"天时"。每年高温假，工会都组织员工出去放松。你去，单位有补助；不去，也不补发。很多人是被"逼"出去的。现在又多了个"五一""国庆节""春节"高速免费，这些拉动内需的政策推波助澜。前天出行，武当山服务站拥挤不堪，钟岗服务站停满了"鄂C"牌照的车。今年的国庆节期间，更是难得的好天气，十堰空城。上班，以前半小时的路，现在十分钟就可以到，路上车少。当然，也多了一些外地的车。

十堰因车而建，因车而兴，因车而名。"二汽"一放假，一些相关的企业单位也跟随关门歇业，正好可以出门远行。忙的时候努力工作，闲了忘情山水。十堰人活得自在滋润！

当然，也有“反季旅行”的。朋友张就是这样的一位“达人”。别人都出门了，他窝在家里；别人都忙了，他去旅行。国内玩得差不多了，去欧洲，去“新马泰”，上月他就刚从泰国回来。他说这是源于带家人去北京的一次旅行，在天安门广场，人挨人，人挤人，落脚的地方都没有，更不用说吃住。之后，他再也不“添堵”去“扎堆”“赶集”了。

“在十堰玩”，十堰人占有“地利”。武当山、神农架、丹江水库，这都是闻名遐迩的名胜古迹。“问道武当山，养生太极湖”“男人一路欢笑，女人一路惊叫”，这些广告词一点都不夸张。自己不想去，家里来了客人，也要陪同上山。有一年去武当山，我一个月就上了三次。一些单位的接待活动，让陪客人上山成了领导的负担，这是工作。

周边市县，好玩的地方也不少。太极峡、九龙瀑、五龙河、野人谷、虎啸滩……双休、节假日游人如织。在喧嚣的都市待久了，走出去看看，让人耳目一新、宠辱皆忘。“请客吃饭，不如请人游玩。”人们可以吃不到一起，因为每个人的口味有差异，但可以玩到一起。这无形之中，养成了十堰人的“玩性”。

“玩在十堰”，十堰人占有“人和”。作为移民城市，十堰人大多来自五湖四海，都有很强的亲和性。本地玩完了，可以请你到他的家乡去玩。这样，就又多了一些可以游玩的地方。闲暇之余，以同事为群、以老乡为群、以嗜好为群，一个理由，一个旅游点，说走就走。

也有游玩“独行侠”。一次我去房县泡温泉，在路边“农家乐”小歇，就遇到一个。他每个周末把车停在车库，骑上单车，跑到周边县市住一晚，第二天赶回市内，乐此不疲。

一人为独，两人为偶，三五成群，多少不限。感觉十堰人都很有钱，都很闲。用“哲人”的话说，就是“挣钱的人不忙，忙的人不挣钱”。细一思量，还真是这样。

有次我去桂林，一路总会看见“鄂C”牌照的车。一些景点，简直成了十堰人的停车场。自驾游已经成了一种时尚，走一路，玩一路。

十堰人好玩，也会玩。

玩在十堰。真的是一个“玩”字了得！

发现生活的美

一边喝着营养早茶，一边品着甜点美食，戛然发现，插在花瓶里的一枚桃树枝丫是那么完美地融在书房里，给这寒冬平添了一份暖意。

我的心被融化了。

这是上月打理院子里的花草树木的战果。

卧龙岗家的院子种满了绿植，巴掌大的庭院，还挖了一个小鱼塘，能栽花种树的地方就不多了。香满庭院的桂花、南国的红豆杉、美国的月季、法国的红枫、陕西的石榴、矮脚栀子花、绕墙骑行的金银花、蔷薇，还有芍药、牡丹和一些叫不上名的植物，高矮错落、四季常青；争春斗艳、各领风骚。这棵桃树是某年花开时节在柳陂集市上买的，正是含苞待放的早春，我被它那种有生命气息的红感染了。

院子小，没有敢让它长高。一米不到的个子，居然挂满了桃子。尝试着吃了几个，酸甜脆爽。年复一年，只是想到不要太占空间，稍有霓枝赘叶，我就大力修剪砍伐。闲时，把剪下的枝叶扎成把，晒干，给老爷子熬药烧柴时引火用；忙时，就直接扫走，扔垃圾桶里。这次是准备扫走的，光秃的枝干犹如一幅水墨画，自然、干净、线条舒展、恰如妙龄少女，婀娜多姿；又如风烛残年的老者，干枯的面颊上刻满岁月的年轮。

我怜惜地捧在手心端详，决定给它一个去处。

吴祥诊所搬到林安国际物流园后，老婆在网上买了两个长颈花瓶，平时都是注满水，插几株绿植什么的，总感觉不伦不类的，有点别扭。

正好用上。

发现美，享受美，生活中的美真的是无处不在。

无独有偶，那块《追星赶月》的奇石和妙文不也是这样被发现的吗？关注昊儿时，记下了他生活中的点滴，写下了《哈儿外传》；有了昊妏，朋友圈满是孙女的倩影；书写和众的文字，更是多次登上了《青年文学家》杂志；《中西医结合治疗不孕症的几点体会》刊发在《第十一届名老中医绝技演示交流会》论文集上，就是在于平时病案的积累。

了无大志，所以更在意身边的一草一木。

眼里有光，心中有爱；目光所及，皆是美好！

昨天给和众理发，小家伙提条件了：“晚两天可不可以？”

妈妈说不行，马上要过年了，正月不能剃头。

“剃光头婆婆会笑话我的！”

三岁四个月，嫩声稚语，一字一句。

出自一个幼童的口，我被震撼了。

真的是爱美之心人皆有之！

我开始重视和众的意见：理发时在头顶前部留下了一块锅铲的造型；提前给婆婆打招呼，要说发型很帅、很酷，不能玩笑，要很实诚的样子。觉得不放心，理完后，他还自己跑到穿衣镜前左瞅瞅、右瞄瞄，直到心满意足。

《春归有期，山水共赴》，这是前几天周贵玉社长发来的《青年文学家》2024 年 1 期卷首语。我喜欢这段话：

“去岁千般皆如意，今年万事定称心。”新的一年，愿我们山水共赴，心中有春，眼中有景，奔向美好。

我调侃周社长，你这个东北人吃的都是满肚子大豆高粱，是怎么写出这么多锦绣文字来的呀？

每期都写，期期有异。每每读起来都犹如沐春风、干饮饴糖的快意。

发现生活的美，这是一种生活的态度，又何尝不是我们创作的源泉呢？！

赤脚医生

每天清晨在楼下小区赤脚跑步锻炼身体的应该只有我一人，因此常常引来异样的目光。

我常常一边跑步，一边在想，自己本是医生，这样跑步，正好可以叫“赤脚医生”。

小时候我在农村长大，经常是赤脚朝天的。光着脚，满世界地跑。没有鞋穿，脚也不臭，更不知道什么叫脚气、香港脚。下河捉鱼，上树掏鸟蛋，都很利索。等我穿上了运动鞋、皮鞋，脚似乎也变得娇气了，稍不经意，病就来了。

现在的运动鞋就不能叫运动鞋，鞋底和鞋帮都是硬邦邦的，把脚包裹得死死的。跑起步来，只有踝关节运动，足底、足弓都没有锻炼到。最重要的是，一双普通的运动鞋，动辄三百五百的，还不经跳蹿，穿上不到一年半载就穿帮脱焊，太费钱了。金融风暴还没有过，欧债危机日益严重，现在更是物价上涨得厉害，房贷、车贷、孩子上大学的开支等，压得人都喘不过气来。便宜的鞋看不上，看上了的又舍不得买。

要锻炼就只有赤脚了。

其实，从健康养生的角度来看，赤脚跑步还是有很多好处的。

我们知道，脚底有很多保健穴位，足三阴经、三阳经都从足底经过。比如，脚大拇趾就通肝胆经、第二趾通脾胃经、第三趾通肺经、第四趾通心经、第五趾通肾膀胱经等。脚底还有一些脏器反射区等。在跑步的时候，凹凸不平的地面就在给我们做免费的脚底按摩。这样一想，就不觉得地硌脚了。每天坚持赤脚跑一次步，就相当于我们把自己的五脏六腑按摩了一次，还不用花一分钱。

不知道你对身体的静电是怎么看的？干燥的空气、服装的化纤摩擦等，是身体静电产生的主要原因。至于静电对身体的伤害到底是什么我没有研究，但静电带来的一些不适是很烦人的。比如脱衣时的火花，和人接触时的电击等。赤脚走在地上，大地是最好的导电体，不管你是阳极还是阴极的静电，都可以消除。

脚底的角化也是很烦人的。到足疗铺修脚要花钱不说，还很容易形成交叉感染。我的右脚大拇趾甲床到现在还有个坑，就是修脚感染后留下的。赤脚跑步，正好把脚底角化的皮质给磨掉了。

看来，赤脚跑步对身体是有益无害的，但想尝试的朋友还请注意几点：一是一次不要跑太久，免得娇嫩的脚底磨得太厉害；二是要选择较平坦的路面跑，别让尖角利器划伤了我们；三就是要坚持，要循序渐进。

伦敦奥运会传来消息，下届奥运会很有可能把赤脚跑步当成比赛项目。现在行动起来，也许我们会成为奥运赤脚冠军。

心动不如行动。

希望明天一早能看到你和我一起赤脚跑步！

谢谢你，小偷

过去一个多月了，有句话时常萦绕在耳旁，真的想说："谢谢你，小偷。"

早起到楼下小区晨练已成惯性，出门带上手机钥匙门禁等很不方便，所以，就养成了不锁门的习惯，为的是锻炼方便，不扰家人休息。当习惯被别人掌握后，就给了坏人可乘之机，小偷还真的就进了我的家里，应该还不止一次，只是没有小偷认为称手和值得顺走的财物。

上月初，刚发了一个月的工资，加上钱包里的钱，三千元左右被洗劫一空。那天也是巧合，半夜小区就停电了，早上电梯也不能运行，监控录像肯定也成了摆设。我是从楼梯走下爬上的。回家进屋发现门开着，以为是风吹开的，也没太在意。洗漱的时候忽然想到阳台的门是关着的，外面风也不大。我下意识想到放在包里的钱，赶忙到客厅一看，钱包还在餐桌上，锁链是打开的，钱没有了，身份证和银行卡还在。

没有什么线索，报警也没有意义。上午上半天班都很郁闷，觉得还是应该跟警察说一声。电话打过去，警察让我跟物业讲。

中午回到家里，我给物业打了个电话。物业经理上门询问情况。我说这件事应该与物业有关：一，掌握我出门不关门的习惯的人应该是物业的人，二十多层的高楼，清晨能进出的只有保洁员；二，停电是个偷东西的好机会；三，只拿钱，别的不要肯定是为了脱身方便，也证明不是惯偷，只是见财起意，顺手牵羊。物业经理认同我的分析，但这只是推测，没有凭据，他也只能是安慰我，提醒我以后注意出门关好家门。我也只好权当是交的学费，买个教训。

无奈的时候，用阿 Q 的方法自疗：一，小偷只偷了我的钱，没有偷走我的卡和其他财物；二，偷走的只有钱，没有伤及我的家人；三，也是最重要的，我不是小偷。

所以，我要说："谢谢你，小偷。"

想养宠物狗

小时候常被狗追着跑，因此一直都害怕狗，也痛恨养狗的人。现在怎么突然想养狗了？呵呵！说来一点儿也不奇怪。

早上在小区跑步，除了几个一直坚持晨练的老人，还有早起遛狗的人。男的女的，老的少的，俊的丑的各异，但他们都有一些共性的地方，那就是对自己的宠物狗非常投入。我分析了一下自己想养宠物狗的几点原因。

一是可以早起。早起遛狗有自愿的，也有被迫的。人可能还没有习惯，狗已经习惯了。你要是早上贪睡不想起来，它肯定会闹腾得你睡不成。关了一宿，狗早就盼望早晨能和小区里别的小狗撒欢嬉戏了，你说它能让你睡安稳觉吗？当然，有早起习惯的主人也正好有个伴。

二是狗的习性，正好满足了人的虚荣。见到主人，狗就会对你摇头晃脑；给点吃的，它可以为你翻筋斗。跟你早晚在一起吃喝的狐朋狗友，每次吃完喝完后，哪次不是嫌这没吃好那没喝好的？翻脸不认人的人，往往就是身边平时跟你走得最近的人。狗就不同了，打它骂它，恁贫恁富，只要给一口吃的，它都会围着你转。

三是可以交友。同一小区同一楼栋里互相认识的人不多，认识的狗和养狗的人应该不少。遛狗的人见面就先跟狗打招呼，甚至有些能叫出狗的名字。然后，就是狗主人互相聊天。然后就是人在一旁闲聊，嘘寒问暖；狗在一起嬉闹，虎跃龙腾。其乐融融！

四是可以忘情。人人说起烦心事，都有一大筐，你看那来去匆匆的人都是脸色凝重。遛狗的人就不一样了，看着自己的狗都是满脸笑容，嘴里还叫唤着狗的昵称，发布着有时自相矛盾的命令。也不知狗听不听得懂，狗主人总是自顾自地呼着喊着叫着。上对自己的老人，下对自己的孩子，还有身边的同事朋友，谁敢这样没有顾忌？有些也没有这么亲昵。

五是可以不寂寞。城里人回家就关门，左邻右舍，老死不相往来的很多。能交往的又不在一个小区，如果老人孩子都不住在一起，回家就如同进了牢房。狗就成了最好的玩伴。只要你有精力，狗就会任你摆布。和狗玩耍可以让人免得回家就是电脑电视手机，看得眼睛发涩发干发花头晕目眩。

“猫来穷，狗来富。”

为了这篇狗文章，明早一开门，希望有条可爱的小狗真的就能来到我的面前！

空中急救

早 8 点，云南丽江机场，阳光灿烂。

是年 9 月 3 日，携家人云南七日游，几天下来，我已疲惫至极：呼吸困难、胸闷、恶心、头晕等高原反应特别明显。最要命的是，前一天早起上玉龙雪山，一日四季，我薄衣单衫，外感风寒；中午就着雪水吃胖金妹牦牛肉干；晚上喝着玛卡药酒吃了顿牦牛黑山羊肉火锅。早起时胃脘不适，差点没吐，打出来的嗝满是牦牛肉味。看到候机厅有人在吸氧气罐，自己也想买一罐试试。

在机场随手拍了几张照片，稍微走动就气喘，赶紧扶着行李箱休息。

9 点 40 分，飞机起飞、爬升。

飞机上一阵躁动，后面有人呼叫。乘务员急匆匆地向后舱跑去。

“紧急求医：有位旅客发生急症，有医生或者懂得医护常识的旅客，请出来帮忙抢救一下。谢谢！”播音员用中英文重复着。

有乘客不适，这是广播求医。

在火车上、在澡堂里、在山上，我都有过在外急救病人的经历。作为医生，我知道，各类急症，只要紧急处置得当，有些是很快就能恢复的，最起码可以为下一步的抢救赢得宝贵的时间。这要是在地面上，我会亮明身份，主动上去参与急救的。

但此时我没有，一是因为自己很不舒服，飞机在起飞爬升的过程中更加重了我的症状；二是想等一会儿，看有没有后面离患者近的医生出手。离得远，我还不知道病人的情况，也担心在救助的过程中加重自己的病症。

我在迟疑。

“老公，你去看看呀！”老婆小声说。

解开安全带，我摇晃着站了起来，声音发虚：“我是医生，让我来看看。”

10点左右，在狭窄的舱道里，一场空中急救开始了。

“上氧气！”空姐很专业。高原地区空气稀薄，平原地区来的乘客缺氧很常见，吸氧就像我们口渴了要喝水一样。

我一边给患者做心脏按压一边说：“急救包！”

空姐小声说：“对不起！里面什么药品都没有。”

患者，男，中年人，操武汉口音。手脚抽搐，嘴唇发绀，四肢痉挛，呼吸困难，项强，腹痛，脉细弱、迟、律不齐，烦躁……病人哼哼唧唧地叫唤着，声音越来越低弱，情绪也越来越紧张。与他同行的一帮人更是手忙脚乱，不知所措。

除了氧气，没有任何药品。

用药如用兵，我成了“光杆司令”。

“把人放平。”我马上镇定下来，声音也高了八度。

空姐把我身后的乘客转移走，空出一排座椅。大家合力把病人挪了过去。

“松开裤带、鞋带，抬高下肢……”

根据病情的变化，在空姐的配合下，我开始发号施令。

一边给患者做徒手心肺复苏术一边小声安慰道：“我是医生。你不用担心，我会尽力抢救你的……”“手脚痉挛不要怕，这是我们自己机体的防御反射，它是为了把四肢的血液提供给我们心脏和大脑——”“以前做过体检吗？能告诉我你自己的身体状况吗？”

…………

经过简短的交流，我基本了解了患者的情况。原来，这人是9月3日和单位同事一起出来旅游的，同行的有5位，都是武汉的。他患有“三高”，有高血压、高血脂、高胆固醇等病史，二尖瓣狭窄……

争分夺秒！

“医生，我们在和地面联系，您看患者情况怎么样？有没有必要迫降，送到地方医院救治？”

吸氧、解痉、镇静、支持、对症，在医院，这类患者的急救按规程操作，应该是很简单的事情。但这是在飞机上、在空中、在没有任何药品和急救设备的前提下，病人随时都有猝死的意外发生。我能做的是尽量争取抢救的时间。

“最近的机场在哪里？得多长时间？”手没有停，我问道。

“昆明机场，大约半小时。”我本来计划好，到武汉下机后，要和在老家的亲人一起团聚过中秋节，然后再开车回十堰的。飞机这一迫降，行程肯定要受到影响。心无旁骛。我居然还在打这样的小九九。

“生命最重要！早一分用药，多一份保障。”一机人都在等着我的决定。我没有迟疑：“迫降吧！”显然，我对不起的是自己和乘客。

“有没有糖？甜点也行。”

空姐拿来了一小袋咖啡调味糖。

“用温热水冲半杯过来！”

从舱头到舱尾，我说一句，空姐就要来回跑几趟。只有空姐的喘气声，你能感觉到整个机舱的空气都是凝重的，静得让人窒息。

这是生命和时间在赛跑。

通过救治，患者开始有了好转，面色也柔和了些。“医生，谢谢你！要是没有你，我差点就死了。”我安慰道：“不要说话，稳定情绪，节省体能。你是心情紧张情绪太激动的缘故。我是医生，比你更严重的我都救好过，你放心！”这是实话，也是为了安慰他。“这是我应该做的。谁碰到谁都会出手的。”

一边说话，一边不停地按压，我累得汗流浃背。在抹汗的间隙，我偶尔抬起头来，感觉满机的人都神情紧张地注视着这边。老婆一直站着，更多的是担心我的身体，怕我晕倒。这是在万米高空。那眼神，只有我能读懂。

10 点 30 分，终于落地了！病人也好了许多，说想自己走下去。我说还是抬吧，节省体力。病人被医护人员用担架抬下去了，我颤颤巍巍地回到自己的座位上，差点虚脱——

冥冥中，感觉这次云南之行，我就是为了去救这个人。

不枉此行！

毛蛋 66 天小记

毛蛋 66 天了。

“上班送我出一趟门。”毛蛋妈早上说。

我说好，上班后抽时间给他写点儿东西。

掐指一算，还真是 66 天：8 月 19 日生，8 月 13 天，9 月 30 天，10 月 23 天，正好 66 天。除 10 月 1 ~ 4 日去武汉和月嫂分开，我们独立带宝宝的日子也正好半个月。

有和没有月嫂的日子是不一样的。首先是我不敢应约出门打麻将了。上周末约了一场，把局组起来后，我却依依不舍地黯然离去。

晚上休息不好，精力不济，麻火也不好，总是输，正好找了个回家的理由——奶娃（其实是给娃冲奶粉）。麻友应该也能理解，暗地里少不了会笑话我自讨苦吃，但是，他们哪里能体会到我老年得子的快乐？看着毛蛋一天天长大，他的一笑一颦，他的一举一动，他的好，他的坏，都能让我兴奋很久。这是一个大家都要慢慢适应的过程：麻友要适应没有我"三差一"的日子；宝妈要适应没有月嫂的日子；毛蛋要适应我们约束和宠爱相矛盾的日子……

自从有了这个"四脚吞金小神兽"，感觉一切都变了，也让我身心疲惫。常言道，一孕傻三年。毛蛋妈以前什么都不会、什么都不做的，你问她为什么，她会振振有词地说，妈咪会呀！因为她有一个包打天下的好妈妈。现在呢？给毛蛋洗脸、洗澡，带娃游泳、冲奶、换尿不湿，给娃做SPA、遛娃……这些她做得都很专业了。宝妈以前也是讲究人，为了方便奶娃，现在出门穿睡衣不修边幅不说，还说都不知道今夕何夕了。我戏曰，你这过的就是神仙日子呀！

毛蛋多少天了，妈妈是记得的。

妈妈是按天给宝宝计算日子的。

毛蛋的世界就是妈妈的世界。

好在有婆婆的帮衬！

确切地说，我们一家老小的吃喝拉撒，都是婆婆包全了。婆婆自掏腰包，都是真金白银，一日三餐，谁喜欢吃什么，是煎、是炒，还是蒸煮？什么时候吃？换什么花样？全是婆婆的事。婆婆忙里偷闲了，还过来搭把手，抱抱毛蛋。怪得很，几次毛蛋哭闹得我们手足无措时，婆婆接过去，不知施了什么魔法，小家伙很快就安静下来了。上次去武汉，婆婆晕车呕吐得厉害，毛蛋自顾躺在婆婆的怀里呼呼大睡，安稳得很。

都说痴嫁母养外孙。我说，这是毛蛋前世修来的福。

月嫂走了，本打算再找个保姆，婆婆爱干净，又嫌家里人多了麻烦，还心疼我赚钱不容易，不让请。这事也就拖下来了。也只有等毛蛋大一点儿，妈妈可以上班看有合适的再说。

日子要一天一天地过，毛蛋前面的路还很远。有亲人的呵护陪伴，小家伙一定会茁壮成长！

明天更美好！

爸爸讨厌

下班回去，妈妈说和众午休醒来就说爸爸讨厌。我问为什么，宝妈说大约是早上给小宝扎手了吧！

这几天在外面应酬多，每次我都带着小宝。小家伙肚子里装满了鸡鸭鱼肉蛋虾蟹，不好消化。晚上睡觉时，满床爬，嘴里哼哼唧唧的，喂奶也不好好喝，吵得一家人都不安宁。摸摸小宝额头温度还好，只是手心脚心发热。我知道，这又是积食了。

早起上班时，我在小宝的四缝穴用注射器扎了下放了血。中午，宝妈发短信说，小宝头开始有点发烫。晚上下班后，我熬了点中药给小儿灌了一次肠，小宝立马拉了一大堆酸腐稀便。

大人害病，一半是装的。

小儿生病，那是真的。

今天早上，小家伙又恢复了往日的精气神。

扎针时，外婆在边上嘀咕，当医生的心真狠，自己的亲儿子也下得了手。

我没有言语，心里想，要不是有这个狠心的爹，这儿子不知要多打多少针，多遭多少罪。

愿吾儿安康！

陪 伴

那是我小时候
常坐在父亲肩头
父亲是儿那登天的梯
父亲是那拉车的牛
忘不了粗茶淡饭将我抚养大

每天早晚，你趴在我肩头，我们父子一起共浴，不知在什么时候成了一种习惯。我一边给你洗澡一边轻声哼唱。你是我唯一的观众，紧紧地抱着我，似懂非懂地听着。这是我们最幸福的亲子时刻。

2020 年 8 月 19 日，鼠年，第三个医师节，家里迎来了一个幼小的生命——泰伯第 119 世孙——我的幺儿——吴和众。高龄孕产，可苦了你的母亲：早期先兆流产；中期妊娠糖尿病；后期子宫壁薄……我安慰你妈说，就是生个老鼠尾巴，我们也要。直到推出产房，你妈撑着虚弱的身体悄声告诉我，是个和众，我才知道你是个小子。之前说好了，女孩叫和玥，男孩叫和众。

母爱如水，浩浩荡荡；父爱如山，大爱无敌。

老爸要你永远快乐！

忘不了一声长叹半壶老酒
等我长大后山里娃儿往外走
想儿时一封家书千里写叮嘱
盼儿归一袋闷烟满天数星斗

老年得子，应该高兴，但我总觉得缺点什么。用老人的话说，我能给你什么呢？我已年过半百，明天不可预期；你的来日方长，后面的路谁来伴你？所以，我想到了陪伴。在有生之年，我要时刻陪伴在你的身边。

父母在，余生尚有来路；双亲故，余生只剩归途。

只要有时间，我总是把你拥在怀里，捧在手里，放在我的视线里。陪伴，在别人的眼里显得虚无，一钱不值，这却是父亲能给你的一切。我要你慢慢长大，其实，是想让自己慢慢变老，让我们有更多的时间相亲相伴。我关注着你的每一天：《毛蛋小记》，“外婆说，孩子要取个小名，贱一点，好养，就叫毛蛋吧！”《毛蛋喜报》，“按宗亲字派排序为和，另，和——和亲和友和谐相处和睦，众——大众群众和众不负众望之意，取名和众。年纪小、辈分高、责任大，应该说，父母是对你寄予了厚望的。”《毛蛋百日》，“说是陪你，其实也是老爸在找寻自己的快乐。毛蛋，我要成为那个传说中的老不死爸爸。”《毛蛋半岁》，“昨天回卧龙岗，王峰去拜年。妈妈问毛蛋有没有变化。峰儿说长得越来越像妈妈了。老爸接了一句，是的，长残了！惹得妈满脸不高兴，一夜都背对着，给个屁股脸。”你的一笑一颦，你的一举一动，你的好，你的坏，你的暖心，你的泼皮，都这样记录在文字里。父亲怀抱着你，母亲读着文字，这时，你好奇地眨巴着眼睛，手舞足蹈的样子真好看。哥哥笑你：你笑起来真好看，你看起来真好笑；你笑起来像个大总统，你哭起来像个小坏蛋！你也咿咿呀呀的，大声吼叫。婆婆说，这娃以后吃不了亏。

吃亏是福，难得糊涂；不卑不亢，不骄不躁；不以恶小而为之，不以善小而不为，唯贤唯德，能服于人……

古往今来，父母对子女的教育莫不如此。

我想说的是，吾儿，我要你活成你自己喜欢的样子就好。

都说养儿能防老
可儿山高水远他乡留
都说养儿为防老
可你再苦再累不张口

你的到来，改变了我的世界，一切都变得美好起来。

流水哗哗，我们俩边冲边唱，有时你也哼哼唧唧和两句“婴语”。

儿只有清歌一曲和泪唱
愿天下父母平安度春秋

愿时光永驻！

我的恩师

刘震汉是我高一下学期的班主任老师。

这都是四十多年前的事了。命相上说，我有贵人相助，应该是真的。

我一生坎坷，命运多舛，在关键时刻，总能逢凶化吉，变坏事为好事，都是有贵人在为我引路搭桥。可以说，我今天能有的所有成就，应该是得益于我的恩师刘震汉。

那是 1979 年夏，高一下学期开始分文理科。大哥说文科生可以当官，十二三岁的我就糊里糊涂地去了刘震汉当班主任的文科班。语文、地理、历史、外语，都是要背诵的，死记硬背不是我的强项。教语文的刘老师成了全科辅导员。为了激励我们学英语，他坚持每天跟我们一起背单词，一天 10 个。早自习时，他带着我们一起大声朗诵。为了培养我们的写作和观察能力，他要求我们每天写一篇日记，并在作文课上对优秀的作品进行评讲。文言文生涩难懂，上课时，刘老师留时间让我们自己先预习，然后，挑选同学上讲台串讲。

记得周晓同学的一篇日记，写校园里新栽的树，其中有一句“又长高了”，刘老师觉得这个“又”字用得好，大讲特讲，让我至今都印象深刻。他从字、词、句开始讲，由浅入深，让我们在潜移默化中受益。后来写东西时，我也很注意文字的简练，喜欢咬文嚼字。在一篇文章和一段句子里，我尽量不重复运用相同的词句。

刘老师的课是很特别的，总有讲不完的故事，让我们从中受到启发和教益。他说有位先生为了教训一位吝啬的老财主，在签协议时，故意写下了“无鸡鸭亦可无鱼肉亦可青菜一碟足矣”的字句，让东家受到了应有的处罚；还有什么“下雨天留客天留我不留”“该来的不来，不该来的来了”“该走的不走，不该走的走了”和请客的东家不会说话，把客人都气走了。这些奇闻趣事，让我们在玩笑中知道了断句和标点符号的重要性，让我们了解了语言、语气、语言环境和肢体语言等对表达的影响。语文课的时间过得飞快。下课铃声一响，刘老师就走了，从不拖堂。

地理知识中的天干地支、十二生肖、二十四节气的变化，这些没有规律性的东西，刘老师都能编成顺口溜，让我们巧记。什么“鼠打洞、牛吃草，虎下山来兔子跑；龙在天上翻跟头，蛇躲洞中看热闹”，什么“春雨惊春清谷天，夏满芒夏暑相连”，在他的语文课上要求我们一起朗读背诵。现在幼儿园的儿歌，那时是我们高中生都听起来感觉新奇的东西。这都是别的老师要教的课程，但在他的语文课上就学到了，所以，很多老师也都愿意与他搭班。我们班的语文考试成绩在全年级都是最高的。

班上有个冯姓女生，家里失火，房子毁了，救火时人也受了伤，一家人陷入困顿。刘老师知道后，第一时间自己捐款，还号召我们献爱心。那是我人生的第一笔捐款，几毛钱几块钱，多少记不得了。一次，我到城关参加卫校升学复习，这位冯同学知道后，主动让出她的婚房，让我住了一个多星期。其实，我们在班上是没有多少交往的。那时的男女同学，就是坐在一张桌的，都有不可逾越的三八线。她应该是记刘老师的这份情，是恩师的福泽，是爱的一种传递。考完走后，我都没有当面道声谢，后来迁居异地，至今都没有再联系。

《谭嗣同》一文是我主讲的，那也是我第一次上讲台。语文课预习，刘老师在班上巡回，看到我在书本上认真的注解，就点了我的名。在班上，我是小不点，总坐第一排，站在讲台上，没有课桌高。一下面对全班同学，我开始有点紧张。看到老师赞许的目光，我很快进入了角色，一堂课讲得有声有色，同学们也听得聚精会神。我开始喜欢语文老师，也越来越喜欢语文了。

后来，我的作文经常在本班和别的班当范文讲。后来，我在地方报纸杂志上也发表了一些“豆腐块”。再后来，就开始发表医学类的论文和科普文。这里面都有老师的影子。用朋友的戏诘来说：我是医生里会写的，是会写的里面会说的。我知道，我的这点文字功底来自高中这半年打下的基础，更是老师给了我在众人面前敢说话的勇气。

老师的热情、老师的认真、老师的严谨，也成了我为人做事的楷模。

做事先做人。半年受教，终身受益。

这就是我的恩师——刘震汉。

梦里老家

一夜无眠。

数九寒冬，冰天雪地，山村的夜恬然宁静。躺在温暖的被窝里，能听见自己的呼吸和心跳，感觉到体内血液的流动。昨天早起泡了一杯酽茶，加了两枚虫草。也许是白天喝茶太多的缘故，以前总是秒睡的我居然没有一丝睡意。

任由思绪飞越……

汉北河，汉北河的水静静地流淌着……

汉川市新堰镇三四村下吴家湾，背靠汉北河南堤、西眺天门市苗旗嘴，东与严家三湾四湾一堰相隔，南与肖家湾一堤相邻。青砖红瓦，绿树成荫，炊烟缭绕，鸡犬相闻，那里是世祖栖息繁衍的宝地。

中华人民共和国成立前夕，战乱连年，暗无天日，民不聊生。115 世祖公应章海恺兄弟携家带口，从新堰镇冯湾村下胡家搬迁到三四村下吴家湾避乱。在宗亲的帮助下，一家人肩挑背扛、挖泥围塘、筑土垒基、烧砖切瓦、结草成庐、买田置地、生儿育女，日子过得红红火火。

汉北河，汉北河川流不息，潮涨水落，是我的母亲河……

那里有父亲的老屋。

记忆中，老屋的房子是砖木结构的。选好场地，从就近的泥塘边坡挖土垒基，用石磙夯实。木匠和泥瓦匠是很吃香的手艺，师傅都受人尊敬。九佬十八匠，师傅们同桌，按江湖规矩，木匠是要坐首席的。老吴家人会打鱼，干木工活儿的也多。选好黄道吉日就破土动工了。水乡盖房，房基容易开裂沉降，在没有水泥钢筋的年代里，多是用木头串成屋梁，条件好的砌砖盖瓦，条件差的草围泥糊。杉木粗大杆直质轻不易变形，是上好的木料。老屋是幢八柱三间的砖瓦房，在下吴家属中等的。地是花银圆从邻居家买的河坡地。后来兄弟四人分家，房子归了老幺。“屋要人撑”，没有人住，现存一堆残砖破瓦，种上了四季庄稼，绿油油的。

汉北河，汉北河流湍急，河床上芳草萋萋……

那里是我梦里老家，有许多儿时美好的回忆。

小湾前面是鱼塘，长满莲藕。打几棵树桩，搁上青石板，就成了湾里人洗衣洗菜挑水做饭的码头。夏天的傍晚，大人小孩在塘里游泳洗澡戏水打闹。渴了，捧一口水，清凉甘甜，带着泥藕的清香。寒冬腊月，队里组织干坑挖藕。塘边围满了村民，看到鱼群跳跃，惊起阵阵欢呼，心里盘算着自家能分到多少鲤鲫草鳝，是煎煮干煸，还是爆炒红烧？趁村干部不注意，大人小孩随便都能逮几尾小鱼回家。在那年月，如果再抓个乌龟老鳖，真比中了彩票还高兴。

村西头栽满了桑葚野桃，四季花果飘香，是我们儿时的乐园。

一个男孩儿，如果说不会打鼓秋（游泳）、翻墙揭瓦、上树掏蛋、下水打鱼，估计自己都会瞧不起自己。桑葚子成熟的季节，趴在树丫上吃个腹胀袋满，谁爬得高谁英雄！衣服、鼻子、手脸糊的全是桑葚汁，拉的便都是黑红色的。

干仗，是男孩子的专利。大湾和小湾，吴家和肖家，放学路上，大的勇敢地呼喊着冲在前面，用泥巴砖块掷向对方。小屁孩跟在后面呐喊助威，兴奋地叫唤着。也有被砸破头的，用泥巴把伤口一糊，血就止了。回家还不敢让大人知道，怕招来一顿训斥和棍棒。那时谁家的孩子都多，也没有现在养得娇贵，不上医院不看医生不打破伤风和消炎针，伤口好像也不会感染。下次交战还是冲在前面，又忘了伤痛。

河堤上偶有外地的骡马拖着板车经过。孩子们背着书包，追着车奔跑，伙伴们大呼小叫，惊起岸边防洪林里一群麻雀。顺风顺水时，扯起帆，我们站在河岸，看船远去。也有逆水行舟的，女人掌舵，男人背着纤绳低头勾腰匍地前行，船家的孩子站在仓板上望着岸边嬉闹追逐的我们。

汉北河，汉北河水浅堤低，
横跨两岸的路桥掩去了往昔渡船的痕迹……

那是子孙们逢年过节清明上坟时回老家的印象。

走亲访友，和大人们去赶集，是要早起床的。一个来回，不影响大人们上工。卖掉积攒的鸡蛋，买些油盐酱醋、针头线脑。周边的小集镇较多，各有特色。汉北河南有吕巷、王集、刘集、老屋嘴。垌塚集镇要大一些，从新河口过渡船，我们老群力大队是免费的。听去过的小伙伴说，垌塚像北京，很是向往。后来自己也去了，花上几分钱买个锅盔（一种烤制的面食）夹上油条，是最好吃的美味。现在每次回去，都会买好多街上的锅盔带回来和亲友分享儿时的味道。

那时想要脱离农村，唯有读书考学和当兵。后来分田到户，可以出门打工经商了，年轻人能走的都走了。有的人搬到了集镇上，两层三层的楼房盖了许多。住在村里的老人也不多了，慢慢成了空心村。逢年过节有几天热闹，过后又各奔东西。幼时的玩伴，有的已成古人，活着的几十年不见，偶尔相见，已是两鬓斑白，唏嘘不已……

手机闹钟响起，该起床上班了。

雪晴，暖阳如洗，似冰箱里的灯泡。雪冻结冰，路滑，病人不多，正好拾掇文字。

正是：

感冒喝开水，天寒写文章；

梦里回老家，上班叙古今。

我不喜欢爸爸

和众还有俩月就满三岁了。

近来，他常常冒出一句话："我不喜欢爸爸！"有时，甚至是眼一睁就这样说。

我感觉到很奇怪，就问为什么。

他说："爸爸好打人！"

记得去年某一日，老乡云部长在车上逗和众，问他喜欢爸爸还是喜欢妈妈，一连问了几遍。和众很严肃地说："我不喜欢你！"

我在开车，当时差点笑岔气。云部长也自觉无趣。

严父慈母，打是亲，骂是爱，不打不骂难成才。

棍棒下面出孝子。千百年来，我们不都是这样教育孩子的吗？父子就是一对天敌，儿子是从战胜父亲走出家庭后才长大的。

回想一下，自己也是在父母的棍棒下“茁壮成长”起来的。只是，没有像和众这样敢当面说喜不喜欢。当然，我的父母也没有问过我类似的问题。父爱如山。在我们固有的意识里，这不应该是问题，因为，天下没有不爱自己孩子的父母，没有不喜欢自己父母的儿女。

也不知从什么时候起，我们开始这么关注孩子的感受了。

跟朋友闲聊时，得知某校班主任老师办公桌上有个名单表，把学生分为 ABC 三等。AB 就不用说了，C 是红线，是老师千万不想碰的问题学生：要么是学生本身有问题，要么是学生家长好扯皮拉筋。

无独有偶，昨天过“六一”请孙女吃饭时，儿媳说她家的表弟也出状况了：十二三岁，初中，学习成绩一直上佳。近半年来，表弟学习成绩直线下降不说，还时常行为反常，被医生诊断为“青春期抑郁狂躁症”。一家人到处求医问药，表弟不见好转，问我怎么治疗，有没有好的办法。我说这不是纯粹的医疗问题，这与个人、家庭、学校和社会都息息相关。

至于追星、逃学、吸毒、抽烟、打架、玩游戏成瘾等，让一个孩子失足的原因不胜枚举。一个孩子出了问题，毁了一个家庭，还要让社会来承担责任。

从中医学的角度来说，疾病多来自“内伤”和“外感”：所谓“外感六淫”，即“风、寒、暑、湿、燥、火”。来自自然界的气候变化对人体的伤害；“内伤七情”，即“喜伤心、怒伤肝、悲伤肺、恐伤肾、忧伤脾胃”。“外感”就不用说了，“内伤”肯定是脏器和情志相互影响导致的。反之，就是“相生”了：情志的改变可以改善我们的脏腑，脏腑的变化可以调节我们的情绪，良性互动。现代医学有了“心身性疾病”的概念，人们从医学的角度开始研究和重视这类人群了，这是社会的进步。

这就说到孩子的教育和培养问题了。我们需要一个什么样的孩子？我们教育和培养孩子的目的又是什么呢？

是需要一个“我喜欢爸爸”的孩子吗？

“不为社会添效益，徒留此物何所宜。”

和众，我是希望他活成他自己喜欢的样子，我更希望他是一个对家庭、对社会、对国家有用的人。

“正气内存，邪不可干。”百毒不侵，一个身体健康、内心强大的人不会被困难轻易打倒的。所以，我开始注重培养和众的免疫力、耐挫力、抗压力。第一次犯错提出警告和批评；第二次犯同样的错误告知后要进行处罚。所谓处罚，就是打屁股和手了。其实，小孩也在看大人的心性，互相都在探对方的底线。

棍棒是最好的教育。父亲就是用来教育孩子的。只要把握分寸，不形成伤害，身体的疼痛是最好的记忆。父母没有少教育我，现在影响最深刻的还是被打得最痛的时候。应该让戒尺和适当的体罚回归学校。

《嘚啵嘚啵嘚》是我的车载儿歌，孙女说要把它打印出来贴在墙上让她妈妈看。问为什么，她说是嫌妈妈啰唆。我对“都是为了你呀！”这句印象深刻。我时常也在反思自己是不是真的不讨人喜欢，是不是真的错了。

俗话说：“三岁看小，九岁看老。”

和众虽然三岁不到，反映出来的问题不可小视。这种问题不是孤立的，而是有根源的：一则，老来得子，肯定是有溺爱和娇惯现象；二则，时兴的鼓励教育、快乐教育，让孩子们听不得不好的话，更别说惩戒了；三则，孩子们接受动画、电影以及各种媒体的诱惑，会做出一些令人不可思议的举动。四则，孩子们也在互相交流对付大人们的经验；五则，好事不出门，恶事传千里。信息的传播和放大，正负能量的对立，都会产生误导，影响孩子们对是非的判断而变得无所适从。

爸爸是一种称谓，父亲是用来给孩子立规矩做榜样的。父母是孩子成长的第一责任人。

我不是一个好爸爸，就做个好父亲吧！

作者简介

AUTHOR PROFILE

廖军，湖南省作家协会会员，湖南省儿童文学学会会员，湖南省寓言童话文学研究会顾问。笔名，羽君，金色秋风。其创作的儿童小说集《大山里的孩子》获邵阳市第六届“五个一工程”三等奖，寓言《动物专家》获第三届谢璞儿童文学奖。

动物专家

已经很晚了，可小牛牛还不肯回家，在外边继续撒欢。

牛妈妈呼喊了一阵儿没回应，气得亲自出门要把他抓回来。小牛牛见牛妈妈追来了，一会儿跑到大树后，一会儿跑到岩石下，嘻嘻哈哈和牛妈妈捉起迷藏。牛妈妈越发气恼，敲着棍子吓唬说，再跑就要打断小牛牛的腿。小牛牛才不信那一套，扮着鬼脸，晃晃脑袋，又冲向路边一片草丛。不想下面是一个斜坡，小牛牛脚底一滑，踉踉跄跄扑倒在地，随后一骨碌滚到坡底的乱石堆。

牛妈妈吓坏了，赶紧跑过去把小牛牛抱起来，小牛牛哭喊：妈妈，妈妈，我的手好痛……

牛妈妈一看，小牛牛的手臂肿得老高，她立马把小牛牛抱上汽车，往金牛小区医院飞奔。值班的斑马医生做完检查以后对牛妈妈说：小牛牛的肘部关节骨折了，可能还要动手术，必须到森林儿童医院去。牛妈妈马不停蹄，迅速前往儿童医院。

夜晚的森林公路依然热闹，川流不息，时不时还堵车。小牛牛疼痛得呜呜直哭，眼泪在脸上淌成两条小溪。牛妈妈心急如焚，不停地鼓励小牛牛：你是勇敢的孩子，不哭，坚强一点！小牛牛咬着牙憋住了眼泪，只一会儿又继续哭开了，边哭边说：妈妈，我好痛好痛，我的勇敢只剩下一丁点儿了，好痛啊……

终于到达森林儿童医院，值班医生袋鼠大夫给小牛牛拍了X光片，然后有条不紊地为小牛牛的手臂正骨，停顿片刻又小心翼翼地在小牛牛受伤的手臂打上石膏。他轻轻地用绷带包扎好，再用纱布条挂在小牛牛的脖子上，吊住那只鼓鼓囊囊的手臂。

牛妈妈问：还需要做些什么？

袋鼠大夫回答：初步的治疗处理已经完成。今天太晚了，明天再约一位著名的儿童骨科专家，看需不需要进行手术治疗。

小牛牛感觉不那么疼痛了，他感谢地看着袋鼠大夫，真诚地说声：谢谢袋鼠叔叔！就随牛妈妈回家了。

第二天早餐后，牛妈妈带着小牛牛急急忙忙赶往森林儿童医院。谁知道，大厅里一排一排的椅子上坐满了小患者，有小野鸭、小河狸、小野牛，还有小花狗、小波斯猫和加拿大猞猁、非洲野狼，还有好多小牛牛第一次看到的小动物，比如北部白犀牛、玛斯肯棕熊、亚洲猎豹、华南虎、双角犀、红狼、苏门答腊虎、黑冠长臂猿、喙头蜥，等等，那么多的小动物患者都安安静静在等候。牛妈妈心想：幸亏昨晚挂好专家门诊号。这时候，大厅的显示屏上打出接诊专家介绍：黑熊博士，森林医学科学院院士，儿童骨科学科带头人，教授，主任医师。

牛妈妈数了数，排在小牛牛前面有二十二位小朋友。按医生要求急诊处理后还得拍一次片，牛妈妈打印好便坐下来等待。小牛牛非常乖，依偎在牛妈妈身旁，不吵不闹也不哭。等着等着，很快就轮到小牛牛了。

牛妈妈看到黑熊博士竟然吓了一跳，她以为那么顶级的专家，肯定是上了年纪的老医生，可眼前的黑熊博士分明还不到四十岁，相当年轻。

他先是问小牛牛的姓名、年龄，再问牛妈妈孩子受伤的情况，最后举起片子端详了片刻，便告诉牛妈妈：小牛牛不需要做手术，过三周后再来复查一次。

牛妈妈感到非常意外，追问：真的不需要手术？

黑熊博士笑了：小牛牛的胳膊确实只需要好好休养就好，难道你希望在根本不需要的情况下，在小牛牛的胳膊里打个钢钉？

牛妈妈一下子噎住了，不知道如何回应。她想了想，又提出问题：小牛牛看上去这么严重，不开点药给他吃？

黑熊博士这会儿是哭笑不得，他说：只是看上去严重，但其实只要给小牛牛加强营养，差不多几个星期左右就能自己恢复了。

小牛牛欢快地说：黑熊伯伯真好！不吃药不打针，我好开心哦！

牛妈妈这下不知道说什么了，半天只挤出一句：既然什么都不用做，那什么时候可以去幼儿园上学？

黑熊博士笑着转向小牛牛，说道：你明天就可以上学，不过千万要注意，不要让其他小朋友碰到你的手臂，不然会很痛也会影响恢复哦。

小牛牛很开心，牛妈妈却满腹疑虑地回到家里，总觉得这位别人口中的著名专家，分明什么也没做，什么建议也没有给嘛，思来想去觉得心里放不下。这时，小牛牛的外公刚好从外面回来，见牛妈妈一脸的不高兴，便问她怎么回事。牛妈妈一五一十把当时的情景说了一遍。

小牛牛的外公听完后却拍手称赞，说道：这样的专家才是好专家嘛。你想想看，没有病当作有病医，小病当作大病医，给病人开一些没有必要吃的药，做一些根本没有必要做的手术，这样的专家才是假专家呀。要是真的给小牛牛胳膊里打个钢钉，开一大堆够吃上半年的药，花一大笔钱不算，也伤害了他的身体。这黑熊博士虽然年轻，却是专业性强又善良正直的好医生。再说了，现在的家长也是的，要是这个专家今天真的给你开了药，告诉你要做手术，你心里是不是才会放心？假专家多了，这也和很多家长的这种心态脱不了干系。吃药也好，做手术也好，难道不是该做什么就做什么才对吗？怎么变成你们这些父母的安慰剂了？

冷不防被提醒了几句，牛妈妈不禁脸红了起来，她想：的确，“专家”原本就应该是用自己的专业解决真正的问题的人。不知道怎么回事，倒是我们自己好像总是分不清“真专家”和“假专家”了。

看着似有所悟的牛妈妈，外公大笑了起来。

大山的呼唤

上篇

上午 9 点 30 分，雪峰县委办公室主任张映龙接到保卫组长向海的报告：县委办公大楼院内，陆陆续续进入一队一队的山里人。他们有背着背篓的，有扛着水烟杆的，有穿着民族服装的，那些人显得很诡秘，不多言，不交谈，只是四下打量，像是寻找什么。

张映龙正在向一个部门领导交代任务，向海的报告，并没引起他的警觉。这些年头，到县委机关大院来的人形形色色，数不胜数。年前，县委大门被堵过好几次，张映龙已是见多不怪了。部门的领导走后，张映龙坐在办公桌前轻吁了口气，刚点上烟，电话又响了。

向海的声音很急促：“张主任，出怪事了，今天大院来的全是凤凰寨的，现在怕有一百多人……”

凤凰寨的？张映龙脑海一闪，那是少数民族居住的自治县，离县城有二十多千米，那里的民众来机关大院怕有什么大事。他急忙安排向海：“你们保卫组的同志要密切关注，要尽快搞清楚他们的诉求。”

向海打断他的话："他们暗地里在打听秦书记……"

"什么？！"张映龙更是一激灵，这些人找县委秦朝阳书记，该不会出什么大事了吧？不过，张映龙还算老到，没有马上向秦书记报告。因为今天上午秦朝阳书记不在机关大院，而是在经济开发区主持召开一个招商引资项目的会议。下午，秦书记还要赶回省城家中。

张映龙深深地吸了口气，咬咬牙，紧接着把电话打到公安局分管国保的副局长刘大高的办公室。谁知波澜不惊的刘副局长还约张映龙晚上一起吃夜宵，他俩是对越自卫反击战的生死战友。张映龙有点疑惑，他压低声音说："老刘，你该不会失职吧！你们没有听到什么消息？"

刘大高外号"刘大炮"，嗓音洪亮如雷，他大笑几声，说："骂你神经你还见怪，碰到老百姓就像老鼠看到猫，你们这些当官的呀……"

张映龙没同他开玩笑，打断他，语气变得严肃起来："老刘，有个事立即去查，今天从凤凰寨下来不少人都涌进县委大院，听说他们暗地里要找秦朝阳书记。他们那里的人，民风彪悍，血性十足，是不是有人在制造事端，把矛盾引向领导……"

正说着，他的手机响了，又是向海在告急。原来，机关大院里涌入凤凰寨的民众已达五六百人了。他非常清楚，整个凤凰寨乡一共才四千来人。作为凤凰寨乡的老领导，一时间，张映龙的头"嗡"地变大了，他果断下令："老刘，你们马上着手摸情况，我立即向秦书记报告。"他看了下表，上午10点整。

县委机关离经济开发区仅有半个小时的路程。一路上，几个电话打进来。

人大常委会主任钱溪问道："如此多的民众上访，要启动多个应急机制，防止民变，你们协调好了吗？"

政协主席严复刚是张映龙的老上级，他谆谆教导：“映龙啊，我们千万要做好群众工作，一定要珍惜当前的大好形势，秦书记干得不容易啊。”

武警中队队长雷霆人如其名，一开口牛气冲天：“张主任，有人找秦书记麻烦，是不是？这还得了，无法无天！”

张映龙苦笑着一一作答，他知道，自己也是半夜起来摸黄瓜，还没有找到头绪。这事的确奇怪，他想着，很快给凤凰寨乡党委书记申军打了个电话。申书记也蒙在鼓里，他正在乡里召开党政联席会，外边的情况他一点儿都不晓得。听了张映龙的情况介绍，申军第一时间结束会议，立马赶往县城。

经济开发区的会议开得很圆满，一位台商把自己集团旗下的一家大型体育器材制造公司落户到雪峰县，双方已签订好合作协议，会议气氛热烈，相谈甚欢。

张映龙来到秦朝阳书记面前，他觉得自己和眼前的气氛有点格格不入，显得很尴尬，不知该说什么好。

倒是秦朝阳书记一脸的笑容，招呼他：“来，映龙，我们一起来分享这段时光，把事业做得很美好！”

看着秦朝阳两道剑眉下熠熠生辉的双眼和他那光洁闪亮的宽大额头，张映龙内心深处瞬间被感染了。是啊，这是一位干事业的领导，是一位带领全体班子成员勇往直前的领导，更是一位关爱民众、心怀大爱的好领导。

或许，还远远不止这些，张映龙在心里想。可是，今天的情况，又怎么向秦书记开口呢？

也许是看到自己的办公室主任有点异样，秦书记起身向台商做了下解释，便和张映龙到隔壁的办公室来通气。

两人单独在一起了，张映龙赶忙说：“秦书记，有个紧急情况要向您汇报……”

听完情况，秦朝阳点燃一支烟，徐徐地吸了一口。他站起来踱了两步，高大的身材宛若挺拔的白杨树，阳刚伟岸。这是一位还不到40岁的年轻的县委书记，他双眼盯着张映龙，那目光像星光般灿烂，“心里没底，是吗？”张映龙点点头，但是，仿佛只要和秦书记在一起，他内心就充满勇气和力量。

秦朝阳一笑：“群众不可怕，怕的是我们心里没有群众。凤凰寨的瑶族兄弟们，我对他们是有感情的，我们挺有缘分，你说是吧？”

张映龙太清楚了，秦朝阳书记自去年年底来雪峰县任职，到现在还不到五个月，但到凤凰寨现场办公就有两次。第一次是为规划设计九年一贯制义务学校，创合格学校建设。两年后，一座现代化的教学大楼将矗立在瑶乡的大地上，还规划建设了五条通村通组硬化通畅公路。第二次是为规划千亩竹林基地，创建50家竹木加工企业：规划香菇、木耳示范园和天麻种植示范基地，给瑶乡请来大学教授、研究机构的专家进行技术指导。同时，对九个村的驻村帮扶工作队，重新进行人员和力量调整，从“四大家”抽调年富力强敢于担当的领导，担任村里的第一支部书记和工作队长。发展产业，摆脱贫穷，秦书记就是要让古老的瑶乡插上梦想的翅膀。

电话铃响起，张映龙接听后，轻轻地说：“秦书记，他们真的是找您，见不到您，他们决不离开县委大院。”

秦朝阳点点头：“那好吧，我们去见见瑶族兄弟们。”

门口，几位县委领导都神情肃穆地等待着。

中篇

四年前，省委办公厅调研处处长秦朝阳奉命来雪峰县工作一年，作为省委一个重点课题的调研挂职县委副书记。要知道，这几年领导职数改革，一个县就只设一个副书记的岗位，为了秦朝阳的到职，县里原有的一名副书记只好调整到市里任职去了。于是，雪峰县从此就和秦朝阳联结到了一起。

尽管地处偏僻，雪峰县却也闻名遐迩，这里是红军长征贺龙的红二、六军团密林歼敌的经过地，还是抗战胜利的最后收官之战的所在地。而今，这里森林密布，水流充沛，是一块不可多得的宝地。却因地处偏僻，全县的经济发展滞缓，民众生活窘迫，干群冲突四起，民怨难安。

秦朝阳跑得最多的是凤凰寨乡，这个只有四千来人的瑶家之地，承载了太多的风雨、太多的苦难和太多的无奈。

这位只有 35 岁的新任县委副书记，宛如雪峰山上的一棵挺拔大树，深深扎根在这片土地上，根系繁密，吸吮着大地母亲的乳汁，不知疲倦，不愿松懈。

时任凤凰寨乡党委书记的张映龙就经常陪同秦朝阳走山路，常常走得大腿充血，脚脖子发肿。秦朝阳身背一个帆布挎包，里面装了许多法律资料和生产技术资料。

有天下午，张映龙、县武警中队的副队长雷霆、县政研室副主任申军，一同陪秦朝阳到一个叫“歇凉盖”的小村落去做调研。

一路山高路险，几个人走得气喘吁吁，张映龙边抹汗边介绍说：“歇凉盖，歇凉盖，跑断腰杆你莫怪！秦书记您就是做事太认真了，听听我们的汇报，就不用呷吃这么大的老亏了……”

秦朝阳的脸被汗水浸润得发红、发亮，两道剑眉下的双眼缓缓扫过起伏连绵的群山，他笑笑说：“不来，你就看不懂大山……”

雷霆有点儿迷糊：“山还有什么懂不懂的？”

“那当然，看不懂山，你就进不了山，看不懂山，你就更看不懂人。”秦朝阳向大伙解释了一番。

这个道理，作为凤凰寨书记的张映龙体会非常真切，他其实深谙秦书记的用心。只是走这么远的路，爬这么高的山，他有点儿于心不忍，觉得对不住秦书记。

谁知，他们的话还没讲完，山后突然山风大作，亮起一片火光，随后浓烟滚滚。

火灾就是命令，秦朝阳率先冲上山梁，察看情况。歇凉盖是一个由十几户人家组成的小山寨，零零星星分布在山梁和山脊周围，掩映在青树绿柴之中，形成了独特的世外桃源。

可眼下，在半山腰，石坎上下两座木房正火光冲天，哭喊声一片。

秦朝阳他们四人如同冲锋的战士，舍命奔跑，一口气冲到火灾现场。

“你个砍脑壳的，你快出来啊，你莫作死啰……”

一个山寨婆娘跪在青石板路上，哭得上气不接下气，旁边几个上了年纪的男人拼命地用水桶在泼水，但无济于事。

张映龙很快就打听清楚：起火的两座房屋是对双胞胎兄弟的，一个叫杨金梁，是哥哥，一个叫杨玉柱，是弟弟。本来哥哥的房子在下面，先着火，火龙上蹿，把弟弟的房子也点着了。

哭喊的婆娘是弟弟杨玉柱的妻子，杨玉柱为抢救屋里的东西，冒着烈火冲进了屋里，到现在还没有出来。

“快救救那个砍脑壳的，快救救他哦……”

“我那狠心的死鬼，快出来啊，呜呜呜呜……”

那婆娘见到秦朝阳，一把拉住他的裤管，苦苦哀求，哭得天昏地暗。

在噼噼啪啪的爆炸声中，一条条火龙四处奔窜，眼见房屋大梁快要被烧透，倒塌随时都会发生。秦朝阳跑过去，抓住一条被子，泼了一桶水在上面，往身上一裹，准备冲进屋。张映龙一把拉住他，说："秦书记，太危险，还是我来！"

秦朝阳一扭身，推开张映龙的手，一眨眼就冲进火海。

"快，快，泼水，泼水！"

"把桶子都送过来，快！"

雷霆抓住一个木桶，一边大喊着指挥，一边冲到火焰炽烈的门口，把水泼进去。

大伙儿集中十几个桶子装水，一齐向火海泼水。顿时，火势似乎被重击了一下，火焰暗了下来，软了下来。

张映龙也找了条被子，刚用水淋湿，准备进屋迎接秦朝阳，只见一团火光从屋里滚到屋外。众人忙用水泼洒，一阵浓烟后，秦朝阳从烂被子里钻出来，手里紧抱着已昏迷过去的杨玉柱。

接下来事情又变成一个老故事了。秦朝阳几个人马不停蹄护送杨玉柱到了县人民医院。严重砸伤、血肉模糊的杨玉柱被送进急救室，意外的是血库缺血，于是O型血的秦朝阳把自己的500毫升鲜血缓缓地输进了素昧平生的杨玉柱的血管里。

就这样，秦朝阳和这片土地结下了缘。当杨玉柱康复出院后，这个淳厚的山里汉子和他的双胞胎哥哥杨金梁一同来到县委大院。在秦朝阳的办公室，两兄弟跪下来，规规矩矩磕了三个响头，然后两兄弟齐声请求："秦书记，我们要和您走亲戚！"

秦朝阳赶紧扶起他们并答应得很爽快："好，以后我们走亲戚！"

后来的日子里，秦朝阳在凤凰寨发生了很多故事：有时给乡亲们解难，有时给小孩子送书包，还有时为老人讲政策、讲法律，有时帮酒鬼戒酒。其中，杨九公的故事家喻户晓。

凤凰寨有个叫平口垅的地方，住了一位班辈极高的人物，大伙都尊称其为杨九公，比杨玉柱、杨金梁兄弟大了六辈。他年近九旬，身体健壮得像撵山狗，听说他徒手能抓得住野鸡。他几十年的打猎生涯，据统计打下429头野猪，享誉凤凰寨。省林业厅批准的狩猎队有18条枪，杨九公稳坐头把交椅，无人能出左右，谁也争不去。

有一天，杨九公在歇凉界巡山，一枪打下一只硕大的岩鹰，还抓了六只尚未齐翅的小鹰，一路走来，正巧碰上了杨玉柱两兄弟。

两兄弟毕恭毕敬："九公，今天收获蛮大吧！"

杨九公乐呵呵地抚着山羊胡子，从篓子里提出那只岩鹰："看看，就一餐下酒菜，点点小意思。"

杨玉柱仔细看看那只鸟，突然惊慌失色，一时不知说什么好，连连说："坏事了，坏事了……"

杨金梁胆子大一些，他也觉得有点不对，对杨九公说："九公，这好像是猴面鹰，打不得的！"

杨九公顿时发怒了，两个小辈子，到他面前指手画脚，那还了得！

"你们晓得么子？我喝下的酒比你喝下的水还多！么子打不得，下酒好得很！"

"你们放么咯驴子屁，依我脾气两拳打翻你们……"

杨玉柱见盛怒之下的杨九公听不进话，正着急，发现那边山梁过来一行人，正是秦朝阳他们。他喜出望外，大声呼喊："秦书记，秦书记，你快来断一断事。"

走得汗冒如雨流的秦朝阳来到了跟前，听明情况，仔细看看那只鸟，脸色也沉了下来，这可是保护动物啊！他们一同走到一座农舍内，在桌旁坐下。

他对杨九公说："您是我们大家都敬重的老辈子人，可今天这事确实有点差错，我要和您说道说道。"

秦朝阳从挎包中掏出小册子，他把《中华人民共和国野生动物保护法》相关规定，一条一款认真地讲给杨九公听。听到后面，杨九公一屁股蹲在地上，嘴里仍然很倔："秦书记，您讲的法都对，老古时，老虫（老虎）呷人，人打老虫（老虎）天经地义，现如今，老虫（老虎）受法律保护，我也晓得，可我打一只岩鹰，水里讲出火来，火里讲出水来，我能犯到哪一步？讲真话，我不得服！您是县太爷，手里握有生杀大权，那您就法办我吧……"

碰上这么一个犟脾气的老人，秦朝阳没有让陪同的其他领导插言。他蹲在杨九公的对面，掏出香烟，递过来一支，然后帮杨九公点上火，他讲的是心里话："九公啊，我讲法，不是要法办您，而是要让您掌握法。这山是您的，这野物也是您的，您是这里的主人。千百年来，我们这一方山水，要靠你们一代又一代人来守护。我们是外来人，工作几年拍拍屁股就走了，我们能带走什么呢？您不仅是狩猎者，更重要的是保护者！保护好这些野物，就是保护好我们的家园，就是保护我们自身。您打的是猴面鹰，好珍贵的动物，打了一只就少了一只，国家的二类保护动物，这是大山里的宝贝啊！我们是大山的主人，九公啊，您伤害了保护动物，就是伤害我们自己，您会想不透这个理吗？"

杨九公在地上蹲了许久许久，秦朝阳他们走了好远，那一席话，还在杨九公的耳旁不停地打转转。

第二天，杨九公出事了，他追一只野兔意外跌入一片杂草丛，底下却是陡峭的石窟，结果摔断了腿。

闻讯，秦朝阳特意赶到医院看望。杨九公悔恨万分："秦书记啊，我这是遭报应咧。几十年打猎没碰过这事，我打了保护动物，作孽哦！还是您讲得对啊，我们是大山的主人，要保护自己的宝贝……"

秦朝阳紧紧握住杨九公双手，没再说什么。后来，杨九公主动到森林公安局接受处罚。再后来，他小心地把抓获的六只小猴面鹰喂养大，等长到展翅高飞的时候把它们放归了山林。那六只鹰杨九公很熟，有时，杨九公去巡山时，鹰儿就在他头顶上方飞来飞去。杨九公咧开嘴笑了："嘿嘿嘿，你们这几个龟崽崽，秦书记保护你们咧……"

下篇

秦朝阳赶到县委大院，停车场、行人道、办公室门前到处都是黑压压的人群。公安局副局长刘大高迎过来，报告说："这些瑶族同胞，没有什么过激行为，他们就是等待，等着秦书记您。"

雷霆手里提着个电喇叭，他赶到秦朝阳身旁，轻轻说："来了您的好多熟人，有杨九公、杨玉柱、杨金梁、杨八月、杨小河……"

杨九公出现了，这位90岁的清瘦老人裹着包头，肩挎着从不离身的猎枪，背篓里装满了天麻和香菇。他的身后紧跟杨玉柱和杨金梁两兄弟，他们的身上同样背着背篓，都装满了腊肉和山货。

一声声问候此起彼伏：

"秦书记！"

"秦书记来啰！"

"秦书记，我们总算把您盼来了……"

秦朝阳握紧杨九公那双瘦骨嶙峋的双手，扭过头责怪张映龙："九公也来了，怎么不安排到我办公室坐呢？老人家这么大岁数了，也算是我们县里的人物啦……"

张映龙解释："我根本就不知道九公会来。"他责怪杨九公，"我们也算是老相识了，您来也得先告诉我一声！"

杨玉柱和杨金梁接过话说："九公来找秦书记，想必你会知道……"

“你不知道我们为什么找秦书记？看你这主任当的！”

张映龙涨红了脸，他突然觉得自己应该和瑶族兄弟先沟通一下，再找秦书记报告才对，毕竟自己是凤凰寨的老书记，那一方民众和自己还是很有感情的。

杨九公看着不断聚集过来的人群，他谢绝秦朝阳的好意，没去办公室里坐，他告诉秦朝阳：“秦书记，乡亲们都是自愿要来的。本来说好了，我只带金梁、玉柱两兄弟过来，但他们晓得了，都非来不可，要和你会面，没想到来了这么多人啰，吵烦了领导，不好意思……”

秦朝阳似乎明白了点什么，他伸手从雷霆手中要过电喇叭，站到一个台阶上。县委书记的声音在县委大院的上空飘荡回响。

“瑶族兄弟们，父老乡亲们，感谢你们来看我秦朝阳，这么多的老辈子人，这么多的乡亲兄弟，我秦朝阳担当不起，给你们鞠躬了！”

秦朝阳深深一躬，人群中立即爆发起惊雷般的掌声，那挥动的一双双粗大的手掌，那一张张真诚厚道的面孔，令秦朝阳双眼模糊，胸中涌动着情感的巨浪，冲击心扉。

杨玉柱指着摆满一地的背篓，告诉秦朝阳：“秦书记，今天是您的好日子，没什么礼物，家家户户都带了点特产，您千万莫嫌弃，这是大伙的一点儿心意。”

杨九公连连说：“秦书记，您莫嫌弃，要收下啰，都是些不值钱的山货。”

张映龙和刘大高、雷霆、申军迅速碰了头，终于弄清了原委。

原来，今天是秦朝阳39周岁的生日，按瑶族同胞的风俗习惯，40岁生日是一个男人的人生大寿，要隆重庆贺。

奇怪的是，张映龙一行人竟蒙在鼓里，全然不知道这个情况。张映龙这个县委“大管家”狠狠地用拳头砸了自己一下，懊恼不已。不过，他还是喊杨玉柱两兄弟过来仔细打听。原来四年前秦书记挂职的时候，乡亲们就有心记下了秦朝阳书记的出生日子。

张映龙内心深处最柔软的一点被触动了，他突然想流泪。这面对的是怎样一群至诚至真的少数民族兄弟啊！

秦朝阳吩咐张映龙，要他把乡亲们带来的特产全部进行收购和处理，县里有个农副产品收购公司，专门收购和销售雪峰县的精品特产。

最后，他还不放心，又谆谆嘱托了一番："要安排专人把事情做好，每一个乡亲都要进行登记，最后把钱发放到每一个乡亲的手里。这些大山里的特产，可都是我们雪峰的珍品啊！我们要让这些珍品走出大山，走出国门，走向世界……"

这些话语，让杨九公也很欣慰，让杨玉柱两兄弟，让围在身旁的瑶族兄弟都感受到美好的生活前景，他们都露出了开心的笑容。

秦朝阳重新举起电喇叭，把乡亲们带来土特产处理的办法进行宣布。然后，他环视了一圈人群，最后，面对杨九公说："九公，您是寨子里班辈最高的老辈人，您这么大的年纪还出来看我，我无论对您说什么好话，无论为您做什么事情，都不能表达我对您的感谢之心。我们这些后生小子，应该挂念的、孝敬的是你们老辈人啊！请您告诉我，您有什么想法，对我、对县委、县政府，您说的我都会尽力去做。"

杨九公那双猎人的眼睛还是那么尖利，洋溢着山里人特有的光彩，他大声对秦朝阳说：

"我没有别的想法，就一条，秦书记，我要和您走亲戚！"

一时间，来自四面八方的呼唤，宛若滚滚洪流：

"秦书记，我要和您走亲戚！"

"我要和您走亲戚！"

“走——亲——戚”

…………

秦朝阳热泪盈眶，喉咙发紧，再也说不出什么。张映龙、雷霆一班人也泪流满面，他们坚定地站在秦朝阳的身边，感受到从未有过的激动和神圣。

来自凤凰寨的呼喊，发自瑶族同胞的呼唤，依然在县委大院的上空回响，在巍峨的雪峰山云际中穿越……

向远方延伸

一

天空一声惊雷，申林梅正在洗手间小解，吓得他浑身一哆嗦，左手里的手机“啪”的一下落到地上。他心想完了完了，忙不迭伸手抓起来，又不停地点触屏幕，幸好没坏！

客厅里，向红正一把鼻涕一把泪伤心着呢。

向红是他的妻子，四十出头，由于体胖多肉，圆脸丰润，倒不见半丝皱纹，人前人后还显几分妩媚。和申林梅一根电线杆相比，有着鲜明的反差。她嘴里正怒骂着：“你个空心菜！整天去乡里打转转，家里的事情全都丢给我。扶贫，扶贫，专门出去扶贫，家里半点事都做不来！你还像个男人吗？”

申林梅身体颤抖了一下，没有接话。结婚二十年，从来是向红手叉腰间，指着他的鼻尖数落，他是不敢说半个“不”字的。

“你说，你到底请不请假，我爸必须转市中心医院，不能再拖……”向红言辞变得激烈。

提起市中心医院他就痛恨万分！他的父亲两年前在市中心医

院住了三个半月，支出了一大笔医疗费，人却没有留住。现在老泰山病入膏肓，再到市中心医院去受罪，申林梅是一千个反对、一万个抵触。这个时候让老人家过好每一天，想吃点儿什么，想看点儿什么，想玩点儿什么，尽可能满足老人家，这才是王道。只要不留下遗憾就行。但是向红主张，哪怕有一丝希望也要到市一级医院去，何况县医院也建议病人转院去上级大医院。

这时，隐隐传来几声闷雷，天色黯淡下来。

向红又说："还有，我们局长老是找我的麻烦，我想换单位，就算你给自个家里扶一次贫。"

申林梅长长叹了口气，自己的老婆何等秉性他还不清楚？向红这个人，一点点儿亏都吃不得，她在林业局待了八年，换了三任局长，都与她"八字不合"。其中一位局长和她还拍过桌子骂过娘，结果反被她骂得荤七素八地分不清东南西北，这事一时成为林业系统的美谈。不料新领导来了，却是个狠角色，几乎量身定做地出台一系列新规章新制度，点着你的穴位打，搞得向红一肚子火，却又没法发泄。

申林梅本来想劝向红几句，转念一想说那些无用的话何必呢？向红那张嘴，又岂是他能劝得了的？不劝还好，一劝两劝的，说不定那割肉的刀子嘴，反把自己伤得体无完肤了。

这茬还没有完，向红又提出她侄儿转业回来，也要他想办法安置。申林梅心里直打鼓，你当局长是你亲崽崽，你想咋的就咋的。你当退役军人事务局是你家堂屋，横起竖起，呈长列短，你想怎么摆就怎么摆。开什么国际玩笑！

当然，他只能长叹一口气，历史的经验和教训摆在那里，申梅林也不想拿鸡蛋去碰石头。

"向红你听我讲，如果老爷子一定要转院，你和向刚商量一下，由他负责送市中心医院，车费我来付。"申林梅之所以这样说，因为小舅子向刚在教育部门的学区工作，他有的是机动时间。

“我真的没有时间，必须到村里去，省里检查马上开始了，出不得半点差错。今天工作队还要开碰头会，老蓝的屋正在搞危房改造，我也要去守着点，还有三棵树的栽种，也要我帮忙。矿泉水厂的合同还没搞好。教育助学基金会的资金远没到位。稻蛙鱼种养计划，野生茶的包装推出计划……一大摊子的事呢。”

讲着讲着，申林梅的头就大了，山村里面的事，讲三天三夜都讲不完。

可是，向红没让他继续讲下去，“驻村工作队的事有第一书记和队长操心，你算哪档子货色？莫要戴顶高帽充大头鬼，告诉你，在这个家里儿子的事是顶天的大！他马上就要高考了，这段时间情绪又不稳定，心理压力大，学校要召开家长会，你必须参加。我告诉你，什么都当甩手掌柜，那不可能，这几件事没落实，就不用到村里去了。去扶个么子贫，还写个叫人笑掉大牙的鬼诗，谁看呢？这副鬼样子，先把自个的贫扶好再说吧。”

申林梅感到无数的针尖扎在胸口，血直往上涌，他抖动着嘴唇，憋了半天，终于跺了跺脚，甩了句：“我的事不用你管！”

恰在这时，手机响了。一时间，客厅里静下来，申林梅点开免提键，工作队队长颜如玉粗犷的嗓音在屋里响起：“老申，别再守老婆了，我们在楼下车里等，快点下来！”

根据工作安排和纪律要求，驻村工作队队员必须及时返村。申林梅站起身来，默默地提着装了衣服和书籍的袋子，拉开房门，大踏步走了出去。

身后，传来了咣当一声脆响，申林梅知道，刚刚喝茶的那壶又没了……

二

颜如玉看到申林梅一脸的晦气，等他上车后，笑嘻嘻地开玩笑说：“申主任啊，家庭作业准是没完成，没做好，向红发脾气了吧？我早就告诉过你，课外作业少做一点，否则会引发家庭矛盾和危机，是不是？”

李子棋还没结婚，但队长的玩笑还是让他涨红了脸，他怔怔看了申林梅一眼，故意问：“申主任，不会是真的吧？”

他们驻村工作队来自同一个单位——县市监局，队长颜如玉是排名第二的副局长，申林梅是办公室副主任，李子棋考进才两年。他们共同生活和工作已有一年多时间了，每月二十二天吃在村里，睡在村里，忙在村里。

颜如玉是队长兼司机，他一脚油门，那辆大众车沿着平溪江畔奔驰而去。颜如玉一边望着前方，一边跟两位队员说话：“十三个贫困小学生，一对一助学的工作，我们要加把油，这个月无论如何不能再拖了，要落实好结对人、资助人。老申，你都搞定了吧？”

申林梅的脸火辣辣地发烧，这真是踩着他的痛脚趾了。他们三个人搞了责任制的，颜如玉是队长，又是局领导，所以多加一人，负责五个小学生，申林梅和李子棋各负责四个小学生。在内心深处，申林梅还是感到不公平，他觉得对外联系和联络，重要的是体现职权因素的影响。他一个四级主任科员，叫天天不应，呼地地不灵，到哪儿去寻找帮助者、好心人？有一件事他难以启齿，实在是令人屈辱。他在省城里有一个大学同学，当年两人都爱写诗，“愤青”加“文青”，蛮合得来。现在人家已经是省城自然资源厅的处长了，并且是权重要害处，职级到了二级巡视员，真的是高高在上，手握重权。申林梅瞄准的第一人就是这位同学。

没想到，他打电话去问就吃了个闭门羹，说是开会没空。过了几天，再打电话过去，还是开会没空。一个月后，申林梅鼓足勇气继续打第三次，还是开会没空。这个时候申林梅那点可怜的自尊像抽丝一般被抽得一干二净，像一只软体虫。幸好，商会的一位同学得知消息，伸出援助之手，对接了一名学生，才不至于让这块工作全军覆没。

年轻的李子棋面对领导布置的工作，态度一点不含糊，他对着颜如玉的后脑勺，振振有词："一切为了孩子，为了孩子的一切，我就是拼了命，也要完成任务！请组织和领导放心吧。"

颜如玉感到满意，他表扬李子棋说："年轻就是好，有朝气，有胆略，有情怀。我还有一个学生没找到落当，还得加油呢！"

申林梅有点丧头垂气，有点喘不过气来。半天才挤出一句："我会想办法把任务完成。"

穿过洞口潭的隧道，进入雪峰天险。那巍峨的雪峰山上，盘山公路宛若一条飘带，悬挂在陡峭的半山腰上，时隐时现，又像一条蛟龙在崇山峻岭间神秘穿行。

颜如玉不再说话了，全神贯注观察路况，一心一意开车。这条开了无数回的熟悉得可以闭着眼开的公路，每一次他都不敢大意，什么叫天堑？这里就是天堑！哪怕开一点点小差，就有可能车毁人亡。

申林梅昏昏欲睡，但又不能真正入睡，心里装着这么多事，想睡也睡不成。他已和住建局联系好了，等蓝春生的危房改造一结束，验收组立马进山验收，补助资金很快就会拨付到位。现在的材料款和工钱都是由颜如玉和申林梅垫付着。为了这事，向红和申林梅大吵了一架。野山茶的包装和推介，申林梅前期准备工作都已做好，教育助学基金会的倡议书发放还要扩大范围，还有清泉水厂的合同需要深入讨论……

“申主任，我想求你个事。”李子棋笑眯眯地看着申林梅。

申林梅突然被拉回现实中，不知道李子棋要说什么事，只是茫然地朝他点点头，没吭声。李子棋是个长得斯斯文文的大男孩，待人热情也很客气，有时候也来那么一点幽默调侃，插科打诨，活跃气氛什么的，给大家松松神经。

“申主任，是这么个事，我们三人待在村里，一天到晚走门串户，还要上山栽树，下田插禾。三天一小会，五天一大会，累成个水耗子，如果不搞点精神食粮调节调节，这小身体还真的有点吃不消呢！”李子棋绕弯子说话，他让申林梅有点摸不着头脑。

“我是狗肠子，直来直去，直说吧！”

“申主任，我想学写诗，想拜你做师父！”李子棋露出几分腼腆，态度端端正正。

申林梅半晌没说话，睁圆双目，像看见一只怪兽。突然，他哈哈大笑起来，笑声像大风中的破纸屑，沙沙地响，一直笑到眼泪双流。

颜如玉没注意听两人讲话，现在申林梅的笑声让他困惑，不停发问：“笑什么？笑什么？”

李子棋更是云里雾里，他搞不清申林梅怎么会笑得那么厉害。

过了好一阵子，申林梅的笑声终于停下来，他揉了揉眼睛，摸了摸鼻子，严肃地对李子棋说：“只有发癫的人才写诗，诗算什么玩意儿？什么东西！不过，当你师父也行，是酒师父，学点实用的，跟我学喝酒吧！”

李子棋半天没再作声，也没有反驳，看样子是打算放弃了。

颜如玉见状一阵轻松，笑着说：“真个是明智的选择，我们这个工作队，充其量只能有一个疯子！呵呵！”

申林梅对颜如玉有种说不出的感觉，说队长对他不好，那绝对假话，说心里很佩服队长，但自己常常心底下有点小不平，说队长工作能力强，他一百个赞成，说队长时不时压任务有情绪、有抱怨，可又恨不起来。想来想去，又觉得自己命苦，一个双一流名校的高才生，一个风靡一时的校园诗人，这二十年过得真窝囊！

颜如玉开了一个小时，然后把车稳稳地停靠在一个叫仙人界的空旷地上。这里地势较为平坦舒缓，来往车辆和行人常做歇脚之处。从这里往下看，松涛阵阵，山峰重重。抗战时期，最后一战在这一带打响，无数的日本兵就葬身在雪峰山的莽莽林海中，丧命在悬崖下，仙人界成为侵略者不可逾越的神圣之地。

申林梅跳下车跑到林子里，放下了精神包袱。他走回车旁，突然面对大山伸出双手，高声呼唤："请给我力量和勇气吧！"

李子棋呵呵一笑，也伸出双手，大声呼喊："请给我力量和勇气吧！"

山谷里激荡着巨大的回音。

"请给我力量和勇气吧！"

"请给我力量和勇气吧！"

颜如玉走到车尾厢，拿了两瓶矿泉水递给他的队员："获得了力量，再补充一点水分，勇气就更多了！"

他们的车继续前行，翻过雪峰山的龙头。公路一分为二，左边是国道线，直达怀化。右边是县道，通向三个人的目的地：大公乡清溪村。五十分钟以后，车停在清溪村综合服务平台的大门口。刚修建的村支两委办公大楼是一座三层楼的房子，从外面看起来刚劲而有生机，高高的旗杆上飘扬着鲜艳的五星红旗，令人热血沸腾。村支书肖和保四十出头，身体如水牛一般壮实。他扬起大手挥了挥，然后迎上来，告诉颜如玉，有一个事情他刚刚处理完。村民肖五味，从广州赶回来闹事，吵得翻了天。因为他原本评上贫困户，因为清理四类人，又被清出来了。那人就是申林梅的一帮五对象。

颜如玉率先往会议室走去，边走边说："肖五味的事情，你肖书记带人专程到广州搞了调查，事实清清楚楚，他闹什么闹？"

申林梅对这件事也记得很清楚，政策规定：开店经商人员、当地修建小洋楼和在城区购买商品房人员、拥有私家小汽车人员以及村支两委财政补贴人员，这四类人要从贫困人口中清理出来。作为自己的帮扶对象，申林梅对肖五味做过工作追踪。肖五味凭着自己聪明灵活的头脑到广州打工，找准门路创造了财富，改变了贫困面貌。这一轮确定的贫困户，在村里进行公示，有村民反映肖五味现在当小老板了，还买了私家小汽车。工作队和村两委商定，由肖和保书记带队，一行三人到广州车管部门核查，结果情况完全属实。尽管肖五味百般抵赖，政策却不会由他而改变。

天空中又传来几声沉闷的雷声，天际低沉得快拧出水来。

申林梅没有在会议室继续开会，认领任务后他起身告假。他看天色马上要下雨，想尽快去蓝春生家看看，不知道屋顶盖好瓦没有。长水坑是由两个组连接在一起的小山寨，居住的全部是少数民族，十几户人家分散在三四处小山窝里，还有一户孤单地立在山脊上。蓝春生是位年过八十的瑶族老人，身子还算硬朗，一天两餐喝得下一斤苞谷酒，待人很热情、很直爽，与申林梅很合得来。不过，就是一事不好，他性子犟得出奇，认定的事，谁也劝不住。有时，老蓝闹对立，搞得申林梅很难堪。老蓝他有两个女儿，一个远嫁衡阳，一个近嫁洞口，去女儿家走趟亲戚太不容易了，就算去洞口，也要坐两个小时的车。老人曾经到小女儿家住过一段时间，由于不习惯县城生活，拍拍屁股又回来了，怎么留也留不住。

申林梅赶到老蓝家，走了快半个小时，满脖子都是汗水，衣服全湿透了。他喘着粗气，爬上一个山坡，老蓝家出现在面前。这是一座四扇三间的平房，青砖、红砖、土砖混合结构。现在整个屋顶都进行了拆除改造、维修换新，工程已经结束了。特别是屋顶原来的灰黑瓦片。现在全部更换成朱红色的琉璃瓦。在暗淡的天色中，那一片红亮的颜色，看得申林梅眼睛湿润起来，心里一阵激动。

蓝春生拖着一竿长长的烟斗站到门口，却显得不很高兴，边吸烟边打招呼："申主任，来得好！快来断个事，碰个不清场的，欺侮人呢！"

他半睁开一双有点昏花的老眼，说话带有几分愤慨："我的低保补贴，两个月没看到影子，鸟吃啦？还不认账！我问过两次，讲是早给我打了，哄鬼呢，你看你看，本本里有吗？"他抖动着手，从衣袋里掏出个存折，递给申林梅。

然后他继续抱怨，竟然扯到申林梅身上："去年年底，你申主任召开的会议，还搞么子公示，有么子用？别个哄死你！"老人越说越激动，用力把烟斗叩在地上，唧唧响。申林梅终于明白是怎么一回事。蓝春生的兜底保障是去年确定的，两个女儿外嫁，孤单一人生活，年事已高，需要照顾。党员组长会议没有异议，一致通过。然后就照程序走，所有手续都是申林梅一手操办的，哪里会有什么问题呢？申林梅当即把电话打到乡政府社会综合事务办，又打到县民政局低保中心，得到的答复是，电脑系统显示，蓝春生的低保补贴每月 310 元，都已按政策及时拨付。

申林梅拿起老蓝那本扶贫明白卡存折，认认真真看了起来，又仔仔细细核查一次，左看右瞧，真的没有打款记录。"是这本折子吗？"申林梅有点疑惑，老蓝毫不犹豫点点头："你看么，粮补在这里，三棵树分红在这里，这五百块的扶贫补助也在这里，全在这折子里，么子低保？鬼打锣！"老蓝昨天还特意赶到乡政府，去农商行的柜台刷了存折，没有低保补贴，千真万确！“你们这些干部做事一点不确实，还有我这房屋改造，去年补三万，今年却减了一万……”蓝春生的话还没讲完，申林梅心头一股无名火冒起：怪谁呢？去年做了那么多思想工作，你老蓝油盐不进，硬成一坨苕！

“老蓝，你莫搞错！去年的标准，维修改造最高不超三万，原址翻新最高不超过七万；今年的标准，维修改造最高不超过两万，原址翻新最高不超过四万。这就是政策！去年我嘴巴讲起疱，你听不进，还好意思怪别人？”

那老人家朝申林梅直翻白眼，他就是这么个怪脾气。“还政策？去年一个样，今年一个样，么子鬼政策！”

申林梅急得挠头搔耳，不知道怎么解释才好，碰到这么个不讲道理的人，骂又骂不得，打又打不得，最后还得帮他。“这是鼓励性政策，以后就没有了。该抓的机遇没抓住，多好的机会，你说我这是吃了饭没事做！咳，不讲了！”申林梅越想心越烦，头扭到一旁，也不看老蓝。两个人就这样默默坐着，像两尊石雕。

回到驻地，申林梅在笔记本上写下几行小诗：“行走在山村泥泞的路上，雪水渗透了雨靴，快把我们冻僵，双腿渐渐变得不听使唤，满腔热血在我们全身激荡，如何让这些刚刚走访的乡亲，早日摆脱贫困，让这贫困山村改变模样，我们这些肩负重托的扶贫者，应该有自己的担当……”

三

终于等来乡政府社会综合事务办的信息，老蓝的低保补贴打到了低保卡专户，怪来怪去还是蓝春生自己记错了。申林梅气得要命，拿过老蓝装卡装坏的小布袋，狠狠甩到桌子上，寻找半天，那本低保专户存折无影无踪。两人大眼对小眼，气呼呼地吐着粗气。然后他们又翻箱倒柜四处去找，最后竟然在老蓝床头旁墙角处发现了那本折子，仿佛一只折断翅膀的鸟儿静静躺在地上。

真的是！一群无辜的人，被老蓝坑得倒地中枪。

申林梅愤愤然，想把那长烟竿从老蓝手里一把夺下来，狠狠地摔到水沟去。蓝春生吧嗒吧嗒烟嘴，有点不好意思了。老人脸上挂不住虚情假意，显露出山里人特有的憨厚和诚恳，连连说：“对不住，对不住，我是猪油蒙了心！莫见怪，申主任！黄土埋了半截的人，我是冇得一点用！申主任你大人大量，不要见怪！你帮了我那么多忙，修屋的钱还是你帮我垫着的，我心里领情！今天我请客，喝我的苞谷酒……”

申林梅总算松了口气，他哪里敢到贫困户家里吃饭，忙摆摆手说：“没得空，没得空呢，谢谢，我走啦！”没想到蓝春生一把揪住不放，重新把他推到坐凳上，态度坚决得很：“想走不行，这餐饭就到我屋里呷，我的性子申主任你晓得，你对我好，我脑壳砍下来给你当凳子坐。你受冤枉了，我得赔罪！”

争执了一番，申林梅妥协了，他怕老蓝犟脾气冒上来，真的伤心伤肝又翻脸，以后就不好相处了。还有一点，三棵树的产业，要扩栽面积，需要与蓝春生合计合计请哪些人来帮忙，苗子一到就得栽下去。当然吃完饭，他会付生活费给老蓝，这是必须的。随后他发了个信息给颜如玉，说不要等他，自己在老蓝家吃中饭了。

蓝春生把长烟筒靠在门旁边，他现在是完全开了笑脸，眉毛扬起三分高，一边吆喝他的堂孙媳妇过来帮忙做饭，旁边那户就是堂孙一家，靠得近，很方便，一边提一根棍杈到火塘前的熏笼里搛出一块黑红的腊肉。

山里人做事快手快脚，风风火火，不一会儿工夫，通红的柴火烧煮着沸腾的大铁锅，四处弥漫着呛人的柴火烟味，同时，满屋子里飘散着诱人的肉香。

就在这个时候，外面跑来一个孩子，惊恐万分地大喊大叫："杀人啦，杀人啦，学校里杀人啦！"那是老蓝堂孙媳妇的女儿，小学四年级学生，她抽泣着断断续续地告诉她妈妈，有人拿刀子要杀自己的老师和同学。

太恐怖了！

申林梅的脑袋里轰隆一声响，他连招呼都没和蓝春生打，撒腿就不要命地朝学校方向跑去。村里的小学离长水坑不远，拐个弯，再爬上坡就到了。等他上气不接下气冲进学校的大门，眼前的一幕让他惊呆了。

小学四年级二班门口，一位年轻的女老师蜷缩着身子倒在地上，不知生死。那个打过几次照面的肖五味，举止疯狂，穷凶极恶，他右手挥动一把刀子，左手扭住一个小学生的脖颈。申林梅认识那孩子，是村支书肖和保的小儿子肖可夫。肖五味的对面，一位头发花白的老教师正苦苦劝说，声泪俱下。

申林梅不顾一切冲到肖五味的面前，指着那张扭曲成一团的脸，大声喊道："你要干什么？你想干什么？"

肖五味手里的刀一下子架到肖可夫的脖子上："我要干什么？我要当贫困户！是他老子把我取消的，我要绝他的户！"申林梅紧盯着肖五味的眼睛，针锋相对："关肖和保什么事？你是我的帮扶对象，你的情况我最清楚，要怪就怪我！放开他，与肖可夫半根毛的关系都没有。肖五味，你也姓肖吧？要是你有种，你冲着我来！冲着我来！"肖五味被申林梅一席话震撼住了，他见这个瘦条条的扶贫干部越来越近，忙把刀举起来阻止他扑上前，没想到申林梅却一把攥住了他的手，想夺下他的那把刀子。肖五味急了，松开另一只手去抓申林梅的手臂，这个时候，肖可夫趁机挣脱，扑到老教师怀中。

这两个人像红了眼的水牛牯，牙齿咬得嘎嘎响，拼命地争抢那把闪着寒光的刀，都用尽了气力。

渐渐地，那把刀子被肖五味抢了过来，一点一点，刀尖戳向申林梅的胸口。

“肖五味，你不要这样，你要想清楚，动刀子会死人的！”申林梅的手臂变得麻木起来，几乎失去了知觉。他已无力阻止扎向胸口的刀尖。突然间，他释然了，扎吧扎吧，只要不扎到孩子身上就行。恍恍惚惚，他听到有人在奔跑，有人在大喊。

“快住手！给我住手！”

是颜如玉在喊，还是肖和保在喊，他已分辨不清了。

他仿佛还感觉到脸颊一凉，有水滴落下，真的是落雨了吗？

不知道那刀子是否扎了下来，申林梅已经感觉不到疼痛，也听不清那些闹哄哄的声音了。他只觉得山村在眼前转了起来，山青了，水绿了，树苗也长高了，耳朵里隐隐约约传来了孩子们的歌声。

改国籍

小外孙想出外走走，因为时间已是十一点过几分了，外公就决定带他在校园内走两圈，半个小时后赶回家准备全家人的中餐。

谁知道小外孙一把拉住外公的手说，上山去！

外公解释，时间不早了，下午再上山。小外孙毫不妥协，坚决拉外公的手，往上山那条公路走去。

川外的校园有两个区域，山上校区和山下校区，又被称为西校区和东校区。

小外孙在上山途中，郑重其事地告诉外公，他不当弟弟，要当哥哥！

外公问，为什么呢？

小外孙回答：哥哥可以帮助弟弟打坏人！

外公说，你个子这么矮，如果以后长得快，个子超过了哥哥，那你就当哥哥吧。

小外孙很有信心，他说，他要比爸爸长得还要高，一定会超过哥哥的。

山上校区的运动场上，空荡荡没几个人，那些大学生哥哥姐姐们，都一队一队赶赴学校食堂就餐去了。原来到了学校午休的时间了。

小外孙兴致勃勃，跑到足球场，一个人玩起足球来，后来又喊外公，两个对踢。于是，小外孙一次次把球踢进球网，哇，小球星诞生啦！

川外的整个格局呈阶梯向歌乐山延伸，下山的时候，还可以沿着彩云梯一步步往下走，这样既节省时间又保持体力。

在中途的坐椅上小憩一会儿，小外孙突然告诉外公，说他要当美国人。

啥？外公感到奇怪，你怎么要当美国人呢？

小外孙显得很严肃，说他是美国的猫守门员。

那个，那个，这样也好，小外孙成了外国的足球队员，再找一个蓝眼睛高鼻梁的洋河马，啧啧。外公有点恶作剧。把咱家的优秀基因带给那边，蛮好，蛮好，也算是为国争光哈！

不过，外公终究没弄清小外孙当美国人的真正原因，该不是，小小年纪就不齿与中国男子足球队为伍吧？

作者简介

AUTHOR PROFILE

张春晓，中国农业银行湖北省分行高级经济师，中国散文学会、中国金融作协会员，《中华文学》《青年文学家》《诗文化》等杂志签约作家。近年来在《文化月刊》《海燕》《南方文学》《中华文学》《散文诗世界》《中国家庭报》《作家报》等期刊发表诗文若干。

春　景

春到三月，穿窗而进的阳光一天比一天早到，悄悄地融入血管，让每一个细胞温暖和欢腾起来。

有些发干的喉咙，在春梦里满世界奔跑，寻找着清泉，却怎么也找不到。想问春雨何在？却张不开有些干裂和粘连的嘴。

被打碎了的春光，洒满了房间每一个角落。空气变得更有热度，越冬的棉被来不及换下，也被掀开，额头上布满了晨露样的水珠。

汗湿了春日，惊醒了晨梦。于不舍中，缓缓地睁开双眼，慢慢地伸了个懒腰，拥抱着三月仲春热烈的阳光。

三月的春日，就像一场季节的旅途，不觉中从冬春交替的山脚，匆匆忙忙走到了半山腰上的仲春，走进惊蛰，即将秋分。

站在仲春，两个美丽的民间节日也来了。二月二龙抬头，在一场惊蛰之中，拉开春耕的序幕。“二月二日新雨晴，草芽菜甲一时生。轻衫细马春年少，十字津头一字行”，白居易的一首《二月二》，让人感受到了仲春的可爱、春雨的可贵，及春天里少年青春飞扬的可喜之情。

还有花朝节。一场场盛大的花事，也将在接下来的桃李、杏花、樱花、迎春、木兰、海棠花次第而开中争相报春，引得游人纷纷赏花、怜花和惜春。就像《花朝》中的描写，“江头青放柳千条，知有东风送画桡。但喜二分春色到，百花生日是今朝”。花的生日，将会把三月的春天，打扮得更加迷人美丽。

站在山腰看山下初春，早春的痕迹正在渐渐消去。树木干枝抽出了绿芽，地上枯黄的野草少了，绿色的春意越来越浓。抬头仰望山顶，晚春的山峰朦胧可见。不知“会当凌绝顶，一览众山小”的时候，暮春的江城，湖光山色又会浓烈和美成什么样子？一种向上攀登、继续登顶的声音，在心中顿生。

而我知道，真正走到了山顶，看万山红遍、春光尽现之际，也就到了要和春天说声再见的时候。季节的风景再美，总是来来去去，无法永恒。“草木知春不久归，百般红紫斗芳菲。杨花榆荚无才思，惟解漫天作雪飞”。美好的东西，总是令人难舍。连草木都会争妍斗艳，想留住春天的脚步。柳絮也化成漫天飞雪，想要冰封留下春天的身影。

人生莫不如此，总在一路奔跑，走过了春天的山峰，又会攀上夏季、秋季、冬季的山峰。周而复始，不停地征服，永远在路上。

也会在看过一路的风景后，留下一路的发现和创造。风景再美，也只能成为回忆。唯有风景背后的故事，还有创造，才留下永恒的价值。

这个春天，与往年无异。立春、雨水、惊蛰、春分、清明，一样的流程，一样的规律，一样的形式，依次而来。真正不同的，是自己的内心。花本花，不管你看没看到，喜不喜欢，它都在自己的季节开谢，都有自己的花语和意义。

花又非花，你停留花前细赏慢悟，无论花开花落，浓郁艳丽，富态高贵，还是小花小朵，清香淡雅，它都有不同的解读和新意。

一样的春天，总有不一样的故事。就像是虎年，在北京冬奥会变幻莫测的灯光与无与伦比的场景中，迎来了立春之日，给我们带来了一份春天的期待及惊喜。

早春的日子，因此变得充实而令人期待。看冰场上，优美、流畅的舞姿；看雪山上，飞流直下三千尺的极限和气势；看天空中，展翅飞翔、腾空跳跃的英姿。还有那些遗憾的失利，我们享受到了一场场冰天雪地美的盛宴，也感受到了健儿们背后的辛酸、汗水和故事。

这是一场在全球疫情加重，国内众多城市疫情反反复复的特殊时期，召开的一场特别的冬奥盛会，令人难忘的地方太多太多。“简约，安全，精彩”，成了北京冬奥的主题。简约，并不简单。简约的是绿色、环保、节省，没有那么大量的人力、财力投入。

而开幕式闭幕式上，数字科技与文化、运动、世界融合的创意，一点都不简单；赛场上，运动员们创造的成绩、打破的纪录、留下的美丽一瞬，也并不简单。

安全，却不失精彩。这是一次运动员的盛会，也是一场考验防疫能力的国际盛会。安全、可靠、稳健都是基础，而出彩和精彩才体现赛场和运动员的真正价值。追求安全，却并不刻板，也不守旧。冬奥村，细微处见温馨；赛场上，惊险惊喜连连，更是精彩纷呈。

这个早春，冬装在身，雪花飘舞，外面的世界有些凉意。但冬奥会的赛场上，《人世间》的屏幕前，却是春色盎然，真情暖暖。

一会一剧，在一群平凡的人，一份执着的追求下，上演了一幕幕不平凡的故事，引得多少屏前人泪目。

三月的喜悦，需要自己去慢慢品尝。阳光明媚，寒冷已退，空气更加温暖；风有信，花不误，年年岁岁不相负，正好抚慰那颗被寒冬伤冷的心。

仲春时节，要多与生活相爱。你看三月春光正浓，最美的春日就在眼前。走入春天，融入你的那片阳光，热爱你的职业，营造家庭生活的温馨，与一切令人舒心的人事结交攀谈。

人这一生，拥有的越多牵挂着的越多，放不下的也越多；消化不掉的越多，添堵的就越多，包袱也越多。

生在红尘，行走江湖，谁没有伤，谁没有痛？痛苦只不过是成长中的代价，恨的是别人，伤的却是自己。忘却悲伤，别再记恨，就让仲春的阳光来温暖抚平曾经的创伤。

在三月，愿你心中有爱。用柔和的微风，拂走心上的灰尘；用温暖的阳光，翻晒一下有点潮湿，甚至发霉的心房。

仲春之夜，我们又在《大国工匠》和《感动中国》的一个个情景中，一次次被感染震动。仲春开启，百花齐放的春幕将徐徐拉开；春天的梦想，等在前方。真的好想，留住一切的美好。

套用《人世间》那句台词“想得美！”是啊，“想想就美！”仲春真的很美，好美！

天屿湖，醒了岁月醉了心

在一个叫天屿湖的小地方，我走在仲夏的落日里，连呼吸的空气都清新自由。迎面一条耐不住寂寞的鱼，兴冲冲跃出湖面，像是朝我眨了眨眼，这算是打了招呼吗？

湖风轻柔，天蓝水绿。几个朋友边走边聊着天，刚刚还在武昌城区，不到一个小时，就进了被山水田园掩映的蔡甸区，然后就是一墙之隔的汉川。

如此的山水相连，快得连时空都来不及切换。如此亲切熟悉的感知，让人分不清是在武汉的郊区，还是异地的汉川。

一走下车，一股热带岛屿风情扑面而来，让一脸倦意有些审美疲劳和麻木的我，眼睛一亮。一样的山，一样的水，大概在不同的地方，会有不一样的韵味，有时距离也能产生美。

来度周末的游人，将这个坐落于武汉西门户枢纽被称为汉川马口镇的度假村塞满。如果不是落地的排队核酸检测，真让人想起那个昔日繁华的旅游旺季。

一湖水，一群山，一座城，马口镇因天屿湖而秀美，也因旅游业而兴盛，是一座有小名气的现代生态小城。由湖岛构成的小镇，把 90% 的土地都留给了岛屿、竹林、花木，留给了湖光山色，留给了青山绿水，留给了未来；而留给自己的，只有栖息的楼宇，生活的味道。

红尘琐事，在这里，被无形地隔离于山水之处。还“园”于山水之后，满天的祥云，一园的江南诗境，又被请回山水的怀抱。睡在湖岛边，醒在风景里。

整个岛区的建设，古朴而现代，个性又多元，既有温情脉脉的山色湖光，又有激情燃烧的活力空间。天屿湖国际体育中心、羽毛球馆、温泉泳池、水上乐园，处处彰显小城的运动之美。而湖面微风击水，音乐喷泉，又让你在欣赏湖中的音乐舞蹈时，享受到那一刻的宁静之美。

不离繁华，近揽山水。这里有桃花源的故事，有天外来屿的传奇。那精雕细琢的八根罗马柱，仿佛在向你诉说千年岁月的沧桑，及关公系马、白居易吟诗的人文典故。

夜幕降临，月的轮廓渐渐清晰，露出太阳似的梦，及青葱的岁月。小镇中一个简陋的农家小院，一群十几二十多年前为了同一个梦想走到一起的年轻人，又聚集一起，灯下围坐。一杯清茶，叙说着当年的壮志豪情；一壶老酒，推杯换盏中，醒了岁月醉了心。

夜已深，星星点灯。一群人在这个漫无边际的岛屿上，第一次漫无目标地闲逛着，扯着漫无边际的闲话，只为将逝去的岁月重温，让曾经的友谊生根。

岁月缱绻，总是葳蕤香生。数十年弹指一挥间，被青春、汗水、奋斗、成功、友谊填得饱满的时光，就像小岛上翠嫩鲜活的小草，散发出来的一抹淡淡的芳香。

第二天清晨，一缕阳光把我叫醒。站在露台，面朝湖岛，静静地等待太阳从湖边初升的那一瞬，就像我们曾经期待和分享过的许许多多瞬间。

漫步湖边的小路，穿过小城的街道，被朝霞映染的岛城，静谧安宁，新鲜神秘。一阵阵清凉的湖风拂过，我不停地朝前走去，一路的树木、建筑，风景悄悄地从身后溜走。

在天屿湖，我看到了最美的风景，看到了高楼墙上那几个大字，“在天屿湖，看见最美的你”，看到了湖边“岛见春天”友谊林，看到了湖边小区温馨的“天屿湖邻里公约”，也看到了那经久的友谊，曾经最美的故事。

时间真快，谁又跑得赢光阴。一天的时间，分分秒秒不过一瞬；流年的光景，春夏秋冬不过一瞬；岁月的长河，经年轮换不过一瞬；人生的旅途，太多的记忆不过一瞬。

就让这洒在湖岛上的一瞬，如同清澈的天屿湖水一样，静静地流淌；如同岁月之中许多的难忘的一瞬，成为一道新的风景，永恒于心。

立秋了，被汗水擦亮的日子

今年的夏季，少见的酷热，漫漫长夏难熬。让人觉得老天爷似乎把好些年夏天节省下来还没有宣泄的热量，一股脑儿全还回来了。让人不得不想，那个挂在深空的太阳，是不是在今年的夏日没有挂牢，向下滑落了很大一段距离。

好在今晨秋风乍起，虽不能吹散一夏积攒的热浪，也一时无法让人感受到秋的凉爽，却让人从心里生出了对秋凉的希望。

秋风忽起未觉凉，残暑依旧日犹长。接下来的秋老虎，正在上演酷夏最后的疯狂。而一个新的季节，秋的希望，正悄悄地从心中升起。

因为热得异常，就觉得夏天特别长；因为春天气候宜人，又会觉得春天很短。其实，每一年，每一季节的时长一样。

人的感觉就是这样，美好而美丽的东西，总令人欢喜、向往、留念；也常叹良辰美景苦短，难以留住。六月、七月、八月，一天比一天日长，一月比一月汗流得多。人在心情不好、大悲大伤时，常以泪洗面。而我却在无喜无悲、平平淡淡的日子，每天以汗洗面。

这个夏季，被汗水擦亮的每一个日子，在蓝天的陪衬下，在凉拌面、凉拌黄瓜木耳、冰镇西瓜、莲子的陪伴下，是那么的透亮、干净、简约、清爽。

这个夏日，被汗水冲洗的躯体，在与炎夏的共生中，在每夜的奔跑中，躁动的灵魂一次又一次被洗涤、洁净、除尘、升腾。

早已摘下火炉帽子的江城武汉，似乎又要戴帽了。周末为躲避烈日，我们几个朋友开车一个多小时，来到了与武汉黄陂附近，距离不足 70 公里的孝感双峰山国家森林公园。

双峰山是佛教文化圣地，传说由七仙女仙化而成，主峰由两座海拔 888 米对峙山峰组成。四周被 21 座海拔 500 米以上山峰拥抱。它属于大别山余脉，景区群山连绵，森林茂密，溪流环绕，气候宜人，夏季平均温度 23℃，比武汉低 5℃以上。

据介绍景点多达 54 处，有唐代农民起义领袖黄巢屯兵打仗的白云古寨，有乾隆南巡路过亲赐的“天下第一泉”。这里留下了董永与七仙女的爱情故事，也留下了徐向前、李先念、刘华清等老一辈革命家战斗的足迹。

车开进山里，一路的热浪终被丢到身后。我走下车来，第一感觉就是两重天地。特别是在房车露营地，我第一次看到那些见缝插针、利用山间每一块显露的空地安置的生态且环保的房车们，十分惊奇。

每一辆房车，差不多有大半截火车厢那么大，里面床铺、座椅、卫生间、简易厨房等设施齐全。在车内拉开窗户，四周全是森林，幽深宁静。如此的亲近自然，把自己睡成了一小片森林。

城里够热，钢筋水泥太多，那就躲进山里吧，一夜也行。以山水为邻，席地而卧，至少山是绵绵的，草是软软的，风还是凉凉的。

天热恰逢立秋，暑赦如闻降德音，一凉欢喜万人心。也许热得太久，山呼于秋，更多的是对秋凉的期盼。

在半山腰，站在房车边，看山高林茂，自己就像一根树枝，长在山上。再看白云在天上自由欢快地流淌，身边的房车似乎也按捺不住，缓缓启动，朝着秋天徐徐而去。

那是一个真正的秋天，凉风习习，风轻云淡，如唐代诗人杜牧所写：银烛秋光冷画屏，青罗小扇扑流萤。天阶夜色凉如水，坐看牵牛织女星。

梅开喜迎春，日月都是新

今年的冬日，晴天阴天，变化无常；衣服的厚度，人的心情，也一样反反复复。晴时，就像春天，近 20℃暖阳，仿佛连风都变得温和起来，没有冬的凛冽强悍，一片祥和温馨的气氛。

阴雨时，才是寒冬。转瞬就切换状态，地是冻的，水是冰的，风是冷的，透骨的凉。连呼吸的空气，都时刻提醒着，别忘了，还在冬季。就这样，在晴天或阴雨天，在温暖或寒冷，在生活的空隙中，我们每天穿行于江城的公园、湖边、街道、楼宇间，感受着城市的烟火，季节的温度。

忽然发现，在某个走过的早晨，路边的梅花树上，光秃秃的树枝上不知不觉有了一些嫩芽，再后是花蕾花苞，天天长大，直至满树枝就像挂起了串串红红的灯笼。过两天再见，又给人一个新的惊喜，新的对比，新的亮丽。更觉一半是冬，一半是春。

树左边的那片，依然是枯枝挂灯，星星点缀；而右边的那片，花蕊绽放，微风下，梅枝花朵摇曳生辉，风姿绰约，浓郁的春气四溢。

大寒时节刚过，寒冬似乎在此别过。再有几日，春节就要来到，初三又要立春，春天正渐行渐近，从远方徐徐而来，带来一股清新的春意。

一路走来，四季轮换，日月更新。

岁月的脚步，总是不知疲倦，永不停滞，不断向前延伸，一望无垠。日出日落，白昼黑夜，日复一日，年复一年，周而复始。

而四季变化，不同的场景，算是途中的几站小憩。每季不同的色彩，让旅途五彩斑斓，不再单调。

每一季，都有每一季的色彩，每一季的主题，每一季的特色，每一季的风情。形似神不似，季季各不同。

每一天，都有每一天的天空，每一天的太阳，每一天的脚步，每一天的使命。看似一样，实则迥异。

此花开罢，它花开；你方唱罢，我登台。春花秋月，夏蝉冬雪，阳光雨露，晓风残月，各有千秋，各自应景。

一路走来，红尘滚滚，时变时新。

岁月的红尘，总是随风飘逝，成就了昨日的辉煌，刻录下风尘的样子，也沉淀下历史的身影，铺就了远方的神秘。

世间万物，尽在推陈出新，不停地在演绎。细胞分裂，基因突变，生物变异，物种进化，如此；枯木逢春，花开花落，思想变化，生老病死，如此；哪怕静而不动，还坐地日行八万里，如此；情场，职场，商场，战场，趋势而变，亦如此。

昨天的你，今天的你，明天的你，会是一样的吗？每一天的你，都在与时俱进，都是一个新的你。如同走在同一条路上，不可能总是走进昨天那同一个脚印。即使是同一条河流，水流水势也是千变万化。

而红尘之中，人的思想情感，更是复杂多变。此时，一首凄美的歌声在心中流淌。“我是红尘中那一朵莲，花开花落不惊起波澜，看尽繁华经过幽暗，蓦然回首已不再少年。我是红尘中一朵莲，看透人间沧海桑田，不聚不散不贪不念，苦海都在放下的一瞬间。”

是啊，恩怨太深，独自等夜深。心念已冷，空绘寒山冷。枫落残景，我心嶙峋为谁寻？红尘滚滚，半醉半醒记谁名。爱恨悠悠，半圆半缺月入井。缘若凋零，莫怨世事最无情。记得常清零，一切都如新。

一路走来，日子依旧，平淡清新。

岁月的烟火，总会经久延续。那味道，就像一锅麻辣烫，五味俱全，热气腾腾；也像一笼蒸菜，一束梅花，淡而芳香。

每一天的日子，看似平平淡淡，却总有无尽的等待、期冀、希望、祝愿；也许平凡中有不凡，平淡中有温馨，平常中有清新。

你看，在这个离春天不远的冬日，梅花开了，空气中弥漫着若有似无的梅蕊的花香，刮起一股清新的风。

而冬日的暖阳下，烟雨中，天地岁月，无穷无尽。只为等待那一天天日出日落中的梦想，初心不改的坚守，若有若无的希望。

就像这场跨越三个年头的疫情，也是不断变异，反反复复，给我们的生活带来了许多的不便，甚至是生命的挑战。也打破了平淡的生活，给我们带来了许多新的改变。关爱自然，关爱健康，关爱生命。

疫情，或许会阻止回家的路，却拦不住亲情的连线；或许会让我们生活得没有那么如意随便，却让我们养成了好的生活健康习惯。

这个周末，江城武汉，冬雨绵绵。听老母亲说，古城襄阳，还下起了大雪。这个季节，唯有梅花，还有匆匆忙忙的赶路人，仍在雨雪中迎春绽放。

走在风雨中，在雪中赏梅，戴着口罩，听风吟唱，不为寒冷而低头，不为不济而失希望，不为前路茫茫而折返。

往事如烟，无论欢喜忧愁，坎坷平坦，风过无痕，不必时时回眸；前路何方，无论新奇神秘，举步维艰，抑或平淡无奇，一马平川，珍惜当下，身背暖阳，脚踏实地就好。

一岁之末，一岁之始。把平凡的日子，过得并不平淡。在平淡的生活之中，活得真实、平安。若如梅花般，再添点季节的新意，才好。

慢慢即漫漫，生活本就如此

每一条路，慢慢，亦漫漫。

温暖如春，这个冬天。暖暖的阳光，洒落江城，透着一股股温暖和慈爱，让人放缓脚步，慢慢品味。周末的公园，漫长的湖岸边草坪上，撑起了一顶顶帐篷；家人围坐漫话春秋，温馨可亲。

冬日连续的晴朗，若不是早晚的几分寒意，还真让人忘记，已经冬季。这不，这个周末就刮起了北风，晴转多云小雨，一下刻画了冬日的样子。

人总是这样的，天寒地冻时，喜欢有温度的阳光；天气酷热时，盼阴凉清风；忙时想闲时的轻松，真正闲够了，又眷念忙时那种充实。

人生在世，无论岁月怎么变迁，季节如何转换，总是有太多漫无边际的想法，太多念念不忘的喜好。即便如此，该快就得快，该慢还得慢，谁也不能例外。

我总是喜欢漫无目的地闲逛，走到哪里，算哪里。东南西北，走走停停，一切脚步说了算。

慢慢来，比较快，欲速而不达；走走歇歇，才会走得更快。不需要每做一件事，都带有目的性，或功利性，那会太累，失去生活的乐趣。你看，太阳下山了，有灯打开了；没有了阳光，却有了灯火，一切仍在延续。这世界不坏，少了谁，多了点什么，都无所谓。

我总是喜欢漫无边际地遐想，想到哪里，就哪里。一切随心随意，天马行空，任尔东西，心脑说了算。

想法太多，往往会自设藩篱，自寻烦恼；想法太少，又会过于单纯，容易上当受骗；中规中矩，又易故步自封，少了激情。

我总是喜欢漫天遍野地观景，看到什么，就接受什么。天南地北，一年四季，人物山水，花草树鸟，皆是眼里的风景，一切随眼随缘。

走过路过，随随便便，却不错过；看过赏过，也就一笑而过；看向哪里，看到什么，一切眼睛做主。

我总是喜欢漫不经心地写字。打开手机、电脑，在那一块自留地里，让早就绷紧的弦，随着一些凌乱的句子，放松、轻松，让文字在手中起舞。

生活之中，总是有许多一成不变的模板，牵引着你往里填空，让人绞尽脑汁。在形成套路的同时，也失去了一份率真、个性和创意。让本应随性而为，有感而发，令人轻松，如实刻录的一件事，因刻意的修饰，过度的包装，让人变得不那么轻松，甚至头痛。

我总是喜欢慢条斯理地生活，看似慢慢腾腾，实则从容。日子过得不慌不忙，有条而不紊。

生活不是工作，有张得有弛，何必把日子过得那么匆忙，那么较劲，那么雷厉风行，那么内外不分，那么患得患失？

街道上的门店，时不时放出劲爆的音乐，欢快时尚的流行曲。那是要带动你的节奏，让你在一种激昂、快速的气氛中，快快进店消费。

而公园里，茶楼中，飘出的音符，又是那么轻柔，让人忍不住，想要坐一坐，躺一会儿，于悠然、慢闲的气氛中喝一杯，好好歇息。

每个人的内心，都有一道藩篱。在岁月的磨砺中，结着越来越厚的茧。与人，与事，保持着越来越远的距离。让人无法走近，更无法透见。人是需要这道藩篱的。就像是一块自留地，种自己喜欢的菜，放自己喜欢的东西，也守住自己的那点小秘密。

按自己的节奏，行走在自己的世界，与自己对话，你何必要去打碎、拆除呢？我们特立独行，但与时俱进，并不完全把自己封闭。

每个人，都需要有自己的世界，内心、家庭、亲人、好友。在那里，清灵自由，可以放下在大千世界中的一切包裹、伪装。去倾诉，任发泄，笑过哭过，一身轻松。

好好地，慢慢地，去生活。时光浅浅，珍享每一天。紧与松，快与慢，不刻意去讨好生活。就像树上的小鸟，自由地飞翔，任意地歌唱；像路边的野草，不管岁月变迁，自由自在地生长。

生活中，不是做每一件事，都需要精打细算，工于心计，都需要有意义；有时候，恰恰是没意义，才更有意思！山山水水，花花草草，皆有自己的故事。我们展现的每一面，也都写着许多的故事，哪怕是沉潜于岁月中的那些秘密，同样如此。

世间万物，总是互联的，只需交集，不必纠缠。日子有限，过一天少一天。思想无边，漫无边际，任君延长。

该慢则慢，该快则快。快有快的意义，快的激情；慢有慢的道理，慢的浪漫，哪有那么多的对错！

岁月如流水，哗啦啦昼夜不停，飞流直下。人生的旅途，却得把握好节奏。因为走过的，再也无法回头。

谁不想将旅途延长，谁不想留下长长的、有滋有味的痕迹？看似漫无目的、漫无边际、漫不经心、慢条斯理，却有许多不得不慢、不能不慢的意境，或奈何。

就如有一个早晨，我扔掉了所有的昨天，从此我的脚步变得轻盈。一切从头开始，不瞧曾走过的路，前方的路，似乎还很漫长，又可慢品人间烟火，闲观万事岁月长。

风尘中的岁月，总是来去匆匆。每个秋冬风起，风辞旧年，下一个新的年份即将慢慢来到，前路却是漫漫无知。

正所谓，年年有风，风吹年年，慢慢亦漫漫。人生的路，说长也长，似乎一眼望不到头；说短亦短，走着走着，不知不觉就到了岸。年年如是，一生如是。

于岁末之际，晒着冬日的阳光也好，吹着寒冷的北风亦罢，一年的故事，来年的梦想，都在吹走的风中，及即将敲响的钟声中。

黄 昏

夏日，黄昏来临，白天稍显空旷和滚烫的街道，又开始人来车往，像下锅的饺子密密麻麻，热气腾腾。

太阳正从西山缓缓走下，举步皆夕影，回眸是余晖，很快就汇入回家的那股洪流，一起踏上了归程。

而我走在沙湖岸边，走在与黄昏相约的老地方，常常被她恬静而美好，博大而内蕴，沉静而壮观的美所吸引。

边走边看，我在人间收集黄昏。只为将短暂而美丽的瞬间收存，只为赚一点岁月的白银，去酿一壶悠久、绵长、芳香的老酒，供自己月下沉沦。

夕阳下，骑在牛背上的那个顽皮少年，正踏歌而行。沿路的田野，晚霞映红了稻穗，丰年处处染黄金。趁着太阳下山，镰刀挥舞夕阳，正抢割着夏季的收成。

夕阳下，江城的天空徐徐展开一幅五彩缤纷、变幻无常的山水风情。穿城而过的大江大湖，波光粼粼，船划水轻。休闲的游人赏目悦心，岸边的石头上正偎依着与晚霞亲吻的恋人。

黄昏最美是夕阳，美得令人如醉如痴，如梦如诗，春宵一刻，一帘幽梦销魂。黄昏是那么的苦短，一小时的生命，迷惘而闪亮，短暂而永恒；黄昏是那么的寂寞，可赏可观，却常被关在门外，走不进那个庭院深深。

有人说黄昏神神秘秘，总是来去匆匆，不知从哪里来，又要到哪里去？

而我只知道，太阳每天从东边升起，然后在西边落下，却不知与太阳一脉相承的黄昏。

摆个地摊，我在人间贩卖黄昏。只想将这些陈酿的喜悦与你均分，顺道挣点日落前的散银几文。赔也好，赚也罢，苦辣酸甜，愿化作满天的星星，点亮黑暗中的路灯。换得人间的一缕温情，在灯下读书做学问，在风尘行走当一个打工人，慰藉那有些苍白的灵魂。

只想让余生的日子，过得不慌不忙，于是我时不时敲开黄昏的大门，与月色聊天品茗，谈古论今。不奢望落日为我稍作停顿，不愿黯然伤神火烧了云，打湿了自己的魂。只想偶尔陶醉一下那过于沉重而冷却的心，好让群星伴君，别再留下太多的伤痕。

只想贩卖黄昏，换支神来之笔，月下写情深，在黄昏回头的那一瞬，擦去岁月的浮尘。

然后许我一世温情，听蝉鸣声声，用岁月的老酒开怀畅饮。不再孤独地前行，不再留下颠簸的身影，让光同尘陪我风雨兼程。

只想把这一切的美好打包成捆，蕴养有些单薄的生命。用贩卖黄昏的收成，升级那有些落伍和寂寞的灵魂，去延续发黄许久的青春。

多想就这样啊，每天在湖边，在江滩，在山脚下，好好地欣赏一片黄昏，收获一些黄昏，贩卖一点黄昏。

我知道，夕阳可以点石成金，让人在感悟中收获几分；还知道粥可温，方能延续生命，用力写好人生。

你看，“疏影横斜水清浅，暗香浮动月黄昏”。日落就是另一个黎明，就是风雨后的彩虹，唯有穿越过去，才能守候生命中的那份永恒。

岁月中那些挥之不去的瞬间

前不久，在儿子房间书桌上，无意看到了一本他正在阅读的书籍《行长札记》，内容主要是一个商业银行分行高管的管理感悟。这个书名，还有作者“赵忠世”的名字，深深地吸引了我，我竟情不自禁地阅读起来。

这本厚厚的书，很快被我读完。我仍意犹未尽，又从书架上拿出赵忠世先生于四年前编著的《寻找结合点——破解商业银行金融服务“三农”世界性难题的农行方案》。

读罢，阵阵涟漪在心中泛起，久久无法平静。这两部书，都是赵忠世先生在离退前夕和退休后，倾其心血，将他 42 年金融职业生涯沉淀的精华、丰富而宝贵的专业实践解封，奉献给农村金融事业及后继者的一份珍贵的精神大餐。

字里行间情怀满满，饱含深情，充满智慧，创新不止。那是一种对“三农”问题数十年不懈的研究、实践、探索；是一种在血液中不停地燃烧沸腾的，对农村金融事业无限的热爱；是一种娓娓道来的对基层银行管理者一如既往的关心关注，授业解惑。

赵忠世先生是一位从农业银行湖北省分行走出来的行长。他在二级分行行长、中部和东部两个省级分行的行长、农总行三农业务总监担任高管履职 20 多年。他把全部的精力都奉献给了农村金融事业，用他自己的话说，“在职业生涯光荣毕业了”。

从他的这两本书中，也根据我这 20 多年与他的零星过往中，我能感觉到先生是一位思维敏锐，善学善思，宽严并济的人；是一个在挑战的路上，带领团队抢抓机遇、不断破题的人。尤其在中国的三农问题上，在商业银行管理上，可以看出他的目光停留有多久，思考有多深，关爱有多切！

他是我非常敬重和钦佩的一位领导和先生。读着老领导撰写的书籍，想起那些尘封的往事，一幕幕挥之不去。他对事业的责任与担当，对金融的情感与情怀，对年轻干部的关注与提携，总是让我难以忘怀。也许是这两本书打开了我记忆的闸门，也许是领导退休了，我也到龄转岗了，少了许多的顾忌，才下决心写下这篇文章，记下岁月中的那些初涩而难忘的一瞬。

我第一次认识赵先生，大约是在 1998 年，秋天的一个晚上。那时他是农行湖北省分行的副行长，而我还是原襄樊分行的一名普通员工，我曾经是全市农行最年轻的准科级干部。

那天夜里 8 点多，我陪同市新华市场的 40 多名个体工商户骨干代表，第二次乘坐一辆双层卧铺长途汽车，带领他们连夜去武汉汉正街，体验襄樊与武汉市汉正街两市首次借记卡联网后，刷卡进货流程。

车刚出城不久，我突然接到了市分行办公室主任、分管行长先后打来的电话，让我尽快赶往南湖宾馆，向省分行领导汇报工作。也不知道上面哪个领导来了，我顾不得多想，赶紧下车，并向分行说明途中情况。

在一阵忐忑不安中，我紧赶慢赶来到南湖宾馆会议室。进门见市分行所有的行长都正襟危坐，介绍之下我才知道那个伸手打招呼，身材高挑帅气，一脸刚毅中面带微笑，充满青春活力的中年人，就是省分行的副行长赵忠世先生。

座谈汇报会很快就开始了，首先是市分行计划科长汇报全市资金与信贷执行情况。赵行长听得非常认真，边听边问，从资金头寸，到农副产品收购、信贷政策流程，问得很细。可能是太紧张，或汇报准备不充分，有不少数据计划科科长一时回答不出，需要市分行行长补充。赵行长的眉头紧皱，神情越来越严峻，“当计划科科长，不清楚数据，还需要行长来回答，这怎么适应工作！”然后大手一挥，“我不听计划汇报了，你们还是汇报一下全市的银行卡工作吧。”

在座的所有领导都把目光对准了我，那意思大概是说“你可以汇报了”。我赶紧从包中拿出了一份不久前刚准备的汇报材料，双手递给了坐在身边的市行分管行长。

分管行长会心一笑说：“下面我把全市银行卡工作情况，特别是一些重点工作的进展情况、问题和建议，向赵行长做个简要的汇报。若有遗漏之处，由小张补充。”

汇报提纲很简单，仅有四页纸，先是主要指标分析，接着是几项重点工作的进度，最后是在网络建设、用卡环境、商户维护、风险管控等方面存在的问题和建议。赵行长边听，边提问，边点头，分管行长和我则不停地回答。

赵行长的兴致似乎很高，听完汇报后又对着我说：“小张，省分行非常重视用卡环境改善，正在研究今后全行两网融合，三卡合一的问题，请就实现的可行性、存在的主要障碍、解决建议，谈谈你的看法。”

也许这些一直都是我最关注的问题，加上在跨城联网融合上我们又在全行先行了一步，我回答得非常流畅，早先在会场严肃气氛下的那点紧张情绪渐渐消失。

会议室的气氛很热烈，赵行长的语速也在不断加快，问题不断提出。也不记得当时回答了多少问题，只依稀记得我当时额头上汗都冒出来了。在最后点评时，他说到过许多地市分行调研，能把他提出的几个问题分析透彻的不多，我算是回答得最好的几个之一。

我长吁了一口气，先行离开会议室。在向领导们告别时，从随身公文包拿出了我 1995 年出版的一本专著《信用卡风险管理策略》，想请领导批评指正。赵行长高兴地接过了书，连声说：“不错，不错，小张不错！”

20 多年前的一次偶然的，短短数十分钟的汇报，在时间的长河中不过一瞬。在领导数十年的工作场景中，类似的事也许太多太多，那次会议可能在他脑海中没有记忆痕迹。尽管这样的考试后来很多很多，但作为我的第一次赶考，它留给我的记忆，却比任何一次都清晰。

事后不久，在我写给省分行主管部门有关襄樊市专业市场与汉正街批发市场借记卡联网的专项材料上，又一次看到了赵忠世副行长的批示。他高度肯定了异地联网的创新性和应用价值，要求扩大应用，争取召开全省推广现场会，让基层行和我备受鼓励。

1999 年年初某一天，市分行领导突然找我谈话，告诉我分行党委研究决定成立分行市场开发部，并恢复银行卡部，任命我为副职，同时兼任市分行银行卡部主任。一年后，我开始主持全面工作，春风得意马蹄疾。

正意气风发时，市分行“一把手”，还有省分行部门处长告诉我，在我的提拔转正上，赵行长亲自给地市分行行长打了电话。听到这个消息后，我除了惊诧、激动外就是感激。没有想到，一个省分行的副行长，工作那么繁忙，还会记得、关注一个普通的基层青年员工。从此我暗下决心，要加倍努力，绝不能辜负省市分行领导的期望和鼓励。

现在我们已经进入到一个移动互联网、大数据和人工智能时代，享受的生活和服务，更加方便、快捷和高效。可谁知道在 20 多年前，互联网和计算机还没有真正走进我们的生活，更没有得到普及应用。银行网点都是使用单机操作，互不联通，即便是同一个城市，客户存取款也无法通存通兑，更谈不上异地交易。

大约在2000年的时候，赵忠世先生作为湖北分行的副行长，主持了湖北农行全省借记卡联网工程，这是一件里程碑意义的标志性事件。我记得在网络正式开通试运行前夕，突然接到省分行传真，要求各地市州相关负责人必须在当天下午5点前赶到省分行，参加全行借记卡联网工程试运行安排部署会议。

会上赵行长做了动员讲话，既讲了开通的重大意义，类似重视客户的呼声、改善服务的需要等等，又强调了工作组织与纪律。从此全省农行有了统一的网络、统一的卡片，结束了各地市网络不通、卡片不一、各自为政的借记卡发卡局面。

记得刚开通时，有一天中午我正在家吃饭，座机响了，电话中一阵洪亮的声音传来："小张吗？我是省分行赵忠世啊！"我一下蒙住了，赵行长怎么会给我打电话？

"为及时了解全行借记卡联网后使用情况，请你在半个小时内跑3个网点，找5个客户，现场了解一下网络运行情况、客户的用卡意见和建议，我在办公室等结果。"不容我置疑，他直接对一个基层的部门负责人下达了任务指令。

我顾不上从单位叫车，骑着自行车冲出了大院。调查结束后我及时向他汇报，同时也向市分行领导进行了报告，还和几个地市分行进行了沟通交流，才知道赵行长给几个大行的银行卡部负责人都打了电话。他的这种实事求是、重视基层意见、一竿子到底的工作作风，亲力亲为、注重细节、讲求效率的敬业精神，既给我留下了深刻的印象，也对我未来数十年的工作产生了潜移默化的影响，并敦促做出了一些成绩。

后来，随着赵忠世先生调离湖北农行，到多家外省分行担任行长，去农业银行总行担任"三农"业务总监，我聆听他的教诲的机会也越来越少了。直到2012年，我到襄阳市谷城县政府交流挂职副县长期间那次才和他再次见面。金秋十月某天，下午快下班的时候，我接到襄阳分行建华行长电话：“春晓，总行赵总监到襄阳了，听说你在谷城政府挂职非常高兴，你晚上到行里吃饭吧，给领导汇报汇报！”

有好些年没有见到老领导了，我很想把县域的情况给领导汇报一下，还想就“三农”有关政策问题听听专家领导的意见指示。于是我来到书记办公室请假，因为晚上刚好要开县委常委会，艾书记高兴地同意了，并让我邀请总行领导到谷城调研指导。

在襄阳分行，老领导询问了我挂职的工作生活、谷城经济特点、县域金融服务等情况，并鼓励我多做些县域调查研究工作。我点点头，并简要地一一做了汇报，同时转达了县委书记的问候和邀请。他笑笑说没有时间，原来他还应地方政府邀请要去离襄阳不远的十堰市参加武当大兴600年纪念活动。

相聚总是短暂，分享却是快乐。人生需要倾听，倾听不同的声音，更多的鼓励，还有及时的指点迷津。人生也需要分享，分享成长的经历、生活的磨砺、成功或失败的案例。我们总是在不断地寻找、倾听、交流和分享中，一步步走向成熟。

挂职这一年中，我到过许多的乡镇村组农户，跑过数十家规模以上企业，及辖内各家商业银行；对县域经济的特点、小微企业的生存状况、商业银行的金融服务等有了一个更全面的了解。我也深知中小企业融资难、融资贵的多方症结所在，知道地方政府、商业银行和中小企业，各自在融资创新上的不足及潜在空间。

后来我将挂职工作的思考和体会，以《县域经济发展中的金融创新研究》为题，撰写了一份调研报告，被省分行《决策参考》转发，我又将此文抄送到赵忠世总监。没有想到，我很快就收到了他的回复：“小张，报告收悉，写得很好，立意新颖，很有深度，我已安排综合处处长在‘三农’政策规划部网页‘调研园地’

挂载，供大家参阅！”

最近一次见到先生大概是在2015年，他到武汉参加E农管家平台发布与红安现场观摩会，而我作为现场会部门的具体组织者之一，津津有味地听他讲互联网、电商渠道、平台经济与“三农”服务升级的关系和发展前景。

人生的道路啊，弯弯曲曲不断向前。一路之上，会遇到许多的人，见到很多的事，看到各种各样的风景。他们都是我们成长中的机遇，或磨刀石。大路朝天，各走各边，越努力路越宽，也走得越远；越努力机遇越多，欣赏的风景也会越好。

看似偶然的一次次相遇，那是跨越岁月的握别，也是记忆中一弯浅浅的微笑，淡淡的芬芳。捧读先生的书籍，想着过往，人如此书亦是，突然想到一句很应景的话：予人玫瑰，手留余香！

水岸星城

一

水岸星城是我所居住的小区，小区有5000亩湖面，大片的湿地公园，满湖的荷花、芦苇、水鸟，翠绿茂密的松树林、杨柳岸，掩映着一座如画如诗的大型绿色小区。

2002年，我刚搬到武汉不久就开始到处看房，不是嫌贵，就是觉得小区太拥挤，绿化率不高，一晃几年无处下手。后来单位筹划着为职工团购住房，把一些职工代表拉到武昌沙湖中间的一片沙土地上考察。建筑单位接待了我们，负责人指着四周大片的湖面和沙地，展望未来，“这就是将来的水岸星城。”

说真的，规划很好，小区未来一定很美：在城市的中心，偌大的湖面，湖水清澈，白鹭戏水，草长莺飞；湖岸边，一个东西走向的大型生态小区，在一片翠绿掩映下，依湖而生，拔地而起。

尽管当时那里就像一个孤岛，要从中北路绕上徐东大道，进武青四干道进出，交通不便。湖边到处杂草丛生，沙土干裂，十分荒凉。那里还有一条很长的排污渠，湖水不时散发出很浓的异味。即便如此，我依然相信，有水有湖的地方，不会没有灵性，更不会少了宁静。

二

时光在每一天热火朝天的汗水中，在打桩机的声声震喊中，一天天一年年消逝。

高楼，在湖边的每一个日出日落中，在每一个期待的眼神中，一栋栋一片片长出来，从 C 区，到 B 区，再到 A 区。原来荒凉的沙土地、腥臭的沙湖水，早已被大型环湖湿地公园代替。公园里处处亭台楼榭，小桥流水，游人如织。

春天，走梅岭，穿桃林，逛樱道，尝遍春暖花开；夏天，观赏满湖的荷花，听一地的蛙鸣蝉叫；秋日，看一园的红叶，夕下垂钓，与晚霞交相辉映；冬天，则背着暖阳，走进万千姿态的菊展，于城市的喧嚣中，寻得一片安宁。

公园旁，一条长长的沿湖绿道与依湖而建的水岸星城紧紧相连。一墙之隔的公园，成了名副其实的后花园。漫步湖边，一不小心就走进了水岸星城社区；而在小区散步，也会走着走着，不知不觉中就进了公园，到了湖边。

水岸星城，因水而生，也因水而秀外慧中。它是武汉内环线内唯一临湖的大型社区，夹在东湖、沙湖和长江“一江两湖”之间。

一栋栋楼房，伫立湖岸，如星星点缀，灯火闪亮，如同沙湖岸上的一座“星城”。与沙湖为邻，整个建筑沿着数公里的超长湖岸线及原生态土地自然排列布局，与湖滨公园亲密拥抱。

三

小区很大，如同一座小城。其规划面积750亩，实际净用地面积545亩，建筑总面积68万平方米。小区地块呈长三角形分布，被市政道路分隔成ABC三区，西北临湖北大学，东北临秦园路过江公铁隧道，西南临沙湖。

小区内外，道路纵横交错，条条林中大道小路将89栋楼宇、4150户住户、近10万居民，还有小区幼儿园、社区医院、篮球网球场、小区超市、社区食堂连成一体。绿林成荫，遮天蔽日。小区绿化率超过50%，而2020年全国建成区平均城市绿化率为42%，湖北41%，武汉40%，北京最高为49%。

漫步小区，楼宇之间，道路之间，天地之间，到处是树，无处不林。徜徉其中，仿佛置身一片绿的海洋。

一条条蜿蜒曲折，草叶茂密的林间小道，不时有人穿过。一个个大小不一被花树环绕的街心花园中，人们正悠闲地散步、打拳、起舞。浓荫下，亭阁中，一群老人正在喝茶、聊天，纳凉。随处可见的条椅上，年轻人悠然地看着手机，老年人正晒着冬日的阳光。

许多楼房都被花草树木缠绕、掩蔽。有的树木还攀上了低层的花园洋房楼顶；有的顽皮地爬进了人家的门窗，要当入户的风景。

而品种繁多、数量不少的花草树木，让小区一步一景，四季变换。春天花开满园，杨柳依依；夏日树树翠绿，栀子花香，清风徐徐；秋天满地桂花飘香，一片金黄，坐在树林中的靠椅上，看满天的星星闪亮；冬天，清晨推开门窗，一夜的飞雪，银装素裹，将树树枝枝叶叶变成千姿百态的白色舞者。

小区既像一个公园，也像一个果园。四季开花结果，柚子树、枇杷树、桃花树、橘子树、梅花树上花落果熟，树上地上都是，仿佛在向人们展示着季节的成果。

四

我在这里生活了十多年，每天进进出出，在小区和沙湖公园之间切换，早已习以为常，将人、小区和沙湖融为一体。

走在林荫路上，看篮球场上年轻人的青春飞扬，看网球场上人们挥拍练习的英姿，看露天游泳池孩子们无拘无束地戏水，仿佛自己还正年轻。

而每当从那片竹林和梅花树林走过，看雨后林中小溪流淌，听树上小鸟吟唱，总会想起那首宋诗："梅子黄时日日清，小溪泛尽却山行。绿荫不减来时路，添得黄鹂四五声。"

生活如斯，早出晚归，倦鸟归巢。在这里安放一颗心身，寻得一方宁静，守着一屋温馨。

人常说，大隐隐于市，小隐隐于野。我更认为，过闲逸潇洒的生活，并不需要看破红尘、隐居林泉山野才能体味。能够在都市的繁华与喧嚣中，排除干扰，独善其身，自得其乐，也能寻得心灵上那一份真正的宁静。

五

近几年，疫情四起，反复无常，外出旅游出差、同城聚会闲逛的时间少了，回到小区家人围坐的时光多了。

这时才发现当暴风雨来临的时候，家才是最安全的避风港，陪伴才是最长情的告白，身边的风景才是最好的风景。

这时才发现一场疫情拉开了街道、城市之间的距离，再通畅的物流、再快的交通，也穿不过最后那条几十米的路。这种生活拉近了左邻右舍的距离，还是远亲难抵近邻啊！

又一个夜幕降临，我站在沙湖岸边，看满天的星星掉进荷塘，看万家灯火在高楼点亮，猛然醒悟，四季不止诗和远方，还有这人间草木，有身边的这人，这景，这间房！

老屋在东，母亲在西

母亲离开鄂东乡下的老屋，搬到千里外的鄂西古城，一晃快四十年了。四十年的光阴不老，一样的四季，一样的风华，依然青春般周而复始地轮回。老屋却是老了，没有烟火眷顾，缺少时光打点，变得冷冷清清，杂草数十年如一日，自娱自乐地疯长，从门前跑进了门缝。

一些爬墙植物和青苔也布满了墙壁，从地上爬到了房顶；曾经坚硬的砖石夹杂着时光的故事，一层层从墙壁剥落，去追寻逝去的印记。腐朽的门窗像一位孤独而衰弱的老人，孤零零地站在那里，还在顽强地坚守从前的执念，把曾经的和光同尘与悲欢关在老屋，等待他的主人。

门前那块曾高不可攀，需要踩着凳子才能爬上去的巨石，那块总需要让母亲把我抱下来的巨石，那个装满了阳光、书声和欢笑的伙伴，仿佛也老了，变矮了。久无人居的老屋老了，千里外的母亲也老了。她常说真奇怪，在城里住了数十载，梦里却总是跳不出故乡，逃不过老屋，离不开那一方云天，那一片山水，那些人那些事。

母亲的衰老如同老屋，是全方位的。襄阳城里的繁华，烟火的喧闹，没能挽留住她逝去的容颜和光阴。岁月的风霜早已爬满额头，留下了一道道或深或浅的沟壑，我无法称量她脸上的沧桑和牵挂到底有多重。她那两只原本黑而亮的大眼睛，如同嵌在山壁的泉眼，因干枯而凹陷。

被岁月榨干青春的头发，只留下一头苍白的言语。被地面拄破的拐杖，支起了她弯曲的脊梁。脑细胞中日益衰减的阳光，渐渐昏黄，她开始常常自言自语。拐杖成了母亲的身体。前不久我出差古城，回去看她，我上楼，黄昏下楼。临行前，母亲拄着拐杖，要下来送我，我怕脑萎缩的她，下楼后再也找不到回家的路，也怕她混浊的泪光羁绊我的双腿，踏不上归程。

而今，刚从一场生死考验的大手术中走出来，又接着闯过了新冠重度感染的母亲，身体每况愈下。 她下楼越来越少了，只好在房间来回走动，即便脚步沉重，也不被岁月轻易觉察。从清晨走到黄昏，不惊风雨，留在地上的那一串串脚印，长满了艰辛、欢喜、痛苦、谅解和期待。

那些有点苦涩，还有点清香的幸福，如同墙上的白和窗外的那枝应季而开的花，正一点点醒来。而窗台上，隔三岔五会有一只小鸟站在那里，与母亲凝视，插科打诨。变成小鸟陪伴守护母亲，这是父亲临走前对母亲最后的承诺。

母亲，从娘胎中长长的脐带开始，就为孩子们铺上了一条长长的路。即便剥离开，那条爱之途却依然在无限延伸，消耗着母亲的生命，为前方无数已知未知的迷途点亮了一盏明灯。燃烧自己，照亮别人。苛求己身，谅解他人。甘为人梯，扶持后辈。母亲的身上，映射了太多中国母亲朴素的感情与智慧。

黄昏的落霞，沾满故乡的星辰。所有的爱与被爱，都会在母爱中得到最好的阐释，并找到真爱的标准。母亲是一栋盛满人间烟火的房子，是砌在墙上为孩子遮风挡雨的一砖一瓦。故居老了，那是因为母亲真的老了。黄昏已经爬上她的脸，她的鼻梁，还将漫过她的额头，她的头顶。每当看到母亲，想起母亲，就会想到有一种向上的生命，她们应该都有一片可爱的叶子吧。

而今，老屋在东，古城在西，我孤独地站在老屋和古城中间的江城武汉，东张西望。曾经的那个少年，似乎还留在老屋，骑在门前那块会说话的巨石上，讨论我的故乡究竟在哪里。石头脱口而出说老屋就是故乡，犹豫一会儿又说，母亲也是故乡。

作者简介

AUTHOR PROFILE

何敏，笔名远方，职业教师。哈尔滨呼兰区作协会员、《青年文学家》理事、河南省报告文学协会会员、西部散文协会会员。已累计在各级期刊发表作品200余篇，出版散文集《指尖花开》。

炊烟是屋顶盛开的花

在山中，我遇到过一个小画家，七八岁的样子。旁边，她的爸爸在指导。她坐在山坡上，展开画板，正聚精会神地描绘眼前的美景。在她的对面，是一片较开阔的山坳。青山含翠下，树林掩映中,夕阳涂抹里,几栋淡青色的农舍显得静谧安闲,悠然恬淡。

多么幽静而温馨的山村美景。

这位小姑娘画技不错，寥寥数笔，眼前之景便尽收笔端。画完，她静静凝视画作，若有所思，总觉得少了点什么。

怎么突出家的主题呢？爸爸说，景色虽美，但没有温度的房屋，能叫家吗？

我不得不佩服这位小姑娘超强的领悟力和对细节的处理能力，她迅速在一家屋顶上画了一缕淡淡的炊烟。

我一下子就被感动了，不仅感动于她的画技，更感动于她对家的理解——她抓住了中国传统家庭观念的核心要素：温暖，用炊烟这种最简约的方式来表达。炊烟，从远古的地窖里升腾，穿越千年沧桑的迷雾，一直浸润进中华民族后世子孙的血脉里。因为，炊烟的下面，就是家；炊烟的背后，就是温暖。

从袅袅上升的炊烟里，我仿佛看到了灶前忙碌的母亲，倚门盼归的妻儿；仿佛感受到了儿孙绕膝、夫唱妇随、其乐融融的欢愉和温馨。我一直怀疑，在凛冽西风中踽踽独行的马致远，看到的不仅仅是“小桥流水人家”的恬静画面，他还看到了家家升腾的脉脉炊烟。而正是这传递着温情和温暖的炊烟，才使得漂泊无依的他倍感凄凉，怆然涕下。

炊烟在山间，在原野，在溪旁，在桃园，在中国人世世代代的追寻里。炊烟有多远，追寻的目光就会延伸多长。“疏林外，一点炊烟”，世事再离乱，生活再凄苦，有炊烟，就有希望；“暧暧远人村，依依墟里烟”，人生再落寞，境遇再凄怆，有炊烟，就有坦然；“柳影人家起炊烟，仿佛似，江南岸”，脚步再飘忽，前路再坎坷，有炊烟，就不彷徨；“村村茅屋晚炊烟，更寻村酒穿茅屋”，天涯再遥远，身心再疲惫，有炊烟，就不孤独；“渡头烟火起，处处采菱归”，灵魂再超脱，心境再闲适，有炊烟，就不寂寞。炊烟，是中国人情感的寄托；炊烟，是中国人心灵的皈依。“千山外，魂归何处，烟火人家处。”

无疑，山岚是美的，它是山的魂魄，盘旋于山腰山顶，如缕缕秀发，散淡飘逸，洁白轻盈；晨雾是美的，它如大地的裙裾，缠绕于乡野，灵动而朦胧，如尾尾白羽，如瓣瓣白莲。但相比炊烟，它们是冰冷的，漠然的，缺少了温度，缺少了关怀，缺少了呼唤，也就缺少了生命力。中国人也不喜欢狼烟，它们张牙舞爪，暴戾狂躁，带来的只有破坏，只有无尽的伤痛和疮痍。而炊烟则不然，它轻柔细腻，含情脉脉，温婉动人，如弱柳扶风，如泉水激石，有姿态，有神韵，更有温情。它带来的是希望，是重生，是慰藉。

小时候，极爱和小伙伴玩一种游戏，在地头土埂处，挖一个火灶，偷几个地瓜覆其上，捡几把干柴填其下，然后学着妈妈的样子，点火做饭。灶台上炊烟升起，或浓浓烈烈，或轻轻薄薄，几双小眼睛紧盯灶台，满含期待。一笼火罢，不待瓜熟，就迫不及待扒出享用。虽半生不熟，通体焦黑，也觉得是人间美味。

更多时候，还是期待家里的炊烟升起。在野外疯够了，玩累了，就站在高坡上，在一栋栋房屋间寻觅。房屋鳞次栉比，家家相似，也没有标识，但我们却能准确指认出，哪栋房屋是自己的家。谁家房顶的炊烟升起，如清水出芙蓉，初为菡萏渐为花，袅袅婷婷漫天涯。于是我们就欢呼，妈妈做饭了，可以回家吃饭了，如牛羊归圈、倦鸟归巢般涌进村里。

炊烟升起的方向，就是家的方向，就是思念的方向。炊烟，是情感的寄托和归宿。于是，我们能理解，离散多年、漂泊海外的游子，看到家里炊烟升起，为何会潸然泪下。一句“到家了”道出了多少辛酸和无奈，又蕴含了多少激动和欣慰啊。

而今，山川依旧，楼宇如林，炊烟不再。没有炊烟的乡村，花无芬芳酒无香，那朵盛开了千年的花朵，也便只有盛开在历史的记忆里了。

梦里花开

朋友问，你的梦里有我吗?

我说，没有，你的梦里也不会有我。

彼此相视而笑。

是的，不会有。怎么会有呢？梦很固执，它只贮存那些沉甸甸的记忆，犹如一坛陈年老酒，它只属于岁月，而且历久弥香。

是的，梦是记忆的沉淀，愈是久远愈晶莹；夜是打捞的拖船，愈是深沉愈丰盈。清风明月里，万籁俱寂中，它轻轻地收网，提起，从梦的深潭里打捞出最本真的璞玉，酝酿出一窗甜蜜。母亲的催眠曲，父亲的旱烟袋，庭院中的枣树，还有小伙伴纤细的呼唤，都如闪光灯珠贝，在窗外的小院中欢腾、跳跃。

我们村东，有一条小河，虽然是条人工河，窄窄的，浅浅的，但清清的河水仍然装满了我童年的欢乐。摸鱼，打水仗，岸边打滑，垂柳上捉迷藏，冰面上追逐，我们把童年放逐在河里，河水也把快乐慷慨地馈赠给我们。这是出现在我梦中最多的细节。在郑州，在贵州，在浙江，在孤身一人漂泊的日子里，它一次次顽固地霸占我梦的温床，有时十天半月光顾一次，有时五七天就毫无征兆地霸道闯入，愈是遥远愈清晰，愈是漫长愈细微。有几次，我都是从梦中笑醒的，只有一次是哭醒的，那是梦见了小伙伴冒险把我从水深处救出来的场景。一枕清冷中，泪痕莹然，凉月吹纱。

小时候，家中贫困，父亲竭尽全力赡养爷爷奶奶，抚养我们兄妹五人，一年到头的收入勉强糊口，再没有多余的钱翻盖新屋。三间土墙正屋就是我们一家七口的栖身之所。住宿实在逼仄，父亲咬咬牙，又举债盖了三间土墙东屋，这一住就是二十八年。漫长的光阴里，盖新屋就成了全家人的梦想和希望。我清楚地记得，全家人描绘新屋蓝图的场面两次出现在我的梦中。那是一个春节的前夜，一家人坐在一起吃年夜饭，父亲就问，新屋打算怎样盖，庭院打算怎样规划。我们兄妹几个热情高涨，纷纷献计献策，畅想未来。我说，要依庭院宽度盖六间主房，三间东屋，门楼要宽大漂亮，门头挂两只大大的红灯笼，院子里再栽上几棵苹果树。父亲听了哈哈大笑说，那要多少钱啊？这之后的一次梦里，真的就出现了全家人搬进新房的欢乐场景。我们笑啊，笑啊，我又一次笑醒了。窗外，月光如水，月华如银。

而今，全家人星散四地，二哥在郑州，弟弟在苏州，我在贵州，年迈的父母孤星一样居住在老屋。虽然老屋已翻盖成新屋，但翻盖成的新屋再也没有老屋的味道了。

还好，至少有梦在，梦把往事拷贝在记忆里，在我孤寂无助时适时翻唱，如母亲的催眠曲，柔软，温暖。

梦里花开，梦外香。

明月来相照

城市里没有月光，月光也不属于城市。城市肆无忌惮的喧嚣和张牙舞爪的灯光早就把月光吓坏了。月光选择退避三舍，绕过城市，滑进乡村，潜身山野。

月光是乡村的母亲，我们都是月光的孩子。

月光是慷慨的，她把自己的一腔柔情全部奉献出来，给了禾苗酣眠，给了村庄静谧，给了儿童瑰丽的欢乐。

那时的月光，白白的，亮亮的，如村东小河的流水，而我们就是这河水中欢快的游鱼。我们尽情地游啊，游啊，从村东游到村西，从大街游进胡同。村庄的白天是大人的，村庄的晚上就是孩子的。偌大的村庄成了我们的游乐场。我们在月亮的朗照下捉迷藏、打四角、唱戏曲，不亦乐乎。月夜如昼，谁家也不用担心孩子会害怕，一任拳头大的孩子满大街昏天黑地地玩耍，只是惯常地叮嘱一句：别玩疯了，记着回来睡觉。可是一玩起来，谁还记得母亲的嘱咐呢？我们那时玩得最开心的游戏是捉迷藏，半个村庄都是我们的藏身处。十几个小朋友分成两拨，一拨藏，一拨找。谁家的柴草垛、墙根，还有鸡舍鸭圈，哪儿隐蔽就藏哪儿。其他孩子往往是找了半天，翻得鸡飞鸭叫的，也找不到。孩子们玩唱戏的游戏，一夜一夜，乐此不疲。几个十几个小朋友，选好曲目，生旦净丑，各自分配好角色，还偷出母亲的脂粉盒、姐姐的花衣服，装扮描画一番，然后找一高台，开始咿咿呀呀地唱，有模有样的。有一次，我们唱《拷红》，我扮演张君瑞，一个姐姐扮演红娘，另两个姐姐扮演小姐和老夫人，我们演得很投入，唱念做打，有板有眼，连道白都念得有声有色的，引得几个大人驻足观看，连声叫好！

月光是大地的眼睛，清澈而明亮，它一直不知疲倦地护佑着它的孩子，一天又一天，一年又一年，从童年照到少年。它绚烂了儿童的清梦，靓丽了少年的梦想。

那一年，我上初三，已经是一个小小少年，对天空的仰望、对明月的向往促使我在逐梦路上不知疲倦，奋力奔跑。我所在的中学位于村东两公里处，我像一只勤勉筑巢的燕子，来往穿梭于这两公里的缝隙里，月中而归，月西而起，用脚步和激情喂养着渐渐长大的梦想。

因为要上晚自习，我们通常放学很晚。大多数时候，我们同村的小伙伴都会结伴而行，共同驱赶黑夜带来的恐惧。也有例外，剩下我一个人的时候，我只能硬着头皮独自回家。虽然是熟门熟路，但面对黑夜的幽幽暗暗、鬼鬼祟祟，自己仍然禁不住瑟瑟发抖。密不透风的玉米地、阴森森的树林、玉米地里时而传出的沙沙声，都令我心惊肉跳。幸好有月亮。月亮像慈祥的母亲，微笑着、寸步不离地跟着我，清朗的月光像母亲关切的眼睛，把我紧紧包围。月光下，我能看见清澈的小河、摇曳的柳条，甚至能看到村口母亲守望的身影。小小少年便浑身充满了力量和胆量，挺胸抬头，气宇轩昂地走过了苦涩，走过了坎坷，走过了岁月起伏的沟沟坎坎。

岁月不居，时光如流，一转眼二十年过去了。我从一个城市辗转到另一个城市，从一片燥热辗转到另一片燥热，像一个高速旋转的陀螺，不眠不休，却与月明风清的故乡、与生命的起点渐行渐远。

月光还在吗？

那曾经护佑我成长、给了我恬静的月光，被我弄丢了。

来到山区小城，这里清亮的山，清亮的水，还有清亮的空气中的丝丝甜味，都令我心醉神迷、流连忘返。两年多来，我几乎踏遍这里的山山水水、角角落落，我欣喜于每一片云雾的通透晶莹，每一棵山树的风姿绰约，每一株野花的娇艳纯净，她们就像一把刷子、一泓清泉，涤荡着我心灵的蒙尘，我一下子觉得清爽了、敞亮了、沉静了。那从未有过的适然和满足，好像又让我回到了童年，回到了故乡，回到了母亲身边。那天晚上，我坐在一块空旷的草坪上，看群山的氤氲和天空的辽远，看那一轮中秋之月醇美的笑脸，那如锦如缎、如幻如梦的静淑月光，不正是从童年照到中年、从故乡照到他乡的月光吗？原来，这一湖月光并不曾离开，也从未离开，她一直注视着我、包容着我、体贴着我，她给了我一双清亮的眼睛，也给了我一颗清凉的心 。

心中有月光，天涯亦故乡。

父亲的巴掌

记忆中，我一共挨过父亲三次打。

第一次是失口。

大概是在我七八岁时，我上小学三年级。我和二哥同时得了肺结核。这个病，你别看现在不算什么，在当时还是挺严重的。父亲非常紧张，一刻不停地给我们求医问药。终于求到了一个偏方，于是就每天买回来一大兜中药，在家里熬，天天熬。那一段时间，我们家彻底被浓浓的中药味占领。中药很苦，难以下咽。每次喝药，父亲都坐在椅子上，给我们准备好平时里难得的红糖，半是哄劝半是吓唬的，亲眼看着我们俩喝完才放心。喝的次数多了，味蕾喝麻木了，红糖放在嘴里也品不出一点甜味。终于有一天，我在把强灌进嘴里的药水全都吐了出来后，揉着眼睛恶狠狠地说，不喝了，死都不喝了。听到一个死字，父亲的脸登时就涨紫了。他像一头被激怒的狮子，呼地站起来，扬起手，一巴掌打在我的右脸上。我的脸像被火烫了一样，辣辣地疼。我突然想起两年前因发烧夭折的三哥，那是由于父亲的粗心疏忽造成的。这件事，成了父亲一辈子的心痛。很显然，我的话刺痛了父亲的心。我哭了，父亲哭了，旁边的二哥也吓哭了。个性要强的父亲很少哭泣，那是我见过的为数不多的一次。泪光中，我看到父亲泪流满面，心里一紧，一种愧疚之情涌上心头。于是，我默默端起碗，把半碗中药一饮而尽。从此，我再也没让父亲操过喝药的心。

第二次挨打是失误。

当时我十岁，妹妹四岁。父母很忙，哥哥们帮着干活儿，节假日照看妹妹的任务就落在了我的肩上。

我们村中有一口坑塘，不大，那是我们生产队积肥用的。那是我们的乐园。七八月份，积肥不多，坑塘里水平如镜，水面上倒映着蓝天白云。蜻蜓在白云中穿梭，蝴蝶在蓝天下翻飞，我们则是蓝天白云下一群快乐的燕子。一天下午，我用板车拉着妹妹，隔壁的抓哥拉着他弟弟，我们绕着坑塘比赛，看谁跑得快。抓哥比我大，我没他跑得快。我怕输，就拼命跑。突然，一个趔趄，我拉的板车内轮滑入坑塘内，紧接着车子就全部倾下去，妹妹则直接被倒扣在底下，淹在坑塘里。我登时就吓傻了，恐惧得手足无措，既不敢下坑去救，也忘记了呼喊。抓哥反应机敏，他停下来，急跑到街口，大声呼救。还好，不远处一个本家大伯正蹲在门口抽烟。闻声，他飞奔而来，迅速跳下去，一把推开板车，把妹妹捞上来。

我不知道大伯什么时候捞上的板车，什么时候把妹妹送回家，更不知道妹妹怎么样了。我躲在附近一个草垛里，瑟瑟发抖，心里想的都是，妹妹如果淹死了，我该怎么办，父亲会不会打死我。天黑了，人散了，街上黑洞洞、静悄悄的。我不敢回家，又怕又饿，蜷缩着身子，像只丧家之犬。黑暗中，有呼喊声穿墙越院，迤逦而来，粗声大气的是父亲，尖细单薄的是母亲。一声紧似一声，声音中明显流露出焦急和担忧。母亲的脚步声越来越近，呼唤声也越来越近，我能明显地感觉到声音的颤抖。柴草动处，母亲的一只手伸进来，牢牢地抓住了我。好了，找到了。母亲对父亲说。

我机械地跟着母亲往家走，不敢说，也不敢问，恐惧掩盖了饥饿，也掩盖了无力。回到家，父亲已经坐在椅子上等着。妹妹正在小桌上吃饭。我大舒了一口气，心中一块石头落了地。我怯怯地走到父亲面前，低着头，等待着一场预料中的暴风骤雨。好像过去了漫长的一个世纪，我等待的巴掌并没有落下来。我抬头看看父亲，父亲的巴掌高高扬起，在空中停顿了好久，最终却无力地低垂下来。吃饭吧，这是个教训，以后一定要小心。父亲只说了这一句话，这场灾难就过去了。过去了？我再次胆怯又疑惑地看着父亲。父亲的眼神里充满了肯定，也充满了心疼。我心里一紧，顿时像溃堤的大坝，一下瘫在地上，放声大哭。

第三次挨打是失德。

上了初中，我学会了赌博。我们村后有一个老光棍，闲极无聊，他就支起了牌桌，开起了“赌场”。于是，阴天下雨，农闲节日，他家就成了闲汉们的乐园。咋咋呼呼，噼里啪啦，夜以继日，寝食无度，不亦乐乎。我也成了其中一员。父亲是仇视赌博的，他自己从不沾染，更不许我们沾染。慑于父亲的威严，我那时还不敢放肆，只是偷偷摸摸、小心翼翼地玩。春节前后则大胆些，大家都在玩，又是图个喜庆，想来父亲不会太干涉。于是，我就半夜半夜地围在牌桌上，忘乎所以。

有一天晚上，大概是腊月二十五，我记不太清了。我依然玩到半夜，然后兴高采烈回家。今天手气不错，我赢了好多钱。人逢喜事精神爽，赌徒赢钱胆气壮，我竟然大大咧咧进了家门。堂屋里点着灯，父亲还没睡，坐在椅子上抽烟，好像是在等我。烟雾中，父亲阴沉的脸，肃杀而冷峻。

爹，你咋还没睡。我问候一句，就要回里屋睡觉。

回来！父亲叫住我，问我今天又输了多少钱。

赢了，赢了四五十呢。我颇有些扬扬得意，连声调都是飘的。

啪！父亲走上前，一巴掌扇在我脸上，态度之坚决，如钢铁顽石；速度之迅疾，如电光石火。我来不及反应，一下子蒙了。

我赢钱了，你干吗打我？我不服气，梗着脖子，气呼呼地问。

真出息了啊，不但学会赌博了，还学会犟嘴了，就这点出息？你看看你的学习，你的成绩，你已经留级两次了，还打算继续留级？你想考不上高中辍学，就在家里打牌，学个二流子，一辈子这样活？

父亲没有声嘶力竭，但在我看来，却不啻晴天霹雳，振聋发聩。由于贪玩，我已经连续上了两届初三，每次都是在五科联赛被淘汰，连进中考考场的机会都没有。我瞬间就明白了父亲的良苦用心，惭愧地低下了头。

这些年，我在纷繁复杂的社会上东奔西走，起起伏伏。成功也罢，失败也罢，顺势也罢，逆境也罢，却始终坚守着做人的底线，做事的底线。这都得益于父亲的巴掌，父亲的教诲。父亲那厚如砖石、粗如磨砂、硬如生铁的巴掌，如我头顶的一把利剑，迷雾中的一座灯塔，让我对人生多了一份敬畏，对自己多了一份责任。

而今，我依然在生活的丛林中极速奔走。面对诱惑，面对迷茫，面对困难，甚至面对失败，我有时还会犯错误。每当此时，我就会想起父亲，想起父亲高扬的蒲扇一样的巴掌。我多想父亲能再打我一次。可是父亲已至耄耋之年，身体佝偻，疾病缠身，时日无多。

他已经打不动了。

父爱是条船

把我们兄妹五人，一个一个，从农村渡到城市，从睁眼瞎渡成文化人的，是父亲。父爱就像一条船，父亲既是船长，又是舵手。作为他的船客，我们兄妹五人，他哪一个也舍不得丢下，全部都渡到理想的彼岸。

父亲高小毕业。也正是这点文化的底子，让父亲有了非常朴素的观念：只有读书，才能改变命运。

父亲有一句口头禅：只要好好念书，农活儿不用干。

母亲心疼父亲，总想让父亲修改一点大政方针：你看看，都多大了，也不让他们学着干点活儿。街坊邻居也嘲笑父亲：你看他家这几个孩子，让他领成啥了，一个一个，少爷似的。父亲笑笑，不解释，我行我素。所以，在父亲这个大政方针的指引下，家里再忙，活儿再多，天再热，我们也可以堂而皇之地躲在家里，读书学习。

我们是享福了，可苦了父亲，他一人要养活我们家十口人（我们兄妹五人，还有爷爷奶奶外加一个大奶奶）。在那样的年月，靠几亩薄地，其艰辛程度可想而知。所以，成年累月，我就没见父亲闲过。所以，年老的父亲，落了一身病。

我大哥第一年高考落榜，差距很大，他自己很失望。那时的高中生如凤毛麟角，很让人羡慕。我大哥长得又帅，他一回家，说媒的马上就踏破门槛，女方条件一个比一个好。我大哥也动心了。家里人都同意给我大哥订婚，说订一家条件好的，日子照样过得不错，还说父亲认死理。认死理就认死理，父亲坚决不同意订婚，还鼓励我大哥复读。不就是失败一次嘛，没事，再来一次。大哥没让父亲失望，苦读一年，第二年考上了河南医科大学，毕业后回到市里工作，现在是我们市小有名气的主治医师。二哥成绩不好，父亲就鼓励他上技校。我二哥就读了农校，毕业后一直在农业系统工作。

我最淘气，也最让父亲操心。初二时，我玩疯了，没有学习的心。当时我们一块玩的，一共有十三个人，号称“十三太保”。我们喝酒打牌逃学，甚至打架，可谓无“恶”不作。那时候，父亲忙，一天到晚不在家，也没空管我，只撂下一句话，不准退学。一到学期末我没考上，他就说，接着复读。所以，别人的初中都读三年，我却读了六年。初三第二年，我再次被五科联赛淘汰。别人都紧张备战中考，我却百无聊赖。

我记得很清楚，那是七月的一个大热天，吃过晚饭，父亲把我叫到庭院的枣树下。父亲问我，打算咋办。我自知理亏，不敢抬头，也不知道怎么办，就破罐子破摔，半天憋出一句话，种地呗。

父亲好久没言语，烟抽了一半，语重心长地说，你可想好了，就你这个头，还没力气，种地就是饿死的命。由于遗传，加上营养不够，当时的我个子很矮，十六岁了才一米五多。

我被父亲这句话震到了，又想到种地的种种艰辛，好久没说话。末了，我咬咬牙说，再复读一年。那一年，我付出的努力几乎比前五年的总和还要多。第二年中考，我以全乡第一名的成绩考上县一高。父亲紧锁的眉头终于舒展了许多。

父亲用尽全部精力，把我们都渡到幸福的彼岸，而他自己到底吃了多少苦，作了多少难，我们不知道。我读高中的时候，大哥读大四，二哥读农校，家里穷得靠喝棒子面糊糊维持生活。为了凑足我们仨的生活费，父亲几乎把粮食卖光，然后就没日没夜地干活儿。他白天干建筑活儿，累得浑身酸痛，晚上还要编草席。

编草席是个麻烦活儿，从剥高粱秆、刮高粱秆，到编成一张席子，至少要三天。而父亲只用了三个晚上就完成了。高粱秸秆皮的边沿锋利如刀，父亲的手像遭了鞭刑的脊背，刀口横七竖八，新伤摞老伤。就这样，父亲一个月十张席子，拿到集市上换回三五十块钱。弟弟妹妹读高中时，家里的经济状况稍微好点，大哥二哥可以接济一点。但父亲不愿麻烦他们，仍然坚持编席干活儿两不误。就这样，父亲靠着编席，把我们从高中编到大学，从农村编到城市。

父亲是条船，无论经历怎样的人生风雨，他的航向始终如一，矢志不渝。因为父亲坚信，只有读书，才能改变命运。

而今，我也做了父亲。在培养子女的道路上，我也始终沿着父亲的方向，初心不改。每次看到孩子认真学习的身影，我都仿佛看到了父亲臂膀的坚实、目光的坚定，还有他那早已佝偻深深的背影。

梦想的阶梯

夜色如水，灯火阑珊。一家人端坐在电脑前，屏息，凝神。女孩用纸板盖住屏幕，然后一行一行细细地滑，一行一行细细地看。语文分、数学分、英语分、总分。静默三秒。然后，全家人尽情欢呼，如癫似狂。而那个拿着纸板的青春少女，却伏在妈妈肩头，掩面痛哭。

此时此刻，还有多少家庭、多少孩子正在度过这样的不眠之夜？十年寒窗，一朝梦圆，多少的付出和辛酸，都值得；多么感慨和激动，都应该。

看到他们，我不由得想起了自己的高考。

作为农村的孩子，我们那时最大的梦想就是，跳出“农”门。这个梦想，说说简单，但实现起来却难如登天。因为登天之梯只有一条：读书。千军万马过独木桥，能够过去的，又有几人。所以，连续两年，我都被挤落桥下。和我一同落水的，还有本家的一个兄弟。暑假的一个多月里，我们俩成了同病相怜的难兄难弟。我们兄妹五人，靠父母种几亩薄地抚养长大。当时两个哥哥已经成家，如果不读书，我理所当然地会成为父母的帮手。好在父母正值壮年，不需要我这个帮手。那位难弟比我惨，他的父母六十有余，地又少，供他几年高中已经精疲力竭，很难有精力再供一年。怎么办？我们俩合计了多少个日夜。最后，他决定退学，我决定再咬牙复读一年。其实，真正令我痛下决心的，不是我，是父亲。父亲说，你不上学就没有出路，他（指难弟）身强力壮，是个种地的好材料，你行吗？我不行，我个头矮小，身单力薄，种地岂不累死饿死？我想了一个晚上，还是决定为梦想再拼一把。只是觉得愧对父母，底气不足。父亲似乎知道我的心思，为打消我的顾虑，斩钉截铁地说，你啥都不用想，只管复读，你爹我还供得起你。看着父亲坚定的眼神，我无话可说，遂开启了艰难的第三次复读之路。而那位兄弟，当年就娶妻生子，成了一个地地道道的农民。

在我们的复读班，像我这样复读两三年的大有人在，有的甚至复读时间长达五六年。有一位叫陆常青的师兄，复读时间竟然长达八年，成了学校里名副其实的“常青树”。他的同学都回学校来教他了，他还在坚持。之所以忍辱负重，他的目标只有一个，考大学，跳“农”门。每次看到他们，我都勇气倍增。

那一年，我付出的努力几乎是前两年的总和。

一年脱胎换骨的艰辛努力，终于换来了梦寐以求的结果，我如愿考上了河南师范大学，成了一名教师。那几位师哥师姐，有的考上了师范，有的考上了中专，都不负青春，花开有声。

我由衷地感激我的父亲，感激那几位师哥师姐，是他们给了我信心、勇气和力量。同时也让我明白，梦想需要努力，更需要坚持。

平凡人的梦想，只能靠读书实现。这是我从自身的经历中得出的最朴素的道理。所以，当自己有了子女，我对他们的要求依然是，刻苦读书。女儿从小就懂得这个道理，并把这种信念化为行动，上学从来没让我操过心。她天资平平，但十分努力。女儿特别崇拜任正非，认为他是中国人的骄傲，立志要进华为工作。高中三年，她没日没夜地学习，早上五点半起床，晚上十二点才休息。下了晚自习，别人都回宿舍洗漱，她还要站在路灯下再学一会儿。为了争分夺秒，她到餐厅打饭都是跑着去，排队的间隙仍然手不释卷。她的高考也不顺利，只考了596分。面对情绪失落的女儿，我也像当年父亲鼓励我一样，斩钉截铁地说，闺女，继续考研，爸爸供得起你。

进入南京邮电大学后，她的学习劲头丝毫未减。全校一万多名学生，她是最勤奋的一个，也是拿奖学金最多的一个。大三时，她即以优异的成绩通过研究生考试，先后收到南京邮电大学、华东理工大学、东南大学、同济大学寄来的录取通知书。最后，在我的建议下，她选择了东南大学，主修仪器科学与工程专业。

十年追梦终成真。今年，她如愿应聘到华为公司，成为华为南京分公司的一名研发工程师。

心中有梦想，脚下有力量。年年岁岁，这梦想一代代延续，遂绵延成铿锵有力的时代洪流；岁岁年年，这梦想一茬茬开放，遂氤氲成绚烂多姿的生命彼岸。

而今，儿子也正在追梦路上，奋力拼搏。我期待，期待着明年的今日，也能像屏幕前的他们一样，度过一个充满泪水和欢笑的不眠之夜。

母亲的八宝粽

不知佳节至，已闻糯米香。我在小区里、楼道内，看到各家门前陆续挂上了艾草。长长的艾叶垂于门旁，像游子长长的思念。超市里，各色粽子摆满货架，散装的、整装的，琳琅满目，灿若繁星。

端午节到了。

其实，几天前，端午节就已经悄然来临。学校发的两大盒节日礼物，已经提前烘托了节日的氛围。每个人脸上洋溢的笑容，就是节日最灿烂的花朵。

我的节日来得还要更早一些。几天前，妹妹从老家寄来的粽子，已经爬上火车，穿越群山，蹚过大河，轰然而至。那是母亲亲手做的粽子。母亲说，我最喜欢吃她包的八宝粽，她提前几天就开始包，以便赶在节前让我吃上。

母亲今年八十三岁。春节后母亲得了一场大病，妹妹带着她天天往医院跑，一个多月才转危为安。病后的母亲身体虚弱，她是怎么亲手完成包粽子这么琐碎的活儿呢，我不得而知。不到中午，我就给妹妹打电话，希望和母亲视频一会儿。

小时候，我最喜欢的吃食，就是母亲包的八宝粽。母亲挑选上好的糯米，然后再挑选大枣、葡萄干、枸杞、杏仁、蛋黄、香菇、肉丁等食材，一起洗净掺匀，开始动手包。母亲知道我爱吃甜食，特意用蜜枣代替大枣。看母亲包粽子，简直是一种艺术享受。只见她把两片粽叶在菜板上摊平，然后顺手捧出拌好的食材，放在粽叶上，再折叠粽叶。我一直很纳闷，母亲没有进行过专业的训练，她怎么就把握那么准，每把食材几乎一样分量。转瞬间，粽子已经成形。然后将其放在一根细麻绳上，细绳的一头已经咬在母亲牙齿间。只见，粽子在母亲手里飞速旋转，旋转，麻绳也如蛇般越缩越短。一眨眼，绳头脱口而出。粽子捆扎完毕。母亲包粽子的速度在村里是数一数二的，包出的粽子瓷实，棱角分明，小巧玲珑，且大小匀称，最是好看。所以，每逢端午和春节，母亲常常会被邻居请去帮忙。

粽子包好，然后上锅煮。我们家兄弟姐妹多，母亲的粽子包得也多。我记得有一年，母亲忙了整整一天，包了整整两百个，盛了整整两巴斗，这样就可以保证我们能吃整整一个春节。只要母亲包粽子，我就半天不吃饭，坐在灶火边，一边给母亲烧火，一边流着口水等着吃粽子。很快，粽香便爬出锅沿，如暴涨的河水，如疯长的藤蔓，如破壳的小鸟，脱颖而出，迅速蔓延，瞬间铺满庭院。我忍不住问，娘，煮熟了吗？母亲便笑，馋了？等会儿，还早呢。我便吞口水，继续等。火苗舔着灶沿，映红母亲的脸庞。粽香舔着我的胃，揉搓着我的饥饿。我再问，娘，煮熟了吧？母亲又笑，小馋猫，等不及了。时间差不多了，母亲就揭开锅盖，用筷子捞出一个，盛在碗里递给我。给，尝尝熟不熟。我高兴得一蹦三尺高，还没入口就连声说，熟了熟了。兄弟姐妹像抢食的小鸡，呼啦一下全围上来，娘，我也吃，我也吃。好，好，别急，都有都有。看着我们狼吞虎咽的样子，母亲擦擦额头的汗水，笑了。通常，我一口气能吃四五个。粽子甜了我们的胃，甜了母亲的心。

这些年，为了生活，我东奔西走，飘如飞蓬。陪伴母亲的时间，也如过秋的阳光，越来越短。幸好，有母亲的八宝粽跟着，我心稍安。母亲的八宝粽，像长大的小鸟，我走到哪里，粽子就飞到哪里。它郑州、西安、南京、成都地跑，倒像周游列国的孔子。而今，母亲年事已高，又动了手术，身体虚弱，我没敢提粽子的事。谁料，母亲记着呢，她早早就让妹妹买好了材料，动手包上了。

妹妹的视频打来了。镜头里，母亲白发苍苍，笑容满面。我问母亲的身体情况，母亲朗声回答，好好，你别担心，在外面当紧着照顾好自己。我又问，娘，你身体不好，怎么还包粽子？母亲笑，没事，我还能包动。你爱吃，趁我还能动，再给你包点。再说，紧包我还能包几年呢？

挂了电话，我忍不住泪流满面。

谁家的楼顶上，烟花绚烂。锅里的八宝粽，香气四溢。这双重香甜交织的幸福感觉，令我沉醉。

六月，火热的大地

如果要用一个词来形容六月，那就是：火热。没有比它更合适的词了。

六月的太阳，像脱缰的野马，自由，洒脱，无拘无束，肆无忌惮。它彻底敞开怀抱，把积攒了半年的热全都倾洒在大地上。于是，树叶被烤蔫了，麦子被烤黄了，樱桃被烤红了，桑葚被烤黑了；猫被烤得眯起眼睛，狗被烤得吐着舌头，蝉被烤得哇哇大叫，人被烤得呼呼打扇。

六月的大地，是沸腾的大地。从南到北，从东到西，收获是它的主旋律。金黄的麦子颗粒饱满，碧绿的西瓜个大浑圆，粉红的桃子满面含羞，金黄的杏子可口酸甜。辽阔的田野上，一片繁忙的景象，到处是丰收的喜悦。一台台收割机昼夜不停，一辆辆农用车往返穿梭。场院里，仓库内，麦子被堆成山，码成垛。喜笑颜开的村民相互打声招呼，问候一句，今年收成不错啊？不错不错。未及细聊，便风一般卷了过去。

六月，收获的不仅仅是粮食、水果和蔬菜，还有骄人的成绩。高三的每一个学子，将在这个火红的月份里，凤凰涅槃，华丽蜕变。十年寒窗不觉苦，壮志豪情漫山河。看吧，每一间教室都灯火通明，每一个学子都奋笔疾书。背诵，演算，思考，不放过每一个细节，不遗漏每一个知识点。精细一点，再精细一点：深入一点，再深入一点；宽广一点，再宽广一点。他们春风满怀，他们成竹在胸。他们用青春的火、信念的灯，点亮这个季节的绚丽天空。看吧，他们微笑着走向考场，一个挥手的致意，一个握拳的顿挫，无不彰显他们必胜的信心。那青春的面庞上，彰显的不仅仅是饱满的激情，更是昂扬的精神。看看他们走出考场的健步，你就知道，他们赢了。

六月，是告别，同样是全新的开始。校园内，一场场离别正深情上演。同窗几载，友谊深厚，一朝离别，即隔天涯。一行行温馨的祝福，一句句思念的话语，一点点晶莹的泪珠，道不尽朝夕相处的人间纯情。离别，也意味着新生。他们意气风发走出学校，胸有成竹走进机关，走进工厂，走进一个个火热的劳动现场，用知识、智慧和汗水，抒写属于他们的美好未来。

六月，是结束，也是开始；是收获，也是播种；是稚嫩，也是成熟；是单薄，也是丰盈；是朴实，也是奢华；是驻足，也是奔赴；是仰望星空，也是脚踏实地。正是有了一个个火热的六月，这个深情的人间、美好的人间，才有了一页页的山河秀丽，一首首的华彩乐曲，一篇篇的锦绣文章。

六月，我爱你！

作者简介

AUTHOR PROFILE

徐学娟，笔名清风徐来，山东省日照市人。一生从事学前教育工作，日照市作家协会会员，日照市东港区作家协会会员，日照市岚山区诗词协会会员，《青年文学家》理事，《青年文学家》杂志日照分会理事发展部部长。

娘的“铁脚板”

娘是一位很不起眼的农村老太太，一生恪守着庄户人的本分，在家乡那片土地上安安静静地生活着。上帝对她不薄，对她眷顾有加，让她拥有一个健康的身体和与世无争的良好心态。

当然，她也拥有着四个身心健康的子女。虽然子女们没有多大出息，但都像她一样，诚实本分，各自干着一份力所能及的事情，守候着各自的小家，这就足够慰藉她的一生了。

如今的娘，已是风烛残年，但精气神极好，都八十七岁的人了，生活上一切皆能自理！这是我娘的福分，亦是做儿女的福分。感念娘给我们这些做儿女的带来的福气！

说到这儿，就不得不说说娘的那些人生过往了。

十九岁那年，娘就当选为村妇女主任，一干就是三十七年。直到她五十六岁当上了奶奶，才让贤给村里的年轻人。娘对接任妇女主任的人选慎之又慎，和村党支部书记千挑万选，对选中的“接班人”报请乡镇政府批准后，娘才放心地回家带孙子。

娘当村妇女主任时期，我们国家刚刚开始实施新的计划生育政策：“一对夫妇一对孩”。娘要做好育龄妇女的思想工作，动员生了两个孩子的夫妇去做节育手术，以此来控制国家的人口增长。

那个时期的工作难度，可想而知。能生育的家庭都想多生个孩子，俗话说：多子多福。哪有人那么开通，思想那么开放，生有两个孩子之后就主动去做节育手术呢？当时的人，特别是农村人都重男轻女，不生个男孩是决不罢休的。娘就是在这个特定的社会时期和环境当中，干了三十七年的妇女主任。不言而喻，她要承受多么大的思想压力，吃多少苦，耐着多么大的性子才能做好这项棘手的农村基层工作啊！

我还小的时候，在我的印象里，我家里好像就没有“娘”这个角色，因为天明到天黑几乎见不到娘的身影。每天天还蒙蒙亮，娘就趁人家清晨未外出干活儿之时，到那些思想不“开窍”的人家中，去做思想工作。晚上，趁人家没睡时又会跑到人家去进行劝说，给人家讲一些实行计划生育的好处，询问那些育龄妇女的生育情况，一去就是大半天，深更半夜才回家。我们这些孩子早已不脱衣服就囫囵倒在床上睡熟了，哪里能见着娘呢？我们姊妹几个经常因等不到娘回家，“疯”上一阵之后，常常连鞋子都不脱就爬到床上睡了，第二天早上醒来一看，我们的小脚都被鞋子勒肿了。娘心疼得给我们挨个把脚捏捏，抚摸一阵，眼睛里湿润起来，可嘴里又会自言自语地骂着我们这些不懂事的“皮猴子”。

娘白天带领村里的妇女下地干活儿，休息时就让人们围成一个圈坐下，然后从布兜里掏出一个厚厚的小本子，宣传党和政府的计划生育政策。

娘那时候真是累呀。我清楚地记得她时常鼻子口里都是疮。家里的家务事她根本顾不上管，家里连顿水饺、包子都许久吃不上。娘不论白天黑夜，也不管刮风下雨，总会走门串户、辛辛苦苦地做着群众计划生育工作。

记得到我上小学的时候，我看到别人家的小女孩都是梳着小辫子，头发洗得干干净净去上学，再看看自己乱蓬蓬的头发，就羡慕，常委屈得直掉眼泪，不去上学了。因为娘一心扑在工作上，在工作和孩子这两者之间天平“失衡”，我几乎极少感受到有娘的幸福。我们姊妹几个都没享受过。说实话，就为这事，小时候我没少恨娘，直到我大了，懂事了，才体谅到娘的辛苦，理解了娘。

娘的脚板很大，走路速度很快，走路简直像男人一样大步流星。她忙于工作，不停地奔波，差不多一个月就要穿破一双鞋。难怪我们村里的婶子大娘们会送她“铁脚板”妇女主任的称号。

我们村当时是一个拥有五百多户人家的大村，家家户户皆留下娘的脚印。育龄妇女普查、采取节育措施等繁多的工作，都需要她亲自主持。当时家里连极简单的交通工具都没有，全是靠娘的一双大脚板徒步行走。娘走的路无以计数，她的“铁脚板”很大程度上就是这样练出来的。

娘可不光是去每家每户做计划生育思想工作，她的善良她的纯朴促使她做着很多分外的事。遇着谁家有夫妻闹别扭，婆媳之间不和睦，她就给人家调和，苦口婆心。有的媳妇因吵架跑到娘家去了，她二话不说，抬腿就去十里、二十里之外的村庄把那媳妇给好言相劝回来。有时遇着不领情的人，还要挨上一顿骂。娘也不在乎，更不计较，只要那媳妇儿跟她回婆家，和家人“破镜重圆”就行。娘常说：“宁拆十座庙，不毁一桩婚。”

更让一般人做不到的是，村里有家境贫寒，儿子说不上媳妇儿的，娘就给人家张罗着介绍媳妇。娘当过我们村十几户人家“红娘”。我们村基本上没有打光棍的。

娘处处做着好事，遇着谁家刚生了小孩缺少奶水的，就主动帮助人家。正处在哺乳期的娘会给幼儿喂奶，让孩子吃个肚儿圆。娘养育了我们四个子女，是有四次哺乳期的，每个哺乳期她都会对缺少奶水的孩子“慷慨解囊”。常常是把自己孩子的奶挪给人家的孩子吃了，而让自己的孩子饿得出现了水肿。我就是深受其害的一个，这是我长大了时，娘亲口对我说的。娘说我从小饭量就大，总是吃不饱。哎呀我的亲娘呀，这是我饭量大的事吗？每每想至此，会情不自禁地对娘产生“怨恨”，会怀疑我是不是她亲生的。

其实，娘何尝不心疼她的儿女？每当我饿得哇哇大哭之时，她就会把我抱进怀里，抚摸着我的头发，眼泪哗哗地流淌着，嘴巴里嗫嚅着：“可苦了我们二丫头了！”

照我爹的话说，我娘就是个“活菩萨”！

我清楚地记得，娘在四十二三岁时候，她的满头发丝就已全白了，也是在这个年龄段，因工作上的劳累，着急上火致使她经常害牙疼，过早地让满口牙齿脱落了，硬饭甜食都不能吃。直到我哥上班挣工资了，才花钱给娘在城里镶上了一口假牙。尽管娘的头发白了牙齿也掉光了，但并没影响她的身体健康，身体依然挺硬朗，这应该得益于她心地善良、乐于助人、乐于奉献、积善成德的福报吧。

金杯银杯，不如人们的口碑。娘的这些善举，全村的老少爷们没有一个不佩服的，因此娘硬是把最棘手的农村妇女工作做得得心应手，全村没有一个人违反计划生育的。计划生育工作优秀成果让我们村成了全高兴镇的先进村。市里有名，省里挂号。那些年，我娘还经常被乡镇领导请去介绍计划生育工作成功经验。十里八乡，人们一提起我娘的名字都情不自禁地竖起大拇指。我娘多次被评为临沂地区妇女代表和先进个人。

娘，我的白发亲娘啊，您从不计较名利荣誉，但作为女儿的我，还是会把珍藏的您在一九七四年当选为临沂地区妇女代表和先进个人的那个通红通红的代表证，时不时地拿出来“炫耀”一下。您会淡然一笑说：“这都老掉牙的玩意儿了，还翻动出来干什么？”说着，也还会用满是皱纹的老手一遍一遍地抚摸着，戴上老花镜仔细地看上一阵。这毕竟是对她年轻时努力工作的一种认可和见证啊！每当此时，娘就会露出一种心满意足的笑，而且那笑竟然是那么坦然，那么灿烂。

娘，无论社会发展到什么程度，您这双“铁脚板”在这片土地上落下的脚印是不会被抹去的。我骄傲有您这样优秀的母亲，我感激上帝让我做您的女儿。

多岛海之恋

今年的初冬天气多半是以晴天为主，气温不凉亦不燥。每逢这样风和日丽的好天气，自然而然就让人产生外出走走的欲望，找一个好的去处欣赏一下美妙的景色，或是去找一个有独特风味的地方吃一顿美食，要不然似乎就会浪费这大好时光。

但在我心底最渴望的还是去靠近大海，欣赏大海。或许，那些深藏在内心的郁块，只有在海风里才能烟消云散。

于是，“多岛海”就在这个时候袭入我的脑海。“多岛海”这个美丽的名字，是我认识多年的一个岚山文友在微信交流中多次向我提到的。她说岚山有一个很美的海岛，叫多岛海。她曾多次邀我前往一睹多岛海的芳容，但我一直没有时间。这个周末，我决意要前往多岛海。不想叨扰那位文友，亦不要家人陪同，就想享受一个人独自出行的轻松和愉悦感。

辗转了几次公交车，我终于见到了多岛海的庐山真面目，瞬间就被眼前的景致所吸引、所倾倒。海上风景服务区由名贵花木围成，设计科学合理，视觉高端大气，又恰到好处地保留原有自然风貌。整体建设布局既有助于旅游管理，又利于游人海上观光，可见决策者与建设者的初心。置身这样优美的海岸线上，这里让人亲近大海的欲望更加急切。

啊！美丽的多岛海，我来了，我要拥抱你，我要亲吻你。一首首关于海的赞歌，情不自禁地飞出了心窝窝。

正当我目不暇接地欣赏着多岛海的风景时，忽见一位大姐手拿几样东西向我走来，热情地兜售她的小生意：“这位妹子，你是来看海的吧？你要是去赶海就带上这样的小铲子或是小铁耙，保准让你多扒些蛤蜊。这多岛海里的蛤蜊可鲜美了，你这会儿来得正巧，正赶上落潮……”看得出，这是一位地地道道的岚山人，一张甜瓜嘴，既表现出了内心做生意的热切又让人觉得她亲切可亲。因此，原本不打算下海的我，经她一推介，心里一下子就热乎起来。看看时间还早，我在她摊位上买了小铁耙、小铲子、塑料桶等赶海“装备”，随着四下陆续涌来的人群一起下海了。

踏着被太阳晒得热乎乎的沙滩，我下到刚退潮的海里，感觉脚下又舒适又温润。沙砾中有数不尽的鹅卵石，海上的泥沙都透着紫黑色，是被海水长期浸泡的缘故吧。

那浅浅的、清澈透明的海水细细流淌在沙石缝里，还带着腥腥咸咸好闻的味道，真想喝上一口尝尝鲜。海水漫过脚面，脚底下的沙石硌得我脚心痒痒的。我顺势用力踩出几朵水花，水花溅到我墨绿色的风衣上，印出了一个个小白点，似乎是大海给我盖下的印章。

松软的海滩上到处是赶海的人，小孩子只顾玩沙戏水，大人们则专心扒蛤蜊。我也拿了那神器“小铁耙”在海水里乱挖一通，偶尔有个花皮的小蛤蜊被我扒拉出来，我便乐得孩子似的哈哈笑，引得一位美女大姐冲我直笑。这美女虽用一块深蓝色的方巾遮挡着头部，但我依然能感觉得到她的俊俏。她看我拙笨的样子，主动教我扒蛤蜊的方法，还给我做示范动作，讲捉拿小螃蟹的技巧。要不是这位好心大姐亲自教我，就凭我笨手笨脚的样子是根本捉不到小螃蟹的。那小得只有指甲盖那么大的小螃蟹，人精似的，很是会捉弄人呢！明明看着那小螃蟹就在眼前爬，但当我伸手去抓时就不见了，流星也没它跑得快，眼看着就是抓不到，让人好气恼，真是个机灵鬼。大姐把捉蟹技巧悉数教给了我，让我大开眼界，也让我很快地抓到了一只只小蟹。

想着自己这么快就学到一项赶海的本领，心里美滋滋的，很是得意。大姐的桶里发出嚓啦嚓啦的声音，一看，已有大半桶蛤蜊和海螺了。我向周围姐妹们望去，她们的桶里也都有了很多“战利品”。海风徐徐吹来，把我的风衣掀起一角。海风，像是有意来擦拭我脸上的汗渍。那咸中带腥的湿润的空气一阵阵送入鼻翼，让大脑格外清爽。

我直起身来，向海的更远处望去，在海天交接处，有白帆点点。我深切感受着多岛海的美，又想起了我那位工作在这里的文友。真羡慕她能常常来这里享受多岛海的美，也感谢大自然对人类无私的馈赠。

夕阳西下，赶海的人在欢歌笑语声中，提着他们沉甸甸的收获陆续向岸上走去，回归各自温暖幸福的“巢”。多岛海上也渐渐安静下来。沐浴在晚霞中的多岛海，像一位温柔的少妇正含情脉脉地等待着她出海归来的丈夫。周边的渔村笼罩在一片祥和的氛围中，白天的忙碌和喧嚣收敛藏匿起来了，欲进入甜蜜的梦乡。我加快了速度，抬步登上海岸上的旅游服务区，那些我刚来时看到的几十辆“辽”牌的旅游车格外显眼。车上的主人在兴奋地蒸煮着“战利品”——鲜活的蛤蜊、鱼虾。锅里冒出白泡沫的烟雾，有穿了花花绿绿衣衫的小孩子在场地上来回跑着，急切等待着要吃那还煮在锅里的一餐美味。我还看到多辆车里，女主人正在铺设着被褥枕头。

哦，今夜，他们是要以“多岛海”为“家”了啊！

每年这些从外省市来的旅游者都是这里的常客，他们很懂海鲜的各种吃法。这里的工作人员向我介绍说，这些游客以辽宁省的居多，每年他们都以家庭为单位自驾而来，排着浩浩荡荡的队伍组团专程来看多岛海……我听得频频点头，这多岛海真是大有名气，她的美吸引来全国各地的人，这不就是岚山人民的骄傲嘛！

我站在服务区的一个最高石台上，又一次望向大海。那辽阔的大海，使我久久不想离开。夕阳的余晖染红了整个海面，还有那些停靠在岸边上的渔船，构成了一幅生动的渔村生活画卷。我想起常读到的“渔舟唱晚”，这四个字莫非描写的就是此时的多岛海吧！在恋恋不舍中，我满怀舒畅的心情，双手抱住那满满一桶蛤蜊，坐上了回家的公交车。多岛海渐渐离我远去，她的美丽让我永不忘记。

哦，地瓜

关于地瓜的叫法有很多种，红薯、番薯、甘薯或是红山药。但无论它有多少好听的名字，都抵不过叫它“地瓜”更让我喜欢，更让我生情，更会激起我对逝去的生活里那些温暖的、酸甜的、痛苦的追忆。

不承想，我父亲当了一辈子农民，吃了一辈子地瓜，却于他弥留之际，还是用“地瓜”二字终止了他与这个世界的一切往来。他不再留恋这个世界，他口里含着“地瓜”走了。

那是五年前，我 87 岁的老父亲，在被阿尔茨海默病折磨了整整一年半之后，在他的生命就要走到尽头之时，在那个全家人都守护在他床前的黄昏里，眼看着行将就木的父亲，我强忍着泪水，俯下身来，把嘴贴到父亲的耳边轻声问：“爹，又到吃晚饭的时候了，您想吃什么饭呢？”话说出来也总觉得是一句白搭的话，是不起任何作用的话。因为，几天来，父亲早就汤水不沾，一语不发了。就在我们都未经意之时，却突然听父亲说出“地瓜”二字，声音是那么的清晰，清晰得是那么惊人，把围在他床前的全家人吓得目瞪口呆、面面相觑。真不相信，父亲怎么还会说出“地瓜”二字呢？

父亲啊父亲，您与“地瓜”到底有着怎样的渊源啊！

细细想来也是啊，父亲一生都没离开过地瓜。他种地瓜，卖地瓜，储藏地瓜，变着法儿换着花样吃地瓜，一生得益于地瓜给他带来的好处。地瓜让他尝到了甜头，得到了好处。是地瓜让他足以养活了一群孩子，给了他一个温暖的家。

从我记事起，就常听父亲用一种深沉的语气对我们这些小孩子们说：“地瓜是样好东西啊，有地瓜吃，就不能饿死人！”这是父亲发自内心的感慨吗，这是父亲对地瓜的敬畏吗，还是有意启发我们这些后代要记住些什么呢？

每在这时，我们这些小孩子似乎也模模糊糊地感觉出一丝生活的艰辛。我们从小就懂得地瓜这种好吃的食物，是应该好好珍惜的。

每年冬天，在那个一家人可以围坐在一起的炕头上，父亲就会讲述关于地瓜的故事。炕沿上，我们四个小脑袋排成一行，一个个把耳朵伸得老长，眼睛一眨不眨，紧盯着父亲的脸，听父亲讲他小时候和我们的姑姑、伯伯们怎样为争地瓜吃打了多少次仗。他讲到他青年时，怎样带领生产队的社员们整地瓜沟、种大地瓜。更让我们听得入迷的是，父亲说他带领社员种的地瓜到了霜降时节，刨的地瓜又多又大，那地瓜长得竟像个满月的孩子那么大。每讲到这个节骨眼上，我们这些打盹虫就一下子睁开了眼睛。是被这满月小孩的地瓜吓的，还是替父亲高兴的，也不得而知，只记得这时的父亲是那么的得意扬扬。这时，就听见一直不作声的母亲催我们快快去睡。我们很快就钻进被窝里，做起了大吃烤地瓜的美梦。

我们孩子在家听的故事， 几乎全是有关于地瓜的故事。让我们记得最清楚的还是我们的爷爷奶奶，在那最饥荒的艰难岁月里，是如何如何利用了这很不起眼的“地瓜”哺育了他们六个孩子，而且个个是个高体壮。就说我父亲吧，身高1米82，够高吧？

我父亲上面有一个姐、三个哥，下面有一个妹。他们全是靠吃地瓜长起来的人。地瓜简直就是神物啊！

我们家历代出高寿之人，据我父亲说，都是得益于吃这日照大地瓜，地瓜是我们家的主要食物。我爷爷奶奶在那个艰苦年代都是以73岁的年纪辞世。真是了不得。要是能活到现在，他们都是130多岁的人了。

在我的父辈中，只有我二伯遇到特殊情况，在工作单位因公负伤，不幸于54岁时离开人世，其他人都算是大岁数才离世。

大姑93岁，大伯79岁，三大伯85岁，父亲87岁，我最小的姑也在88岁过世。可以说，是地瓜给他们增了福，添了寿。

地瓜，这一普通而又最好种植的农作物，以它丰富的营养养育了多少代日照人民啊！地瓜这种属于粗粮的农作物，生长在日照的大地上，长得格外茂盛，给日照人民带来幸福生活。让日照人民度过了艰难岁月，生生不息。地瓜以它特有的口味在勤劳朴实的劳苦大众中备受欢迎。

我从小深受父亲的影响，敬畏地瓜，喜欢地瓜。不管是享用它，还是观赏它，它都美在我心里。到我告老还乡时，我要包一块地，种上大片地瓜，看着地瓜的生长，享受快乐而安闲的老年时光。

我还会想起儿时在父亲种下的大片地瓜地里采地瓜花的情

景。那落在地瓜花上的大蝴蝶，贴在地瓜叶底下那肉滚滚的绿色大豆虫，还有被地瓜叶子养肥了的，能捉来用火烧着吃的大秋蚂蚱。

在我还是小姑娘时，我最爱的还是地瓜开的花。按父亲常讲的，地瓜开的花，是所有庄稼地里开出的最美的花。地瓜的花像极了喇叭花，花的颜色亦有多种，有淡淡的粉，浅浅的蓝，和纯纯的白。它的花几乎无香，但开花的地瓜秧下，长出的必定是最大、最甜的地瓜。

好心的父亲常告诉我们地瓜花的秘密。看地瓜花一定要赶早去看。地瓜花最美的时候是开在上午九点以前的花。那时候的地瓜花顶着晨露，沐浴着曦光，最美，最艳。

父亲是我心目中唯一的“地瓜诗人”。他经常说给我的一些话，让我永远记在心里。只不过小小年纪的我，还不能完全理解那些话的意思，只觉得好听。长大了的我，才慢慢明白了那就是所谓的诗句，是蕴含了很多寓意的诗句。

“地瓜开花不为鸟儿的问候，不为风儿的爱抚，不为有无赏花的眼睛，只寂寂地开，只静静地艳，只为深埋在泥土里的‘秘密’，地瓜长得大，地瓜长得甜。”

父亲，您没有特意地教育我，但我已理解您的用意，您是希望我长成一个默默不语、无私奉献的大地瓜，您是期盼我开成一朵寂寞的地瓜花。因为，在您一生的认知世界里，只有地瓜是最好的东西，只有地瓜花是最美的花。

父亲，我是您亲生的女儿呀，我遗传了您全部的基因，我的确开成了一朵被您照料过的庄稼地里那朵鲜艳的地瓜花 。

父亲，您口里含着醇香甘甜的“地瓜”走了，您再也不会挨饿了。

我又一次泪流成河。

哦，玉米

十九岁，是一个充满活力的年纪。同时，也是一个容易闯祸的年纪。

在我的青春记忆里，成长给我留下了一道苦涩的伤痕，让我终生无法忘怀对这次经历的记忆。

一九八三年，是中国农村实行土地分田包产到户的第一年。我们一家六口人按照土地政策分得了四亩八分地。爱土地、爱庄稼如命的父亲兴奋不已，准备在属于自己家的口粮地里大干一场，好好种粮食，让全家老小能吃上饱饭，不再缺粮断顿，不再让家人饿肚子。

于是，父亲早在心里做好了计划，把土地的一半种上能高产的玉米。只要玉米获得丰收，家里就不愁没粮食吃了——用玉米还能换来自己家中没有种植的其他粮食作物。

父亲主意已定，接下来就是买玉米种子了。选种是非常重要的一个环节，因为好的种子才是保障收获粮食的大前提。

经过多方打听，父亲终于得知五莲县的种子站玉米种优良。

在一个天很冷的正月天里，父亲摸黑起床，穿了一件补了几个补丁的黑色棉袄，喝了一碗母亲捧给他的炒面子，怀里揣上家里唯一攒下的一点儿钱。为安全和保暖，母亲拿一条很旧的长围巾在父亲的腰上缠了两道。父亲挺了挺腰杆，母亲又弯下身来，给父亲穿的那双黄胶鞋的鞋带重新打了一个结。父亲在我们娘儿个人的目送中大步跨出了家门。

春姑娘捎信来了，那哗哗流淌的小河水和岸边上那冒着黄茸茸柳芽儿的枝条告诉人们，春天就要来啦！

种子买好后，父亲喜形于色，想着他那四亩八分地就要开播了。父亲时不时地就趁天好之日，把他那心爱的玉米种子摊在院子里的水泥台上晒来晒去，还不时地用他那粗糙的大手，似抚摸着他的宝贝女儿一样，在那堆金黄的玉米种子里翻来覆去划拉着，生怕有一粒玉米因晒不到阳光而发不好芽。

我常被父亲的这个动作发出来的声音吸引，那哗啦哗啦的声音特别悦耳动听。这些可爱的、似黄珍珠般的颗颗玉米粒儿好看亦好玩。

一段时间后，又见父亲趁中午最好的阳光时把种子收拢起来，装进麻袋里，用塑料绳子扎好口，然后小心翼翼地挂到我家堂屋的房梁上。那里可真是藏种子的好地方，虫啃不到，鼠咬不着。

与此同时，我这个幼儿园的老师也在暖洋洋的春风里迎来了一大批五六岁的小朋友。

一切都萌生在希望的田野上，一切都拉开了跃跃欲试的架势，一切也都在不可预料之中。

清明前后，种瓜种豆。玉米自然是最适合在这个节气里播种。父亲开始摩拳擦掌，几天的工夫就把要种的地深深地翻了一遍，等待一场雨水下种。

我的工作也和父亲一样，亟待解决三个班一百五十多个孩子的自制玩具问题。

做什么样的玩具给孩子们玩呢？ 20 世纪 80 年代初的农村孩子哪有什么玩具可玩呀，能有几个滑溜溜的小石子玩就很开心了。

为了让幼儿园的孩子全面发展，让孩子们有玩具玩，玩得开心快乐，幼儿园领导发动老师开动脑筋，自制玩教具。老师们踊跃参加，我这刚上任一年多的青年教师更是积极投入，欲大显身手。但那时没有相关资料参照，又十分缺少材料，能做出什么好玩具呢？老师们一开始都很打怵，我也是束手无策，但我不信自己就这么笨。经过反复思考，我决定还是在传统玩具上下功夫。看到别的老师都是用稻草搓了一些长短不一的粗绳子让孩子们当跳绳玩。我非要做得和她们不一样，于是就想到了“沙包”。

我从家里翻捣出我们小时候穿过时的小褂短裤一大堆衣服，用剪刀剪成统一尺寸的正方形布块，用很壮实的黑线缝制成一个正方体的小布袋，然后往里装沙土或是麸糠。

我缝了几个想试试看。哎呀，装沙土太沉，孩子们肯定踢不动，盛麸糠的发飘且不说，还从针线缝里往外漏“馅”，又脏，又迷人眼，绝不能给孩子们玩。我一下子犯愁了。除了沙土、糠麸，还有什么可作沙包的填充物，既让孩子玩得安全，又方便给孩子们玩呢？

那个晚上，我一夜没睡着。迷迷糊糊中，仿佛看到一大堆金黄的玉米似珍珠在向我发出金色的光芒。

一场春雨在人们的期盼中降下甘霖。趁着这下了一夜的雨水，家家户户，男女老少，早早来到自家的地里甩开膀子，忙活开了。他们和我父亲一样，大都准备了玉米种子种玉米。这是单干的头一年啊！这些得到属于自己能做主的地的农民，欣喜若狂，心里充满对党的好政策的无比感激，和对土地的深深热爱。

我的父亲终于等到播种的这一天了。他想广种薄收，烙玉米面煎饼，烀玉米面饼子，做玉米碴子稀饭，用玉米兑换别人家种的大米。

父亲扛着犁耙，带着化肥，兴冲冲走在人群前面。母亲用小木独轮车推着一部分玉米种子跟在他后面。来到地头上，父亲点了一根旱烟抽尽，把烟蒂往土地上一扔，随之用鞋底踩一下，抓起镐头开始刨地。

几天来，地才种到一半，玉米种子用了不少。父亲让我母亲回家取玉米种子。母亲好一会儿才折回到地里。她惊慌失措地和父亲说：怎么家中另一半玉米种子不见了？家里都找遍了也没见影。父亲不信，扔下镐头就往家走去，找了半天也无果，心里纳闷，不会是有人来偷了吧，这不可能，这社会都很文明了，不会是有人来偷。但父亲一想到还有一亩多地等着种子啊，他又气又急之时想起了我看他晒玉米种子的那眼神，似乎意识到了什么，一转身，气呼呼一口气跑了八里路，来到我就职的镇中心幼儿园。

我正和另一位老师认真组织着和孩子们一起玩踢沙包、投沙包的户外游戏。那一百多个五颜六色、鼓鼓囊囊的大沙包滚落一场地，孩子们踢的踢、抛的抛，玩得开心极了。而我站在孩子们中间，欣赏着我的杰作——沙包。看着这些沙包给孩子们带来这么大的乐趣，正得意扬扬之时，我突然听到有老师喊我：徐老师，你父亲来了，在大门口等你呢。

我把孩子们交代给其他班老师们，直奔大门口。一看到父亲那张阴沉的脸就知道事情不妙。

父亲用非常严厉的声音问我：你拿家里放在房梁上的玉米做什么去了？你不知道那是良种子吗？我就知道是你捣的鬼！说完，父亲下意识地往门里看了一眼，叹了一口气无奈地转身离去。我知道父亲看到的是那些他用心血换来的宝贝玉米，正变成被孩子们玩着的大沙包。我望着父亲离去的背影，一下子意识到我犯下了一个天大的错误。

当我下班晚上回到家里，见父亲躺在炕上，很不舒服的样子。母亲站在炕前让他喝水。母亲见我进屋里，忍不住一边小声抽泣，一边数落着我：你这个气人的孩子，你就这么不懂事呀？你拿什么不好，你单拿那玉米种子去缝沙包。没了种子这还怎么种地啊，把你种到地里吧！你知道这是你爹跑了一百多里路好不容易买来的种子嘛！它是种子啊，是打粮吃、换钱花的种子啊！你以后就吃沙包吧！你知道有钱买粮，无钱买种子的道理吗！真是气死人了，这可怎么办呢？

我大气不敢出一声，乖乖地站在父母跟前，任凭母亲的怒吼声漫过整个屋子。我的眼泪和着鼻涕打在我的鞋面上，落湿一地。我知道我该挨上这一顿责骂。

我没有怨恨父母，是我做错了事，而且危及全家人一年的收成和口粮。

唉——当时怎么就这么犯糊涂，怎么就没想到这么多呢？真是犯下了一个天大的错误！

父母平时很疼爱我，更是支持我这份幼教工作。家里的农活儿再忙、再累也不肯让我下地干活儿，更不会让我向单位领导请假去帮他们种地，就怕耽误我的工作。这次，父母是被我气急了才对我发火的。父母爱粮食，粮食是我们能活下去的最基本保证啊！

这次的痛苦经历，让我好恨那个贫穷落后的年代。我时不时地把这样的感受变作我好好教书育人的内驱力——知识改变命运。

虽然那年我得了幼儿园自制玩教具比赛全镇一等奖，但一想到父亲为这事得了一场急性阑尾炎大病而住进医院动了一个大手术，我就高兴不上来。我内心充满愧疚，总是觉得我对不起父母。

好在，后来我们家那些没有了种子种的闲地，让我几位好心的学生家长给凑齐了玉米种子，并帮着给种上了，秋天时也获得了玉米大丰收……

哦，玉米，是深埋在我十九岁青葱岁月里难以磨灭的记忆。

听娘唠叨

妈妈教我一支歌
没有共产党就没有新中国
这支歌从妈妈心头飞出
这支歌伴随她走遍祖国山河
啊……

这是母亲一辈子都在唱的一首歌，也是我们全家人都喜欢唱歌的歌。我们的家，因这首歌而安宁而幸福!

一个幸福的小家，来自父母的健康长寿和子女的孝道。更重要的是，有长辈良好的传承，才能使家国更加强大。

今年，是建党一百周年，在举国上下一片欢腾、庆祝中国共产党成立100周年之际，我们家也迎来母亲的“米寿”，这是多么令人欣喜的事情!

“没有共产党就没有新中国”，没有母亲，就没有我们这个幸福的小家。

母亲虽然极其平凡，是一个农村妇女，但她却是一位已经有着66年党龄的老党员啦。在她22岁时就光荣加入中国共产党，对党无限忠诚，在村里干了一辈子乡村妇女主任。

母亲没识几个字，可就是喜欢唱歌，是我们家里的“歌唱家”。她唱得最好的一首歌是《妈妈教我一支歌》。

这是一首创作于1982年为庆祝建党六十周年而作的歌，由作词家杨涌作词、作曲家刘虹作曲、著名歌唱家殷秀梅唱红了的歌，从此传遍祖国的大江南北。

这首歌对我的母亲影响很大，她很快跟着收音机学会了这首歌，从此口不离曲，让我们深受感染。母亲唱着这首歌，干着她最热爱的农村计划生育工作。这首歌天天萦绕在我们耳边，让我们从不懂事的小孩子成长为懂感恩、知奉献的对社会有用的人。这首歌，成了我们一家的传家之宝，传唱了四代人；这首歌让我们从很小就记住了“没有共产党就没有新中国”这句人生信条！

每当母亲唱起这首歌，就有一种激动、有一种深情挂在她的脸上，一种热爱油然而生。

是啊，这首歌像是一个孩子在把爱诉说给母亲，娓娓道来，充满着无限深情。

党，不就是我们每一个中国人的妈妈嘛！我们的党是多么伟大，多么坚强啊！有了中国共产党，才有了新中国！

母亲时常情不自禁地唱起这首歌，并像老师一样教给我们姊妹四人唱《妈妈教我一支歌》。这首歌，让我们家辈辈都有人加入中国共产党。是这支歌一直鼓励着我们为建设新国家，做着本职工作。我们从小就认识了党，相信党，拥护党，依靠党，感恩党！

2020年那场全球遭遇的“疫”战，我们中国战胜了疫情，取得了国际化的胜利，这充分说明了中国共产党的英明领导和力量的强大，使我们更加坚定了对党的信任！

母亲唱着这支歌干了一辈子党的乡村计划生育工作。我唱着这支歌，干了四十多年的幼教工作，至今仍然坚持在教学第一线上。我的女儿唱着这支歌，快乐地做着北京一所大学里的讲师，是一名光荣的共产党员。我的哥哥、弟弟都是当过兵的优秀共产党党员。就连我们家四岁的小孙女，在幼儿园里也是一名爱唱红歌的好孩子。

《妈妈教我一支歌》在今天唱来，更有一番特别深远的意义。这支歌是从每一个热爱共产党的人的心窝里飞出来的。正如歌中所描述的，“这支歌世世代代永不落”！

在这里，让我把这支歌再一次深情地唱给党听吧，唱出对党的热爱，我更想把这首经典红歌在我工作的幼儿园里和我的小朋友们一直传唱下去：

妈妈教我一支歌
没有共产党就没有新中国
这支歌从妈妈心头飞出
这支歌伴随她走遍祖国山河
啊……
这支歌伴随她走遍祖国山河
我唱妈妈教的歌
没有共产党就没有新中国
这支歌从我的心上飞起
这支歌鼓舞我建设新生活。
啊……
这支歌鼓舞我建设新生活
我教女儿一支歌
没有共产党就没有新中国
这支歌飞进幼小心田
这支歌世世代代永不落
啊……
这支歌世世代代永不落

作者简介

AUTHOR PROFILE

贾涛涛，女，山西省洪洞县人，中共党员，中国工运学院法律系毕业。曾任汾西县委政法委员会副书记，汾西县第十三届人大常委会委员，县政协第七届委员，县政协综合工委主任。现任山西省作家协会会员，山西省作协首届文学评论高级研修班学员，山西省诗词协会会员，临汾市美术家协会会员，汾西县作家协会副主席。

走近安泽

今年 8 月初，我被派到安泽进行督导工作。初次到安泽，我就被安泽那青翠的山，明亮的河，湿润的空气所陶醉，并有幸观看了山西电视台在安泽举办的《走进大戏台》“荀子文化节”等活动。安泽不仅自然环境好，人文环境、社会环境更适合我们安居。

安泽县位于山西省南部，临汾市东北，太岳山东南。安泽全境四面环山，人口近八万，总面积一千九百六十七平方公里，是中华民族的祖先尧、舜、禹征服自然、繁衍生息的地方。安泽在山西的版图上像一片树叶，被称为山西境内的第二条大河——沁河的水滋养着。

沁河自沁源县铁布山二郎神沟而来，平时流量虽大却不汹涌，清亮的水流由北向南缓缓流下。河水柔和平缓、淙淙绵绵，绰绰约约流入安泽境内，转了一个大弯又十多个小弯，又有安泽境内的蔺河、义唐河、泗河、王村河、兰河等大小河流汇入其中。河流两岸洪积层厚，开辟了连绵百里的防护林带，春夏秋三季绿意盎然。河傍山而秀，山依河而灵。安泽纳太岳之灵气，吸沁河之润泽，自古就有灵山秀水之美称。就是这条河将沁水和安泽紧密地连接在了一起，成了安泽的血脉和骄傲。千山万壑的纽带，在它的体内奔流着，滋养着，它越来越宽，然后义无反顾地流出安泽，流经沁水、阳城两县，在河南省沁阳汇入黄河。

安泽人杰地灵，俊杰辈出。在这块神奇的土地上，不仅孕育了英名盖世的晋国上大夫欲芮、欲缺一家，“五夫三卿、四代八杰”，协助司马光编修《资治通鉴》的和川县令刘恕等历史名人，而且还诞生了卓越的唯物主义思想家、政治家、教育家、文学家——荀子。

说到荀子，人们首先会想起《劝学》篇中那些耳熟能详、脍炙人口的经典句子。像“不积跬步，无以至千里”“不积小流，无以成江海”“登高而招，臂非加长也，而见者远；顺风而呼，声非加疾也，而闻者彰”“青，取之于蓝，而胜于蓝……”这些至理名言，不知启蒙和激励了多少仁人志士、学子世人。

荀子（约公元前313年—前238年），名况，战国末期赵国人（出生于今山西安泽一带），他是战国末期儒家学派大师，是新兴的地主阶级的思想家。他的学识渊博，广纳众家所长，加以综合改造建立起自己的思想体系，发展了古代唯物主义传统。他主张礼法兼治，勤政爱民、举贤纳士、仁人之兵。他提出强本节用、开源节流发展经济的富国说，成为他之后两千多年来封建社会治国理财的金科玉律。他的《成像篇》《赋篇》首开我国说唱文学和赋两种文学体裁之先河，他建立的博大精深的哲学、地理、政治、军事、教育、文学、语言的思想体系，对中华民族秦汉以后的政治制度、伦理道德、思想文化及观念形态都产生了极为深远的影响。

为传承荀子文化这一极其珍贵的历史文化遗产，扬荀子之名，兴安泽之业，政府县城沁河东面的山上兴建起荀子文化园。仿旧战国建筑的山门、大殿、书院、荀子塑像、人行道、车行道及动植物标本楼。宏伟壮观的荀子文化园已成为安泽的标志性建筑。这里还先后举办了“首届中国荀子文化节”“首届中国荀子文化研讨会”“首届中国荀子文化摄影大赛”，又相继出版了《荀子故里话荀子》一书的第一辑、第二辑，促进博大精深的荀子文化成为安泽全面发展建设的生产力、推动力。泽被当代，荫及后人。“荀子故里”既是安泽人民世代共享的遗产，也是我国社会发展进程中悠久的历史文化财富。

安泽水资源丰富，有较大的河流二十三条，属黄河一级支流，人均水资源占有量是全省人均资源占有量的九倍。安泽地广人稀，人均耕地三点一三亩，绿化面积达百分之六十七，被誉为“森林公园”，素有“大林场”“大牧场”“大粮仓”的美称。唯一的一条无污染河流——沁河，蜿蜒安泽境内一百零九公里。河内鱼类品种繁多。地下矿产资源丰富，仅煤炭储藏量约一千三百七十二平方公里。山林中有木耳、蘑菇等菌类四百五十余种，还有许多野生的中药材，其中连翘种植面积有一百余万亩，产量达全国总产量的四分之一，有“全国连翘生产第一县”的美称。

安泽有着勤劳聪慧的人民和悠久的人文历史，全县地下地上更是遍布着宝藏。每当清晨与黄昏，沁河水畔，常有人垂钓于此。有的人是为了休闲来垂钓，也有人是作为一种营生收入补贴家用。上山采蘑菇、药材，下河钓鱼捞虾，山上水边已成为人民群众收入的“绿色银行”。

历史大儒荀子在《王制篇》中提出：“道，则万物皆得其宜，六畜皆得其长，群生皆得其命”。人与自然发展的原则恰当，那么万物都会得到合适的安排，六畜都会得到应有的成长，众生都会得到旺盛的发展。几千年来，在“天人合一”的思想支配之下，中华民族的生态文明也就如荀子所说的，因为“群当道”，自然物、人类会各得其所、各守其位、各安其分。中华民族对自然环境始终以一种超越功利的审美态度为主体，同自然万物和谐相处、共生共存。

而如今的安泽，可以说是一个生态和谐的典范，是“生态文明”的最好诠释：良好的生态植被，丰富的矿产资源，深厚的文化底蕴，平安和谐的社会环境。全县境内松涛连着林海，绿茵拥着蓝天，山山披绿装，沟沟流清水，钟灵毓秀、如诗如画。春季的劳井黄花岭、东方红杏花坡、秋季的山交红叶岭，以及麻衣寺塔、郎寨塔暨宋家庄等九大生态旅游景区，以弘扬荀子文化为重点，带动着安泽生态旅游业的全面发展。

在安泽，人们能看到高山飞流清泉水的景象，能看到沁河水中跃动的鱼虾，绿茵茵的河畔栖息着洁白的白鹭……“满山是野草的清香，满山是发光的新绿，满山是喧闹的小溪……”这时，李瑛的诗句会涌上你的脑际。满山的青翠、满山的黄花、满山的红叶，草木欣欣向荣、万物生生不息。当你登高望远，层峦叠嶂的山脉在阳光下霞雾迷蒙，如一幅大写意山水画顷刻展现在你的眼前。更为特别的是，安泽的县城及乡镇村庄均依沁河而建，人民居住在依山傍水的地方，人与自然和谐相处，故被誉为“三晋小江南”，有诗为证：

黄花岭上三不管，黄花仙子乐翩翩。
满山遍野吐芬芳，蓬蓬勃勃几千年。
春光灿烂四月天，荀子故里赛江南。
卅里黄花看不尽，百里沁河荡舟船。

此黄花是指中药材连翘，在春天四月里开花。安泽土地肥美，山林茂密，河流纵横、空气湿润，四季分明。特殊的地理形成特殊的气温，年平均气温 9.3℃，全年空气质量二级以上天数达三百五十天以上。独特的安泽小气候非常适宜人类居住，故被世人称为“世外桃源”与“天然氧吧”。

安泽，顾名思义可谓平安润泽之意。这里不仅物产丰富，土地肥沃，群山起伏，生态和谐，安泽人还淳朴厚道，友好善良，安泽实属礼仪之邦。也许因这里是历史大儒荀子的故里，受世世代代荀子之风的一脉相承的熏陶，安泽人非常好客。当你做客于安泽，你会感受到那种主人浓浓的关切之情。你会品尝到葱花炒土鸡蛋、松蘑菇炖笨鸡及用沁河里的鲇鱼、鲤鱼、小黄鱼做出的美食；你会在宾馆、饭店、小餐馆，品尝到不同的厨艺。如有闲暇，这里的人会让你领略安泽的文化胜景和自然风光。如你上山观光，他们会为你备好旅游鞋，为你安排摄影师；如你小住，每天房间里他们会为你摆放上各色新鲜水果；如你有小恙略感不适，他们会为你请上安泽最好的医生，会让厨师为你做上可口的饭菜；如你启程离开，他们会为你带上安泽的各种特产：多味醋、沁水黄米、松蘑菇、煎饼、各类山楂食品，还有金针菇和木耳。

如从人口的籍贯与多种口音考证，安泽可以说是一个移民县，从祖籍上看百分之八十以上的人口是从外地移居而来。这源于安泽四面环山一贯稳定的具有包容性的仁厚；源于安泽依伴沁水的灵活流动益于思考的智慧；源于先哲荀子故里的历史文化底蕴滋润着这块厚土；源于特殊的地理环境铸就成安泽人独特的性格，所以使得外来人口能在安泽定居下来，且与本地人互不排斥、互帮互助、诚信友爱。不论从生活习惯文化习性上还是口音上的这种相融相通，形成了博大精深的多元文化的安泽胸怀。所以在外人眼里，安泽人很好接触，安泽人不排外，安泽人不妒贤嫉能。你如真干得好，安泽人民就会支持你，拥护你，并不会因为你非安泽本地人而改变对待你的热忱。这就是安泽宽厚的包容心态、正直善良的谦和心态。

安泽淳朴的民风民俗会使你的心境清洁无垠，友好的深情厚谊会熨平每个人心灵的皱褶，这里不仅是生态的、文化的，更是开放的、和谐稳定的。“太行圣境，天然秀色，荀子故里，神奇安泽。”这是县委书记梁若皓对安泽的最好评价。用他的话说：我们要打出先哲荀子的文化品牌，创建安泽的宏伟大业；加强生态保护和基础设施建设，合理确定产业开发项目，加快优质特色农业生产基地、能源基地及资源综合利用基地建设；促进县域经济合作协调发展，使安泽真正成为文化的安泽、开放的安泽、绿色的安泽、生态的安泽、和谐富裕的安泽，为安泽的经济发展、社会进步再创历史新高。

安泽地理位置虽偏远交通却方便。309 国道由西向东，203 省道由北向南，省道国道东西南北从安泽穿过，这也意味着安泽各项事业的发展之路四通八达。

如今“先哲荀子故里”已成为安泽的一张文化品牌，新组阁的县委、县政府领导班子齐心合力，正紧锣密鼓地多方招商引资，为早日实现“全省山区经济强县、全国生态县”的宏伟目标，规划新的发展蓝图。

安泽真乃一方红色的宝地，一片神奇的土地，一块绿色的瑰宝，一个充满神奇的地方。巍巍太行，滔滔沁水，孕育出一代先哲，孕育出安泽独有的人文环境、骄人的生态环境、平安和谐的社会环境。在笔者的眼里，安泽美轮美奂的自然风光，犹如一首充满灵动的韵律诗。如今安泽正踏着新时代的风云，昂首挺胸，一路高歌，一路前行……

汾西沟坝地的畅想

二〇一四年十一月十七日，天朗气清，冬阳高悬，乡村公路平坦多蜿蜒，两旁山上草木秋死，略显荒凉。凭窗眺望远方，冬山惨淡而如睡，田野辽静无人烟。路旁关子牙河更没有曲水流觞。虽无秋夏草木茂盛之景致，然车内群贤久日一聚也无不畅叙友情。一路上老干部们欢声笑语兴致高昂，竟不想年龄都居花甲之上。

不觉间已到参观第一站，勍香片区，我们赶紧下车，讲解员随即开讲。目睹重点工程的现场，大家顿觉眼前一亮。来过勍香镇的人都知道，那昔日干枯缺水石头滚滚的沟渠河滩今日观之，竟改变成平展展的良田。极目远眺这顺势而延的沟坝地，各位老干部无不啧啧称奇、兴趣高涨。

据发改局以工代赈办公室发的资料表明：填沟淤坝改荒滩造良田的这个项目是从 2010 年开始实施的，共用了三年时间就建设完成了高标准的沟坝地 11460 亩。其中改善的沟坝地 8390 亩，新增沟坝地 3070 亩，建设淤地坝 16 座，生产坝 214 座，区间道路和沙砺路 38.6 亩，修复排洪渠 15.04 公里，营造核桃经济林 3500 亩，侧柏刺槐防护林 4000 亩。并且不得不提的是：在项目实施过程中，当地农民投工投劳，获得劳务报酬 450 万元，达到当年农民减产不减收的效果。

通过项目的实施，控制水土流失面积可新增 35 平方公里，林草覆盖率可提高 10%，年可拦蓄入汾河泥沙达 48 万吨，拦蓄径流达 72 万立方。这些工程的落实，无疑将从根本上改善了勍香河流域的农业生产条件和农民生活环境，真正为当地农业发展和农民脱贫致富奠定了坚实的基础。

勍香片区的参观结束了。发改委的领导安排大家在一起合了影，然后重新上车赶往下一站到师家崖参观。一路上老干部的话题紧紧围绕我县的重点工程，一致认为这首先是党的政策好，县委、县政府的领导更好！党的每一项惠民政策都是从根本上扶持老百姓。县委、县政府结合我县的实际情况，因地制宜，没有条件也要创造条件为老百姓谋福祉。如前几次老干部们参观的几项重点工程有：引黄工程，高速路的连接，外环路的贯通，宜居的平安生活小区，宽敞的阳光大道，以及声誉在外的沟坝地的创建，等等。确确实实都是在为老百姓办的实事啊！大家议论纷纷，无不感慨万千。

汽车满载着人们的欢乐、喜悦和欣慰向前飞驰。望着车窗外连绵起伏的沟坝地，我的心情非常舒畅。山野静得仿佛隔了村庄很远，听不见鸡鸣狗吠声，看不见村民出入的身影。也许方涉冬季，农事闲隙，劳作了一年的人们都在家打理着秋收回的各种粮食蔬菜，准备着过冬的打算。也许有更多的人又趁着农闲出外打工，再挣点零花钱贴补家用。

随着汽车的颠簸，车窗外匆匆而过与树林连接的村庄。远处的荒山上有若隐若现的白羊，空中盘旋着不知名的飞鸟，晴空下风烟俱静，天山共色。沟坝地里空无一人，看不到庄稼，只有收割后残留的秸秆，和那一条条随着地势高低而筑起的界陇。

很快我们来到师家崖片区综合开发区。听介绍，这个项目比勍香片区推迟开展了两年，目前工程已进入扫尾阶段。现已完成项目建设生产坝 51 座，开挖修复排洪渠 4.5 公里；营造水土保持生态林侧柏 1800 亩；新修四级区间沙砾道路 7.5 公里；新增和改善基本农田 3800 亩，建设跨河桥涵洞 12 座，交通条件明显好转，促进了机械化耕种，有利于农业适度规模化经营和劳动生产率的提高。

大家听着讲解，极目观望着各项工程的现状，人人喜不自禁，个个激情满怀。从勍香到师家崖一路上的参观，大家按捺不住地感动、兴奋和感叹！填沟移石，荒滩造地、筑坝分界、引水架桥、造林防护都是合理布局精心实施的富民工程啊！真正彰显了国以民为本，民以食为天的古训！是啊！国家不惜花费这么大的投资用于筑沟打坝造田，还不是为了让老百姓的幸福生活从根本上有保障！因为土地是劳动人民的命根子，是老百姓赖以生存的基础。

在参观浏览结束后，有人提议说：前面不远处有一个上庄水库里面有鱼，夏天常有人来垂钓，现在不知咋样，不如我们步行过去看看。听到这个提议大家都没意见，之前就知道这个水库的人都很有兴趣，许多不知道的人们一听是水库，更想一睹风采，便欣然前往。

大家三五成群结伴成行。漫步之时，我注意到路两旁的山上有许多灌木丛，只是已落光了树叶。发改委的一个同志说：如果你们早来一个月，那可是漫山遍野红了的枫叶，特别好看。他说常有外地摄影者来这山里拍摄红叶，还说咱们这儿的红叶比北京香山的还要多，还要集中。我上大学时学校就组织去过北京的香山。记得当时为拍一张有红叶作为背景的照片都很困难。我们也组织过两车人去家乡的老爷顶看枫叶，那次时间不对，我们要去的头天晚上刮大风枫叶全落光了。我所看到的最好看的枫叶要数在去往黄河壶口的那条山路上的枫叶。那一年因为时间选得恰当，我们从吉县上山去到黄河壶口的沿途路上所看到的枫叶，那真是漫山遍野丰富多彩。却不知这师家崖的山坡上也有和那一样的风景。明年说什么也得相约朋友适时来一趟观赏观赏。

说话间，突然发现前方河槽靠南边的山下有一湾碧潭。哦！这时便听有人喊，这不就是水库吗？到了到了。水库位于汾西和隰县的交界处的河槽里。正午阳光下，那湾清水绿中透着蓝，水平如镜。靠水的南山上竟然还有茂密的松柏林，有水的地方让山仿佛也有了灵气。望着这青山绿水的小景致，我的思绪又在翻腾，脑海中突然跳出了几句诗来：“一勺西湖水，半山横苍林。寒风掠镜面，清光何处寻？”这在缺水的汾西山川河谷里真正是独一无二的美景了，大家的兴致复又高涨。负责照相的师傅这时忙碌起来，人们三三两两相约合影，或倚栏杆，或站立水头，都想在这难得一见的风雅景致中留影纪念。喜笑颜开的欢乐气氛充满了这山谷的水潭边。

这时，临路边的村庄上空升起袅袅炊烟，已到吃中午饭的时候了。当地的朋友早已为我们准备了农家饭。进入农家院，饭菜早已准备好，于是大家纷纷洗手上座，怀着愉悦的心情细细品尝了一顿久违的农家风味，个个心惬意足，非常满意。应该说今天的参观让我们真正享受到的是精神上的大餐，是灵魂中的震撼，是心灵上的慰藉。看着农家院里那堆如山的玉米、火红的高粱、晒着阳光的懒猪、追逐刨食的鸡群，尤其是村民们脸上那抑制不住的舒心的笑容，处处彰显他们的生活在自给自足中的丰裕美满。是啊，老百姓富了，心态放平了，珍惜着自己的土地，维护着自己的家园，生活得悠然自得，还会无端生出什么是非？古人言，“仓鼎实而知礼仪”“民习礼义易与为善，难与为非”。所以民富则家安，家是社会的细胞，家庭安定社会则稳定，邻里相安社会则必然和谐。

返程中，回望着渐行渐远的水库、山林、沟坝地和村庄，我的思绪飞向了远方。想象着秋天那满山的青翠黄绿，沟坝地里必将硕果累累。那成熟的玉米、谷子、黄豆和高粱，收割机三轮车的繁忙，农家院堆山的五谷杂粮和蔬菜，还有那圈养的猪牛、放养的山羊、成群的鸡鸭等一个又一个入画的意境，仿佛就在眼前。是啊，安定的社会，惠农的政策，丰厚的收成，富裕的生活，老百姓还愁什么呢？犹如古人所言：“峡里谁知有人事，世中遥望空云山”。目睹家乡日新月异的发展变化，心中无限感慨，思之再三，欣然成文，是为记！

魂牵梦绕古交行

绿色古交印象

古交市坐落在太原市西北方向的山上。走进古交，你会看到一条南北走向的河贯穿城中。古交城畔、汾水长流，古交四周群山环抱。沿河蜿蜒的森林公园因地制宜、布局巧妙，仿佛缠在山城古交腰际的翠绿丝带，使古交城平添了滋润与优雅的气息。屹立在河畔山壁上的一头金色老牛，昂首奋蹄，喻义着古交人的坚韧不拔、吃苦耐劳的老黄牛精神。有诗曰：三河汇一流，金牛出山中，胸怀聚宝盆，玉龙舞苍穹（意谓古交坐落群山之中，地势较低，如聚宝盆。玉龙喻河畔的绿化带。三河是指城中两条河加上城畔的汾河）。

我们驱车共参观了古交城、汾河畔以及三个新农村。走进会立村，一派干净素洁、清雅静谧的新农村景象。我们参观的几家农户，不同的经济条件反映不同的房屋格局，相同的清洁，体现着新农村的精神文明。在雁门村的老年活动室，我们看到了脸上挂满微笑的一位位老人。参观完三个村庄，令我们感叹不已，而让我们最为感叹的是敬老院了。敬老院楼新院洁环境清幽，设备齐全，吃喝玩乐一条龙。院内鹦鹉啼鸣，绿树成荫，草坪泛绿，朵朵花红。多么悦耳的天然音乐，多么舒畅的夕阳风景，这和谐的内外环境让人身心放松，从每位老人们那悠闲的步态中，那愉悦的眼神里便可读出无忧和满足。综观敬老院的设置，无不体现出当地政府所崇尚注重的敬老传统，也体现出中华美德孝文化的文明与传承。

古交总面积1500平方公里。有15万年前的旧石器遗址，有宋代的千佛寺、南北朝石窟、壁画，以及美丽的金牛拉山的传说。山水之间无不凝聚着灿烂厚重的历史文化。从古交的环境治理来看，古交目前人均公共绿地5.8平方米，年市区环境空气二级以上的达215天。如今展现在人们面前的，是一个环境优美、景色宜人、功能齐全的现代化新型园林工业城市。同时，市政府加速推进经济结构绿色转型，构筑了以煤炭、焦化、冶炼、电力建材等为主导的新型能源产业体系，培养了一大批极具成长潜力和发展活力的骨干企业，努力打造具有古交特色的生态科技工业园，着力构造富裕文明、和谐繁荣、山川秀美的新古交。

走近文学大师

几天的学习虽然很短暂，但却收获颇丰。笔会期间我们目睹了大师们的丰采，亲耳聆听了大师们的演讲，精彩绝伦、震撼心灵。

省作协副主席、文学评论家杨占平就山西文学创作现状做了演讲。他说：山西是一个文学大省，在全国目前所有的文学奖项中，山西获奖不少。山西老中青作家济济一堂，实力雄厚，共同创造着山西文学事业的辉煌，可以用经历“三次高潮”“五代同堂”来概括。最后他鼓励大家要多观察、多思考、多动笔。他说：文学是表现生活，而不是再现生活，要把生活的真实和艺术的真实结合在一起，注意提升文化品位和理念。

《山西日报》文化部部长李杜先生既是中国文坛的著名作家，又是诗人。他的作品思想性强，有很浓厚的历史文化积淀和高品质的文化素养。他的影响在山西文坛曾一度被喻为李杜文化现象。他的演讲语言诙谐幽默，分别从各个角度畅谈了诗歌的现状、流派和审美意象等。他用生动的评议讲述诗歌在现实中的作用和地位。他演讲的题目是："十句中国诗"。他以一个诗人特有的感悟和情怀，从《诗经》上的两句诗："蒹葭苍苍，白露为霜，所谓伊人，在水一方"说起，从生命的根本"水"说起，用十句中国诗来解读各个时期诗歌写作的密码。他说：诗歌是一杯陈酿，一匹被驯服的烈马，一朵暗香的玫瑰；诗歌是温暖心灵的一把钥匙，能够濯洗人的灵魂！他讲：水有九大美德。水是生命之源，水滋润万物而不争，水没有目的，是有德；水安于卑下，大海江湖能汇集天下之水是因为它地处低下，具有包容性；水往下流，永远遵循规律不变，是有诚信；水永远奔腾不停止，是有道；水奔涌向前不管万丈深渊，是有勇；水注入容器必平，恒定不变，是有正；水柔弱细小却滴水穿石，滴水映辉，是有察；水清洁万物皆鲜美如新，是有情；水一泻千里不管沟沟坎坎坑坑洼洼皆一律覆盖，具有公平性。

李杜先生还不时用幽默的比喻、豪迈的抒情、孩子般的反问来谈论诗歌，使演讲气氛非常活跃。他说：应该听听风的声音，并向风说说我们自身的苦衷。他还谈到屈原和《离骚》，用古诗的节拍和合韵以及意象和叠加，表述诗歌凌驾于尘嚣之上的高贵和纯洁。他幽默风趣的演讲赢得大家的阵阵掌声。

历史小说家郭天印的作品《大宋三杰》《郑成功》等大部头著作在国内外引起很大的反响。他从历史小说的创作经验说起，并就创作历史小说要注重题材结构安排、人物性格描写等角度做了精彩的演讲。他说：历史小说首先要选择真实的历史人物和事件，细节部分是在真实的基础上加以虚构。这就是所谓的七分真三分假，七分真是历史背景的真实、人物精神的真实，三分假就在于围绕真实的人物和事件再加以创作、加工，通过想象去虚构一些环境和故事，但必须有生活、有细节，通过生动的故事使人物活灵活现。

中国著名诗人璐璐用他那特有的风度与深沉的语言和业余作家们共同分享了他写诗的成长经历，并朗诵了他早期的诗作。他的谦和以及对诗歌的虔诚和执着深深打动了大家的心。他朗诵他自己早期的诗作《城市与勇敢的野牛之血》，把一座城市的躁动与一曲乐曲的雄壮，以诗歌的精妙语言展现出来，表达了一个诗人对人生对社会发自内心的独特感受。他说：诗是最先锋的也是最古老的。诗歌并不是试图解读一个时代，她不需承载那么多东西，她关注的是生命内在的东西，是用生活经验和生命体验来归纳。诗歌讲究韵，韵是诗的情绪，诗歌讲究音律节奏，音律节奏是诗的灵魂。他提出：诗歌是离不开形象物象的，诗人不仅要用眼去观察，而且要用心去感受。他引用杜甫的两句诗：“穿花蛱蝶深深见，点水蜻蜓款款飞”，来表现诗歌由表象到内在的深刻韵味。

诗人金汝平的演讲也颇具趣味性，他说：文学是人的精神食粮，能够温暖人心，就像人在黑暗中行走，要有火把，特别是冬夜，这火把不仅照亮，而且温暖。

沟通的桥梁

短短的六天笔会已成为我难以忘怀的记忆。可以说这次笔会为山西作家相互交流架起了一座沟通的桥梁。在笔会期间，我们相互鼓励，相互交流，谈写作、谈思想、谈成就，相互欣赏作品，共同鼓励进步，相互诉说写作中的酸甜苦辣，感慨生命的聚散无常。临别时，又相互依依不舍，合影留念，都为明年再相聚而充满期盼。在古交的最后一次宴席上，我们举杯同饮，吟诗作对，气氛非常活跃。有人吟：今日古交共举杯，他年茅盾谁捧得？要求同仁对横批，侯马作家潘文军马上接着说：指日可待！也有的说翘首以盼，或拭目以待等。大家在笑声中共同评价六天笔会的成就，都说这次笔会将对山西文学今后的创作发展产生深远的影响，正如《黄河周刊》所登，这确是山西文学界的一次盛宴！它的意义在于：整合了山西文学创作的资源；检阅了文学队伍的实力；搭建了振兴山西文学的新平台；营造了浓烈的文学创作氛围；又一次激发了大家的创作激情。通过这次笔会将会有一大批文学作品再次问世。这次笔会培育带动了新人，为我们这些热爱文学的业余作者提供了学习的机会，使我们开阔了眼界。尤其看到许多作家的作品和成就对我们更是一种带动和鼓励，也更加坚定了我继续坚持创作的决心和信心。

这是一个硕果飘香的季节，这是一次阳光与花朵结伴同行的远足，这是一场收获知识、热情和展示自我的盛宴，这是一个构建和谐吟诵梦想的赛场。古交之行虽已过去多日，却历历恍如昨天，怀着无比激动的心情，面对神圣高洁的文学事业，我突然想起《诗经》中的一首诗来：死生契阔，与子成说。执子之手，与子偕老。

话说画竹题诗

相传古人郑思肖的诗《画竹》一首说：“万顷琅玕压碧云，清风幽兴渺无垠，当时首肯说不得，不意相知有此君。”诗中说的“此君”，有个很有趣的典故。《晋书·王徽之传》说，王徽之曾经暂住在一个空宅之中，叫手下人种竹。有人问他暂住为什么要种竹？王指着竹子说：“何可一日无此君也？”从此，“此君”便成了竹子的代称了。

在我现居住的庭院内，除有石榴树、玉兰树、芍药和秋菊外，还有我最为倾心的那一丛翠绿挺朗的竹子。因为“此君”不但有娟娟姿态引人入胜，更使人会联想到它那内在的品格，以及古代文人墨客对它的写生与歌颂。在我的书房墙壁上，就有郑板桥画的一幅墨竹与兰草图的赝品，还配有一首小诗：“此君胸次有幽兰，竹影相扶秀可餐，世上那无荆棘刺，大人容纳百千端。”这表达了竹子高风亮节的品格。由此我联想到，大凡画家画竹，都是寄物言情，抒发心志的，有如姜太公钓鱼，志不在鱼一样。这是因为“此君”不仅有动人情思的美的外观，更因为它有着直节虚心的内美。有的人画竹配诗是为寄托抱负和感触。如徐渭的《题画竹》曾经这样说道：“嫩条梢空碧，高枝梗太清。总看奔逸势，犹带早雷惊。”嫩竹高枝，直指天空，其势奔逸，生机勃然。读此诗可以感知到作者很想在社会上干一番轰轰烈烈的事业。然而，当他在社会上碰得头破血流之后，却又在《水墨竹枝》中这样写道：“日长苦难度，墨君借以遣。细叶莫生风，风波世上满。”诗的末两句说世上风波迭起，弥漫人间，所以告诫细叶，切莫再生出风来推波助澜了。这是首格调截然相反的诗作，而所用来寄情却又是同一竹子，于此亦可见借物抒情之妙了。

此外，恽寿平的《题画竹》也是很可一读的佳作，他说：“鳞甲遮藏翡翠竿，不惊风雨尚泥蟠。哪知变化原俄顷，犹作寻常涤荡看。”全诗借春天风雨中的竹子俄顷变化，尽情地抒发了作者对于世间俗眼，不能识人于未遇之时的无限感叹。当然，这中间无疑又是寄寓着作者自我的影子的。又如清金农的《雨后修篁》题诗：“雨后修篁分外清，萧萧如在过溪亭。世间都是无情物，只有秋声最好听。”诗中寄托作者超然尘外、与自然为伍的精神境界，也是写得很成功的。

至于前面说的郑板桥的题画《风竹》诗，那就更受人们所喜爱了："竹里秋风应更多，打窗敲户影婆娑。老夫不肯删除去，留于三更警睡魔。"从风竹的"打窗敲户"中引出"警睡魔"的结尾，言下大有奋发自强的意思。再如他的《画竹》："秋风昨夜渡潇湘，触石穿林惯作狂。唯有竹枝浑不怕，挺然相斗一千场。"写秋风乍起，天气转寒，一番严峻的考验也已经来到，面对着冷酷的现实，作者准备以百折不挠的战斗精神来与之相比，那精神就更是激励人心了。

综观古代文人对竹子的描写，其心态虽多为言志，但也不乏消极落魄的情怀。因其所处的时代和环境不同，其作者的境界也难免有所偏狭。随着社会的日益发展进步，当代人种竹与画竹的心态与古人也大不相同。至于我家种竹与习竹，则是为了逸情美景，抒发竹子那种直节虚心积极向上的精神情怀，并激励自己与时俱进，奋发有为，能为社会做出一些有益的事情。

三十五年回眸

为了能有书读，1973年深秋一场缠绵的细雨过后，我跟随姐姐来到汾西，和姐姐住进了她在剧团内的宿舍，姐妹俩挤在了同一张床上，吃着同一份饭菜。

当时的汾西县城不大，街道走向从西到东，仅有的一条不足三里的街还在中间拐了个弯。当时县城最突出的标志是二层楼的裁缝铺；最繁华的地段是裁缝铺下往东的百货门市的二部、供销社、糖酒门市部；最热闹的是汽车站旅社；最抢眼的是街中间拐弯处的文化馆和蔬菜门市部。那时候人们购物全凭票证，就连吃斤豆腐也得在年节凭票供应。不管有钱的没钱的，物资对于每一个人来说都太匮乏了。

因为种种原因，姐姐无法帮我上学读书，只能托老乡为我找个事情做。时间不长，我便在汾西小报社谋到了第一份工作。每天上下班，我的生活总算规律起来。又一年七月，在老乡们和姐姐的操办下，我结婚了。简简单单的婚礼，新房内除了墙上挂着贺喜的几个镜框外便一无所有。不足十平方米的厨房内，一张大炕占据了房间的少一半，另一半的地下摆满了房东盛粮食的大瓮。当时我们有两个用油光纸裱糊起来的小罐头箱，一个用来放我们俩的衣服，一个用来放我们的粮食。所谓的粮食也就是十几斤白面、十几斤玉米面，还有一瓶黄豆和一小袋小米。我们做饭的用具除了自己买的几个碗和一把筷子，其他的用具都是向丈夫的同事借的。案板是姐姐在剧团问做布景的师傅要的一块三合板，菜刀是剧团灶房退役下来的，这就是我们生活的全部。

婚后的第二年，我们又搬到一间小北房里居住。三年后的冬天，我有了孩子，家里常有人来探望。家里只有一张双人床，再来亲戚就无法居住。生活空间实在紧张得不行，我们又在南门外找了一孔比较大的窑洞，地方是宽敞多了。

1976 年，我的命运开始了天翻地覆的变化。

我参加了农业银行的招工，考进了农业银行，又被借用到糖业公司和蔬菜门市部，分别在糖业公司一部和西城区门市部当营业员。随着工作的落实，单位为我们分配了二层楼上的一间住房，我们终于摆脱了吃水靠街上排队买，照明靠点煤油灯的日子。继而换成公房，我们吃上了商品粮，从此一家三口人的吃饭问题再也不用愁了。

十一届三中全会像一股强劲的东风，吹遍了祖国大地，大江南北，全国人民都感受到党的温暖。我们家和全国人民一样，也沐浴在春风里。

汾西也和全国一样进行城市拓展：东西门外新建了许多单位机关和学校，汾西街上一些旧的建筑随着发展的需要被逐渐拆除；二层楼裁缝铺不见了，原来的“人”字形砖路面已变成柏油路；自行车、摩托车逐渐多了；运输公司有了第一辆大客车；吉普车也配备到各个机关和乡镇；开放搞活的政策使一些工商部门实行了厂长经理负责制。一切都在改革中发生变化，大家都在摸着石头过河，“让一部分人先富起来”的中央精神，使自由承包转让和私营买卖活跃了起来。粮食政策开放了，街上有了私营的粮油门市部。

为了适应社会经济发展的需要，改善城市面貌，街道被重新挖开修建地下管道；政府办公大楼盖起来了；旧戏台早已拆除，建起了汾西广场；新医院建起来了，汾西城在改革春风的吹拂下焕然一新。

随着祖国的发展变化，我们家的居住环境又一次得到改善。由原来租住的私房、公房，到糖业公司分配的集资房。集资房是一个小四合院，住房和厨房第一次分家，我们有了洗澡的卫生间，增添了两辆自行车，家中还安装了电话、电视。一家人生活上再不愁吃不愁穿，逢年过节享受着单位的各种福利，生活质量大大提高。这期间，我上了财贸局为职工办的文化课补习班，并于 1985 年 9 月考进临汾电大直属班汉语言文学专业，脱产学习了两年。1987 年毕业后，我被组织上由农行先后调入妇联会、劳动局、总工会、政法委，我的工作与生活因为党的政策而芝麻开花节节高了。

20 世纪 90 年代，市场经济已初具规模，改革开放步步深入。中央提出“改革、开放、调整、发展”的工作方针。为使市场经济逐步走上法治经济的轨道，适时应运而产生的许多部门法规相继出台。修改、制定法律法规，新的控辩方式的建立、律师业的壮大，使中国的市场经济逐步有法可依，有规可循，并逐日实现法治经济。国家富强了、壮大了，香港澳门如期回归；南水北调，三峡壮举；吃饱了肚子的农民工进城务工挣钱，同时也成为城市的建设者。为适应社会发展的需要，我也于 1994 年考入北京中国工运学院攻读了两年法律专业。

2000 年，中央 1 号文件针对“三农”问题，制定了许多支农惠农政策：退耕还林、减免农业税、进行新农村建设。这些政策使农民的生活质量摸得着看得见。汾西社会发展的步子并不缓慢，移民搬迁；电网改造；以工代赈；村村通公路、通无线电视、通电话；建沼气池；打击非法开采；调整产业结构；拓展城市建设。政府顺乎民意，填平了要桥沟、西门沟；打破了城镇发展的瓶颈，使县城面积扩大了 3 倍，同时建起了以阳光为名的学校、体育场、植物园、住宅小区、欧式建筑群、大酒店、文化广场等；煤气化公司与污水处理厂的先后建立、使城镇逐步实现了集中供暖供气，随着污水处理垃圾填埋，城市综合服务功能不断提升；府前生态公园的崛起，使县城绿地率增加到 3.5%，一个现代化的园林城市已具雏形。人们有了自己休闲娱乐的生态公园、文化广场。几个大型住宅小区的建设落成，改善了人民的居住环境。教育事业的发展更是振奋人心，“两免一补”的实施惠及千家万户。“一大三小”新交通网络的建成，使富民路通向四方。步步工作环环相扣，各项事业都有长足发展。

如今，在党的领导下，创建平安汾西，构建和谐社会，以人为本，科学发展，已成为各项工作的前提，人民不再为吃不饱肚子发愁，而是考虑如何更快走向富裕安康。

随着社会的发展进步，我们小家的居住环境也得到较大的改善。从开始租住的小西房、小东房，无电无水的窑洞，到后来的小四合院，现在居住在 200 多平方米的别墅楼房中，生活质量步步登高。我心满意足，工作劲头更加高涨，是党的政策为我们创造了这些条件，使我的工作生活发生如此变化，我知党恩，埋头工作，认真学习，工作岗位由组织安排决定，从不挑肥拣瘦，对于升迁提拔的机会也不争不抢，组织上叫干啥就干啥，干啥就干好啥，尽职尽责，任劳任怨。

金秋时节，秋风阵阵，细雨绵绵，一场秋雨一层凉，但我的心境已不再是35年前的那个心境，我的内心充满温暖。35年来我见证了汾西方方面面的发展变化，想起刚来汾西时那路上的艰难困苦，如今几条出境公路平坦通畅，如同长了翅膀，不用20分钟就到了霍州，看来汾西并不算远！

中华人民共和国成立60周年之际，我漫步在汾西城夜晚的街上。十几里的长街，灯火通明，路灯璀璨。休闲文化广场、府前生态公园，晨曦植物园歌舞升平、游人如织，处处欢声笑语。平坦的街上，各类轿车穿梭不停；大小超市货物满架，品种齐全；餐馆夜市，热火朝天。如今的新汾西，城市品位在提升，经济在腾飞。汾西社会的总体发展处处体现着文明进步，人民的生活富裕安康。触景生情，我不由从心底唱出那首歌：没有共产党就没有新中国。

作者简介

AUTHOR PROFILE

唐梦，本名张铁丽。中国煤矿作协会员，黑龙江省作协会员，中国诗歌网浙江频道注册诗人，《青年文学家》作家理事会杭州分会理事。曾任浙江之声“星空朗读”文学顾问，中国文化出版社《望月文学》特约诗人。出版有文学作品集《落英拾零》《岁月断章》《满帘风动》，后两部作品被清华大学图书馆和中国图书馆收藏。其诗歌作品被《中国最美爱情诗》《黄浦江诗潮》等选本收录，散见各期刊及网络平台。

古镇的腊月风情

一块块青石垒起一座古镇，石墙上镌刻着古老的文明。漆黑的大门里走出了名扬四海的绍兴师爷，多少计谋便在那王朝的更替中，风起云涌。

古镇的腊月节远近知名，匆匆而来的摄影发烧友们在那个窄窄的巷口支上三脚架，企图透视唐宋的繁荣。

石拱桥下是静静的流水，乌篷船上的小姑娘笑着，摆了个pose（姿势），让我将她摄入这幅古色古香的画中。河道上，戴着黑毡帽的老梢公，悠然地摇动舟楫，一圈圈的涟漪散开，水波中是街市风情的倒影。剖成两半的鱼干像张开了翅膀的蝴蝶，在水中翩跹。古法制作的腊肠在暖阳下泛着红光，一挂挂串起了别样的风景。

腊月的风情还盛在一只只木桶里。在店家招牌下舀起一碗老酒，就着笋干小炒，咀嚼着古镇的滋味。就那么落座在寒风中，鱼丸汤的香气漾开，街头巷尾一时热气腾腾。

古镇是一个娴雅的少女，安居闺中，水墨画般幽静。千年的时光，沉淀了心底的轰鸣。

古镇又像一位热情的少妇，期盼着一年一度的相逢，急切切，在幽幽静静的拱桥，在曲曲折折的里弄。扯白糖的老人八十有二，还做得动，手上的糖浆舞动成迎客的哈达。雕刻的艺人叮叮当当手不停，敲打着子孙桶，小镇顿时回荡起千年延续的祝福声。

河中的舟楫绊住了我的脚步，岸上的灯火诱惑了我的眼睛。风情腊月，跨越千年来爱你，陷在你的媚眼中，沉醉不醒。

霜　花

寒夜，有风来过，把松的风骨、花的妩媚、山的巍峨凝成了画作。梦的呓语，云的寄托，雪的魂魄被精巧勾勒。这浓缩的世界，永远不乏痴情的听风者。

严冬不再那么寂寞。苍茫的四野，冻结的冰河中有生命在呐喊。一声声，砸冰破雪。

每朵花，每片叶都在热情生长，怀着对春的渴望。

一颗冰雪中诞生的心却不冷漠。只一点点热度，就迅速幻化，迎合晨曦的喜爱，奉上如水的纯情，爱得一塌糊涂。然后，把梦想悄悄收藏，从不悔自己的付出。

寒夜，有风来过。风把冰雪粘贴在玻璃窗上，想表现勇和力的拼搏。风做的刻刀把冰雪一丝丝切割成绝版的画，尽管只存在一个清晨，仍锲而不舍。

一声惊喜的尖叫在清晨响起，刺穿清冷的空气。

窗上，晶莹剔透，花儿开了。

腊月的北方

腊月的北方，风很硬，那风是行走江湖的侠客。平整无痕的冷峻的眼，仿佛看不见房檐下倒挂的冰柱，就那么直直地撞上去。咔的一声脆响，冰柱断了，碎成几截。被出门的孩子欢喜地拾起，晶莹的碎粒，瞬间委屈成手心中的眼泪。

整个腊月，风都在孤独舞剑，想找个志同道合的同伴，但真的很难。他发出的信息没人敢理，行人掩着面，不敢看他那张酷酷的冷脸。

腊月的北方，雪很冷。它们像一群白色的精灵，舞过了大半个冬季，仍热情不减。温柔时，雪飘飘而落，美得像空中掠过了一群天鹅，它们抖抖翅膀，落下白羽，轻盈而过。任性时，雪会迅疾扑下，牢牢地覆盖整个苍穹。厚厚的积雪压在屋顶上，四野寂静，仿佛能听到屋子框架吱吱的呻吟声。

腊月的北方，冰很厚。冰上车辙人踪，成吨的货物也载得动。冰本是水，当水遇到风，便结成了冰。水把一腔柔情都给了风，将自己锻造成型，弯腰负重。变成冰的水像北方的女人，风雪中能挺起胸脯，和汉子同行。

腊月的北方，坚挺的多是松树。松枝上压着积雪，富态、从容。拍一拍树干，扑簌簌落下一场雪雨，引来孩子们的欢笑声。因松针的密集，雪落下，树上便鬼斧神工般出现许多造型，有的像天上的云，有的像林中的各种动物，很有趣。鳞状的树干支撑着一个硕大的雪屋，让不愿落地的雪花聚在一起，看风冷冷地从树梢掠过，松树似熟人般点了点头。

腊月的北方，仍是千里冰封的世界。在北方和腊月相遇，你熊了，他就会欺负你，让你缩头缩脑，一副没出息样。在北方和腊月相遇，你得比他狠，勇敢地挺起胸膛。如此他便和你成了朋友，伴你一路坚强。

冬日的下午茶

江南初冬的暖阳很有诱惑力，室外要比室内温暖明亮。小区的步行街上会有许多的人，长椅上晒太阳的老人，推着童车慢行的阿姨，挽着手臂的情侣，欢闹着的小孩子……这一切让周末的休闲生出许多惬意。

穿过步行街，我们一家人去彩虹桥下的“王小波书店”品下午茶。这是社区和相关部门组织的活动，旨在宣传茶文化。路边茂密的树上黄澄澄的柚子沉甸甸地坠着，挂在树上煞是好看，随手便拍了几张图片。踏过木板桥，走上石板路，拐过两道弯到了一处僻静之地，这里便是书店了。据书店女主人讲，其老公非常仰慕作家王小波，便为这个不以营利为目的的书店冠上了那位在当代极有影响力的作家名字。我虽然早知有这么个书店，却不好意思去蹭书，听了女主人的介绍，自是窃喜：以后有免费书看了！这店主真是爱书之人，无以回报，唯祝福好人一生平安。

我们至时，书店里已摆好了茶桌，每个桌上还摆放了茶杯和小点心。嚼着抹茶饼干，品着杯中的乌龙，看茶艺师表演茶道，听欢雅老师讲述中国古代的茶故事，这个冬日暖融融的。

我还是头一次近距离地观赏身着茶服的艺师一招一式地表演。茶服是一种棉麻质地的服饰，上衣是深棕色的长衫，下衣是白色阔腿裤。漂亮的茶艺师莫慧还披了条长长的橙黄色丝巾，行动起来很飘逸，给人以美的享受。后来我看到茶圣陆羽的图像，猜想到现在的茶服应该是以陆羽的道服为范本的吧。室内环绕着叮叮咚咚的轻柔音乐，举止优雅的漂亮女孩，还有弥漫着的丝缕茶香，都让人有种穿越感。伴着老师的讲解，我仿佛一会儿在唐代伴茶圣采茶，一会儿在宋代看徽宗著书，一会儿在前清分辨红白黑黄绿各类茶叶，或沉醉在古色古香的茶桌旁，或奔走在崎岖的茶马古道。升腾的茶香和悠远的传说让人有种游离感，一时竟忘了身处彩虹家园。柴米油盐酱醋茶中的“茶”是饮品，琴棋诗茶中的“茶”则又高了一个层次。总之，无论下里巴人还是阳春白雪，人们的生活中都离不开茶。

前来品茶的多是小区中的业主，但也有从萧山远道专程赶过来的，茶的魅力可见一斑。在与茶博士交流的时候，一盘盘热腾腾的水饺端上了桌，因为立冬时节吃饺子是民俗，有解：饺子像耳朵，吃了饺子后冬季里再冷也不会担心冻掉耳朵了。只遗憾我们桌上盘里的饺子都让小外孙一个人包圆了，他说太好吃了。据说那荠菜馅的饺子很好吃，可惜与我有缘无分。离开时看到邻桌上剩了半盘的饺子，平生最爱吃饺子的我吞了吞口水，压下了想尝一个的欲望。在那个文雅的环境里怕被人误会是贪小便宜的馋嘴猫，恋恋不舍地移开视线。

俗话说，浓茶解烈酒，淡茶养精神。茶解不解酒，我没有研究，但养精神确有感悟。我常常在午后或晚餐后沏壶香茶，慢慢品味，一家人聊着时事新闻、家长里短，一扫慵懒疲惫，身心愉悦。陆羽在《六羡歌》中唱道：“不羡黄金罍，不羡白玉杯，不羡朝入省，不羡暮登台，千羡万羡西江水，曾向竟陵城下来。”其好友皎然亦有诗：“九日山僧院，东篱菊也黄，俗人多泛酒，谁解助茶香？”白居易的《两碗茶》更是生动有趣：“食罢一觉睡，起来两碗茶；举头看日影，已复西南斜；乐人惜日促，忧人厌年赊；无忧无乐者，长短任生涯。”当代的赵朴初先生如此论诗茶禅道：“七碗受至味，一壶得真趣，空持百千偈，不如吃茶去。”可见，钟灵毓秀、清淡和静的茶古往今来深受世人喜爱。

在企业退休的我常常羡慕别人的退休金高出我许多，自惭清贫，读了元人谢宗可的《雪煎茶》后顿释然。且听他吟诗：“夜扫寒英煮绿尘，松风入鼎更清新。月圆影落银河水，云脚香融玉树春。陆井有泉应近俗，陶家无酒未为贫。诗脾夺尽丰年瑞，分付蓬莱顶上人。”围炉取暖，掬雪烹茶。多么富有而充实的精神境界啊！琴棋诗茶，尽享其乐也。

品茶过后，众人开心议论，这活动搞得真好，增长知识，结识新朋友，收获好心情。

慢步走回步行街，仍是唇齿留香。

醺然而醉

假日，一家人开车出行，逛了专卖体育用品的“迪卡侬”超市，各人买了心头所爱之后，在蒙蒙细雨中尽兴而归。

丰盛的晚餐后，女儿提议喝杯茶。于是女婿烧了开水，洗好茶具，一壶浓郁的普洱茶便沏上了。六盏橙黄色的餐灯下摆放着女儿烤的戚风蛋糕。刚刚出炉的蛋糕是巧克力的颜色，花团状卧在餐盘上。尽管晚餐后已吃不下东西，但那诱人的色香，还是让人垂涎。本说是尝尝，不知不觉中却很快地把很大一块松松软软的东西吞下肚里。戚风蛋糕据说是美国人发明的，又是亚洲人的最爱。它最为迷人之处是那薄纱般的轻柔细腻和滋润嫩爽的口感。它是蛋黄和蛋白的完美组合，特点是高水分、低热量，味道清淡不腻，男女老少通吃。由有餐饮从业资格证书的女儿制作出来，果然让人欲罢不能。

选普洱茶是因为晚餐中有一道红烧猪手，而这茶可以解腻。普洱茶有许多好处自不必言，单看它的颜色也是很可爱的，那种暖暖的咖啡色中又有些偏红，让人感到温暖。连天的阴雨，气温陡降了许多，窗外街灯下的银叶树在满地的落叶中显得很是萧索。在这样一个阴冷的冬日夜晚，喝上几口热茶会让人感到无比的温馨。

品茶，茶具也要讲究的。不可牛饮，只用那种小小的紫砂茶盅，一小口、一小口地品着，感受着不同的茶的不同特色，感受着同一种茶在不同的时间的不同口味。这茶水不只是为着解渴，更是在品味生活，享受艰辛困苦后的清闲，修整人生苦旅的疲惫，体会健康、平安、团聚的幸福。悠悠然，浮躁的心会歇下来，平和而安宁。

品茶，第一盏入口往往是苦涩的，再品便渐有不同，往后便是香甜的了。于舌齿之间品味着人生，温馨的往事伴着茶香在室内缓缓地升腾蔓延开来。外甥和女儿自小是相伴长大的，女婿亦是“80后”，如今聚在一处说起小时候的事情，有许多共同的回忆和共同的话题。他们说，小时候没有白天在店里给小孩子新买的那种滑板车，吃食中也没有这个田园风味的戚风蛋糕，不过那时有用皮筋自制的弓弩和用铁丝弯成的手枪，还有能在嘴里跳跳的糖粒。

一盏盏茶品着，慢悠悠的家常话絮絮入耳。喝茶水的小外孙子早已跑离餐桌，一个人在小滑梯上下玩得不亦乐乎，时而发出的欢叫声，给室内增添了更多的乐趣。

集体吃茶，是家中晚饭后常有的活动。常饮的茶是普洱和龙井。沏茶的水是从虎跑泉打来的，那水确比自来水清澈而甘甜。吃茶时常常摆上些小零食，有时是几碟坚果，有时是一些小点心，今天配的是甜品。偶尔也会燃上一炉熏香。柔柔的灯光映着淡黄色的墙壁和本色的实木桌椅，把休闲的假日也染成了暖色调。夏日里开空调，冬日里启动地暖，淡淡的精油和茶的香气在室内移动。一家人断断续续地聊着家常，渐入仙境。这一刻，如果再有人问："你幸福吗？"答案便是毋庸置疑的。行有车，食有肉，饮有茶，何须持剑长歌不休？平民的追求并不奢侈，温饱、小康即安。

品茶，不觉中时间悄然而过，水也烧过了两壶。老者不再想养老金在这异地使用的贬值，后生也不再思这中国唯一一代独生子女要上奉老、下养小，独自打拼天下的压力。一时的云淡风轻，万千烦恼散尽。茶香弥漫，心浸其中，桌上之物虽非红酒，醺醺然，却也醉了。

门开了，饭后习惯外出活动的老先生归来。于是，又沏上一壶酽茶……

青，任诗意酣畅

——品味张留成先生的雪域高原山水画作系列

日前接到留成的电话，说要寄给我几册他的书画作品集。留成离开故乡二十余载，这期间我们曾见过一次面，知他近年来事业大成，在中国美术界已很有影响，但提着牛皮纸包装的快递件上楼时，我还是颇感意外，不禁感慨：这沉甸甸的是一个辛勤的耕耘者数十年来的收获！

打开画册，扑面而来的是高原的气息，一幅幅力作雄浑壮阔，充沛着生命的张力。这让我有几分意外，原以为会看到画作中表现人烟罕见、寒冷闭塞的雪域高原的苍凉和寂寞，却不料留成的笔触勾勒出的是昂扬向上的阳刚风骨。画家营造的这些以黑白为基调的画面竟让人感觉到勃勃的生机，丝毫没有阴暗沉郁之感，没有“一片孤城万仞山”的孤独。如果用古诗词的分类来区分，那留成的神山圣水画风绝对是豪放派了。如铁马金戈般铿锵有力，大气、壮美、恢宏、达观，这是百余幅作品给我的强烈的视觉冲击。忽然想到当下的一个名词：“小鲜肉”，是指屏幕上年轻的偶像，如果这种审美倾向持续发展甚或成为一代人追求的精神偶像，中华堪忧。如此，更觉留成画作中展露的风骨弥足珍贵。

对于绘画我涉猎不深，但绝对是热心的观众。留成的画集让我流连不舍。庄子曰：“真者精诚之至也，不精不诚，不能动人。”画家在忘我的创作状态中排除了俗欲，全身心地投入，不只在作品中把握住了一山一水的具体外象和形态，更是以一种严肃的人生态度，注重领会自然山水的整体气势，透过皮毛去探索其本质，从而达到了“山性即我性，山情即我情”天人合一的境地。

被誉为雪域高原画第一人的张留成在创作中兼收并蓄，谈及作品时，他说：“每一种艺术作品都不可能离开其他艺术而独立发展。它们总是要互相借鉴和渗透，吸取其他艺术中有利于本种艺术发展的因素，并加以融汇贯通来丰富本种艺术的表现力，使其能更好地反映社会生活，达到艺术的审美目的。”这是指文学和艺术创作中的通感现象。留成的画意境深远，旋律起伏，蕴含着浓郁的诗意。画作中的白雪、流云、裸石、山峦、佛塔、经幡无一不给人以丰富的联想，因为他的创作中既有扎实的实地写生基础，也有采风中作者主观的感悟思考，虚实结合，丰富了作品的内涵，是画也是诗，让人浮想联翩，回味不已。有人评论说：“画家张留成把灵性超然引入山水精神，人与主体与自然进行深层交流，在缤纷五彩的世界中找到自己的皈依。”对此，甚有同感。

留成寄来的画册中有一部他的理论集，看得出他很重视今古的传承。他研究古人的画技，聆听师长的教诲，然又不囿于现有的一切。他不断地学习进取，也曾夜半时分面对苍茫暮色因看不到光亮而茫然无措，也曾为实地采风跋涉千里遇到过困苦和险境，但他耐住了寂寞，守住了初心，然后面壁而出。勤奋和执着造就了一位画家，而不是画匠。他是一位有着自己独特风格的画家，他对理论的研究和总结不但丰厚了自身的学养，也成就了他的雪域山水画。他的作品会带人走入那片神山圣水，走入一种诗的意境，感受节奏的明快和韵律的流动。那些笔墨色彩形成了一种气势，刚柔相济，仿佛是屈子在问天，李白在行吟，王昌龄在歌冰心玉壶。说留成的画作蕴含诗意，是因为它能给人以丰富的联想，让观者看到生命的蓬勃，感到诗意的酣畅；看到辽阔深远，看到灵动飘逸……放下俗尘的浮躁，静下心来聆听天外的声音，领受大自然的馈赠。

放下沉甸甸的画集，心中诸多感慨。我心中的留成还是当初认识时那个单纯、质朴、阳光的大男孩，常常心无旁骛地画着他的画，有人与之对话，他傻傻的愣愣的，不知所云。有人说他痴了，痴迷在自己的世界里，不打麻将，不触烟酒，浑不知闲适的乐趣。是的，留成不从众，特立独行，把有限的时间用到了他热爱的绘画中，正是这份痴迷让他有了今日傲人的成就！

我曾写过一首诗，题曰《好想和你一起去西藏》，诗中言好想去西藏采一怀高原的阳光。然一直无缘去朝拜那片净土，神秘的雪山、圣洁的湖水、毡房外的牦牛都成了今生的牵挂。如今在留成的笔下，在那些点线交织的墨香里，在那些大块黑灰的涂抹下，在那片流云疏影的飞白中，我采到了满怀高原的阳光！谢谢画家的馈赠。

春风拂起的往事

周末，从上午十一时出发，等公交、坐地铁、乘高铁，到达上海的中山公园已是下午三时许了。此次出行，是因为七九中文班的同学们发起的春天聚会。

七九中文班是我留校后任教的第二批学生，所以我还是高他们三届的学姐。多年前知道有一部分学生离开故乡在上海打拼，也不知这些学弟学妹们近况如何。转眼几十年就匆匆过去了，舞榭歌台、灯红酒绿、莺歌燕舞都已远去，青春只在梦中徜徉。母校远了，当年的师生亦是各地零落，聊起往昔，真的是“知音少，弦断有谁听”。

母校曾被学生戏称为：“南大”，当然不会是南开或南京大学。而是因为校址在二战期间是座北方兵营，俗称“南大营”。后来那里建了一所工人干部学院，鹤岗矿师是工学院中的五所学校之一。别小看了这所学校，虽是企业办学，但当时那是个以煤而立的城市，企业舍得投资，组建了一支不简单的教师队伍。

初任的校长郝善志被誉为城里的第一笔杆子，且很懂教育。教师队伍有许多精英，有善于治学的孟坤、有后来任上海戏剧学院领导的朱国庆、有“文革”前毕业于北京大学的王北大（师生们都这么称他，却记不得他的本名了）、右派平反了的洪钧、耕耘勤奋的冷国俭等人。值得一提的还有一位二战中在陈纳德的飞虎队中任财会工作的陈惕当时也在工学院任教。那时的校园学习气氛很浓，校风很好，一直到八三级时，教师监考仍是一件很轻松的事。学生们以抄袭为耻，监考老师甚至可以悠闲地坐在办公室里品茶。

夏日暑季，高大的白杨树下总是坐了许多看书的学生，徐徐风过，片片绿荫，萌萌草青。

那时校园还是一片净土，理想在讲台上如鸟儿拍动翅膀，腾空而上。

来到上海，在春天里约会，草坪上铺满阳光的中山公园人流如潮，小孩子的风筝在蓝天上游弋，曲曲折折的甬道旁樱花怒放，如诗如画。

七九中文班是个凝聚力很强且很有抱负很幽默乐观的集体，他们把分散在祖国各地的同学划分成了四个局，这次聚会便是在华东局上海所在地，其他各局亦有代表参加，山高路远，俗事繁杂，能聚在一起真的很不容易。未能到场的同学纷纷发来微信，寄上祝福，一片冰心，情锁玉壶。

把酒欢歌，浓浓的情如王树忠老师带来的红酒漾着美丽。定居大洋彼岸的邱平壤老师虔诚地感恩母校，感恩那片黑土地。世事沧桑，后来人各东西，但母校仿若一块巨石，奠基了各自后来的事业。谈及母校的更名，校址的迁徙，感慨着一切都不一样了，考生低分数交钱也可以入学了。由此想起，我便是在那时某位校长锒铛入狱前，从我的校园背转身去，愈行愈远。

捡拾着旧梦，兄长一样的刘哲新老师依旧是记不得当年他做过的一些好事。我却想起了每年元旦时师生们撰写的一些对联。记得中文教研室写过这样一副对联：“笑天笑地笑倒狂客，谈文谈道谈论江山。”上联用的是李白的典故，下联书的是文士的豪情。横批是：“醉翁亭记”。既有学科特色又点明是醉话，喝多了敢指点江山。那时年轻恃才自傲，挥斥方遒。学生们的对联更是口吐狂言：“六君子才华横溢满矿师敢与梧桐河水分上下；四丈夫立地顶天破苍穹欲和宝泉峻岭争高低。”“三江激荡奏一首大江东去，梧桐婆娑弹一曲高山流水”“廿五春秋历经多少暴风骤雨人间喜剧，仍难忘小城故事；三十学子演绎无数青春之歌狂人日记，更珍惜大学生活”。

年轻就是可以这样任性。

座席间，刘坤老师细心地帮同学们拍照。同窗之谊，山高水长。这是一种原生态的情，纯纯的，却如酒浓烈，直醉心底。多年后，当我们身倚斜阳、临窗远眺时，翻开这一页，便会有滴滴的清泉，汇成生命的活水，缓缓流过身心，脸上的菊花便灿烂地开了。

转眼秋风扫落了青丝，昔日的校友同事都已上了年纪，学生们也已是桃李满天下了。检索翻阅，青春底片仍旧十分清晰，眼前晃动着的还是张张清纯的笑脸，耳畔还是那习惯了的课间喧嚣。

感谢七九级的同学们，感谢这次活动的组织者岳青林和孙宝华等同学让我与青春重逢。

想想，已是万里悲秋异乡客，老病孤舟。很想问问：同学，往事如烟，缭绕飘散。红尘滚滚，物是人非。那江边的渔火早已熄去，夜半的钟声也不再惊扰客船。你怎还没忘了我的名字，并带我穿越昨天？

于是享受着这种幸福。

午夜时回到了家，女儿和女婿还在等门。他们今天也去郊游了，桌子上的水瓶里插着一红一黄两枝郁金香，是小外孙带回来的。

春天是个温暖的季节，孟春三月更是姹紫嫣红。

春天真好。

重返黑河

离开黑河五十余年了，日前重返黑河。一直以来，黑河像一个影子相随，让我不能忘却。那是我的第二故乡，1969 年我们在那里屯垦戍边，我们当年的信箱地址是：黑龙江省建字 109 信箱。具体地址是保密的。

黑河历史悠久，早在旧石器时代，华北地区古人类的一支就到这里生息繁衍。20 世纪初，随着这里贸易的不断扩大，德、日、美、法、朝等国家的客商纷纷涌入黑河，黑河被称为“万国商埠”。黑河当时繁华得很，“居民四万，商贾三千”，现在的省会哈尔滨那时还只是黑龙江边上一个晒渔网的地方。

黑河市，古称瑷珲，是黑龙江省地级市。到没到过这里的人，但凡有点历史知识多少都会对它有所了解，因为有个叫奕山的官员背着清廷签署了《瑷珲条约》。这个条约把中国黑龙江以北、外兴安岭以南的约 60 万平方公里的领土割让给了沙俄。我们曾站在江边眺望对岸那个曾称作海兰泡的地方，那曾经是中国的领土，1858 年被强占并改名为布拉戈维申斯克。那时有 5000 余中国居民被驱赶到江中溺毙。后来这个官员轻描淡写地向咸丰皇帝汇报说，那只是一块无人居住的空旷之地。然而灾难并没有终止，1900 年夏秋之间，海兰泡大屠杀和江东六十四屯惨案发生，瑷珲燃起了冲天大火。据瑷珲县志载：沙俄先放火烧了补丁屯，把其他各屯想逃走的中国人都赶于大屋内，焚烧无遗。黄童离家长号，白叟恋产叫哭，扶老携幼，逃往瑷珲对过，长江梗阻，绕越不能，露守不能，群号惨人。最终溺死者7000余人。凡未逃走的中国人全部被杀死，房屋被烧光。

因为有了《瑷珲条约》，后来的《北京条约》让中国的版图又一次收缩，从库页岛缩到乌苏里江。从此，中国人要出境才能去看望当年的苏武牧羊处那美丽的贝加尔湖。

瑷珲是一块血染的土地。1969年，我们在这块土地上一手拿镐一手拿枪，守卫着边疆。常常在夜里，信号弹腾起在空中，常常劳累了一天的知青要从热乎乎的被窝里爬起冲向紧急集合的队伍。战争似乎一触即发，生产的同时备战的弦一直拉得紧紧的。军训中的知青是兵团战士，是没有领章帽徽的军人。我们知道脚下这块多灾多难的土地浸着先人的血，不能再丢失。中国的版图从秋海棠的叶子缩成了一只雄鸡，这图形不能再有改变！一旦战事再起，我们会用生命守护家园。

据说在清代九个黑龙江将军中有八个死后葬在瑷珲。故地重游，走在王肃大街，我在江边看到了一位戴盔披甲挎刀的将军的塑像。我知道清代有一位寿山将军，他是黑龙江瑷珲人。光绪二十六年（1900年）他奉命署理黑龙江将军。八国联军疯狂侵华，黑龙江边防告急，清廷派李鸿章为议和全权大臣与八国议和，并电令寿山停战议和。寿山愤于丧师失地，誓守“军覆则死”之义，从容安排后事。他对副将说：“我辜负国恩，不能战，不能守，只是担心城中百姓受战火之苦。如果能够以我一死换取全城平安，我死而无憾。”寿山死得艰难，他先是“从容卧于柩中，取金器吞入腹中骤不死，命其子开枪杀之，其子手战不忍发，误中右臂不死，又命其家将继之枪，中小腹犹不死，呼声愈厉。家将顾曰：如此，宜令速死，免受痛苦。乃再开枪，洞胸而亡。”时年40岁。后来，卜奎人民在龙沙公园修建了寿公祠，永远缅怀这位黑龙江历史上的著名将军。读到这段历史很是心痛，清代有这样的爱国将领也有奕山那样的卖国官员，史册上有丰碑也有耻辱柱，做官当如何，慎之。

还有一位萨布素，是清康熙年间抗俄名将。富察氏，满洲镶黄旗人，行伍出身。康熙二十二（1683年）年十月，升黑龙江将军。康熙二十二年至二十三年，萨布素在当地少数民族的配合下，基本上肃清了黑龙江中下游的沙俄侵略军。康熙二十八年，领侍卫内大臣索额图率清朝使团赴尼布楚与俄方代表戈洛文谈判，萨布素为使团成员之一，率水师溯流至尼布楚，以保证清朝使团的安全。康熙二十八年七月二十四日（1689年9月7日），双方在平等谈判的基础上签订了《尼布楚条约》，确定了中俄东段边界。萨布素任黑龙江将军达十八年之久，他不仅在抵抗沙俄侵略的斗争中立下赫赫战功，而且还为建设中国东北边疆做出了贡献。但是我注意到这段摘自网络的文字中有“平等谈判”的字样，真的是“平等”吗？马克思说，鸦片战争帮助俄国人获得了鞑靼海峡和贝加尔湖之间富庶的地域。恩格斯说，俄国从中国夺取了一块大小等于法德两国面积的领土和一条同多瑙河一样长的河流。大清帝国就这样一次又一次退让，甚至顾不上皇族的发祥地的完整。腐败懦弱的王朝有大把的白银赔款，有大片的国土割让，却没有钱发军饷，辜负了为国艰苦戍边的将士。

当年本土的居民一夜之间成了侨民被赶往江中，家园被毁，生命被夺。隔江而望，对岸郁郁葱葱，那片土地上浸着中国百姓的鲜血，每一片绿荫都附着冤魂，夜半风起，他们会说这是“平等”的吗？

我离开这里已有五十年有余，光阴流逝，当年的营房没有了，但宿舍里那盏小小的煤油灯一直燃在心中，黎明前站岗时的那颗启明星一直亮在记忆里。我们是祖国的钢铁长城上的一砖一石，当年同这里的先人一样履行着守土戍边的职责。

我查了一下资料，有人说“瑷珲”之名源于瑷珲河，瑷珲的满语是母貂的意思，因当地曾盛产貂。也有人说是达斡尔语，它汉字的意义是“可畏”。还有人说瑷珲是指两块美玉。我想清代的瑷珲绝没有什么“可畏”的意思，它就像一只温顺的肥羊，被人一把一把薅着羊毛，还被一块一块割肉，血淋淋的伤口至今被揭开还触目惊心！

夜晚的江畔辉煌的灯火和对岸的静默不语形成了鲜明的对比。朋友介绍说有一位俄罗斯人拍了一部纪实的电影，突出了两岸发展变化极度的不平衡。的确，这些年我国经济迅猛发展，黑河这座边城也发生了日新月异的改变。当年那座蒙尘的所在消失了，眼前是一座整洁精致的现代化小城，楼不高却风格独特，车不少却井然有序，向晚的霞光里人们在江边活动，闲适而惬意。一座美丽的长桥开通了两岸商贸，和平相处是现在两岸人们的共同愿望。当年贪羡对岸灯火的我们在故地重游时不由得发出内心的慨叹：黑河变了，变得认不出原来的模样；变得对岸的人们开始过江而来，在异国他乡讨生活；变得让一向高傲的欧洲官员开始喜欢书法，收藏中国字画，和中国人交朋友，可以端起酒杯平等地对话。屈辱的历史让人痛心疾首，只有强大才让祖国有话语权啊！从瑷珲博物馆走出的人们莫不如是说。

知青大返城以后，这里的生产建设兵团建制取消了。那时我以为我远离了那里，就再也不会回去。我以为我会忘却，因为我不再是知青，返城后的我有了新的生活。可是我错了，当我再度踏上那片黑土地，当年所有的记忆呼啸而来，历史清晰地展示昨天。昨天的生产建设兵团如今已是农场，万顷良田里生长着庄稼，玉米还没结棒，小麦还没秀穗，却长势喜人。曾经为这块土地付出过青春汗水的我们衷心地祝愿这块古老的土地像美玉一样晶莹，越来越漂亮！

妹妹，你的儿子今天结婚了

妹妹，你的儿子今天结婚了！明媚的春光映在贴着喜字的玻璃窗上，新房亮亮堂堂。一对璧人帅气漂亮，含情脉脉的空气中流淌着爱的甜蜜，新婚庆典喜气洋洋。当年在你宠溺的目光下的男孩长大了，娶妻了，要开始新的生活了，你高兴吧？

怀这个儿子时你的妊娠反应很重，遭了不少罪，但总算坚强地熬到了孩子出生。满月后你每天抱着他上下班，天冷路滑，怕压到儿子，你把自己摔得尾骨断裂，以致工作时也不敢踏实地坐下来，痛了许久许久。儿子体质较弱，已经会走路很久了，仍然是初学步的样子。看着弱小的他歪歪斜斜地蹒跚着，我感觉他下一秒就会跌倒，好为儿子担心。孩子一送托儿所就生病，要吃药要吊水，无奈的你只好把生病的儿子交给母亲，可是病好后再放单位托儿所孩子又病了，如此周而复始。我心疼着你，心疼着那个脸色苍白的小生命，已年迈的母亲担负起了照顾孩子的责任。说起来也怪，孩子在姥姥身边就不会生病了。日子一天天过去，儿子长大了，上学了，就要参加高考了，秋阳灿烂的季节，你和我设想他的前途，筹划他的将来，并为他准备了上大学的费用，一切都按部就班在计划之中，可是忽然命运在这里转弯了。你没有看到那张让家长们开心的高校录取通知书，并不是因为那张纸来得太迟了。

冬日的那天清晨你早早起来给上学的儿子做饭，看着儿子出门后，你坐在沙发上是想歇歇吧？是的，你累了，提前从工作岗位上退下来，刚刚不用天天去公司上班了，也不必对着厚厚的账本整合那些让人头疼的阿拉伯数字了，是该好好休息了。也许你也是这样想的，于是你歇下之前，给儿子做了最后一顿早饭。

你的儿子爱吃你烧的饭菜，因为那碟碗里盛着满满的爱，甚至会溢出来，烫到我，让我这个也当母亲的人慨叹不已。我常常想，你的儿子便是你的牵挂，无论多累多艰辛，你都是放不下的。可是，那天早上，你就那样放下了，没有只言片语地撂下，猝然离去，让那季的寒风冰冻了我心里的雪花……

妹妹，你的儿子今天结婚了，选了个好日子，融融春光落在身上，暖暖的。你的同学也来了，这孩子是他们看着长大的。你儿子说，看到那些阿姨就想起了妈妈，好亲切的。

妹妹，十年了，你走了十年。懂事帅气的儿子是你的骄傲，那个曾紧紧地依偎着你的男孩今天长成了男子汉，身边有了想呵护一生的人。这场完美的婚礼就是他们自己参与策划的，正应该是母亲收获幸福的时刻，你却缺席了。你一定很想知道今天的故事，让我告诉你吧。婚宴就设在家乡矿区宾馆三楼的大厅里，一路拾级而上，两旁的墙上张贴着新人的彩照，大屏幕上放映着动态的图片，美丽的鲜花装点了T台，一对新人光彩照人，婚礼上爱情的道白让来宾们动容。亲友们送上阵阵掌声和络绎不绝的祝福，分享着幸福的人们在这个迟来的春天里绽放出张张笑脸。室外枝头泛绿，生机盎然，阳光灿烂；室内鲜花美酒，笑语欢歌声声不断。妹妹，你的儿子现在多了一个心疼他的人，看他们一颦一笑，看他们十指紧扣，我心里有了些许的欣慰。他们回故乡成亲，他们的新家坐落在美丽的钱塘江边，那是你一直向往而没有去过的江南。坐在他家的飘窗上远眺，江天一色，远山连绵，行舟悠悠，风景如画。两个孩子有信心有能力组建一个幸福温馨的家，从此再无牵挂，你可以放心了。

妹妹，你的儿子今天结婚了。新妇要敬茶了，你的红包放哪儿了？

作者简介

AUTHOR PROFILE

官兰贞，女，1959年生，福建省福州市人；酷爱古韵诗词曲赋及书画。其榜书作品曾在福州画院、西湖书院展出，并在2019年“新春杯全国书画艺术大赛”中荣获特等奖。其诗词作品散见于《青年文学家》《名家名作》《作家文苑》等报刊，部分诗词作品收录在《中国诗歌精选》等图书中。

红　豆

殷殷掠众眸，楚楚缀枝柔。
凝望相思子，虔祈绮梦圆。

葡　萄

播下葡萄籽，珍珠满树盈。
风来摇翡媚，放眼亮晶晶。

雪　莲

雪隐美幽姿，冰心天地知。
不和花斗艳，含韵写佳诗。

茉　莉

翠叶嫩如油，冰心似玉柔。
娇姿惊墨客，竞赋美诗讴。

蟹爪兰

寒来苞绽放，日照愈娇妍。
花聚凝香韵，催春姹紫嫣。

秋海棠

株株似火红，绰态动蟾宫。
百卉难争妒，飘香韵更浓。

金边虎皮兰

肤颜犹美玉，绰态掠眸光。
沐日滋霖露，弥香韵更芳。

风中叶

凄风兼苦雨，落叶欲归根。
萧瑟飘难定，惶惶泪满痕。

冰　花

窗扉千卉媚，日出影无踪。
幻象仙人笔，芳颜掠润瞳。

落红凋翠

败叶不堪睹，残红心更寒。
纵迷花卉赋，凄景构思难。

元宵节抒怀

万树霓灯烁，云霄七彩颜。
蟾宫烹玉液，喜庆满人间。

夕　阳

异彩映天红，金光气势雄。
虽然昏已近，绚丽意从容。

雪

随风飘入夜，次日景清新。
梨白梅红艳，还疑又遇春。

老　井

青阶增藓厚，历尽几风尘？
阵阵传蛙鼓，犹歌掘井人。

感写诗

搔头研律韵，泼墨抒豪情。
纵享诗中乐，惊怜白发生。

题己兰花画（一）

绰态掠灵眸，初芽溢韵柔。
幽轩添雅气，笔润墨酣稠。

题已兰花画（二）

展卷宣香溢，清新一蕙枝。
幽姿牵雅兴，惬赋美兰诗。

随　咏

众赞牡丹美，怜花脆弱身。
虽然人长寿，也没二轮春。

梦见二姐

凭栏朝我笑，惊喜意朦胧。
问姐去何处，蓬莱仙子宫。

阳台滕花

从未种过葩，墙上蔓藤花。
何处飞来籽，温馨送我家。

悯　鸟

暴雨狂风袭，饥寒鸟泣喧。
嗷嗷儿未哺，母爱泪眸奔。

撷　词

花香彩蝶知，柳翠百鹂痴。
纵目皆诗意，轻轻撷束词。

春　风

媚柳换新装，夭桃弥韵长。
春风编锦幔，万里漫芳香。

诗友聚会

总算相谋面，温馨带笑归。
欢歌同碰盏，遂梦锦诗飞。

春　日

锦鲤戏清溪，花香百鸟啼。
风光无限美，回府日归西。

惜　春

雨虐群芳泣，风摧百卉容。
青春留不住，逝去总匆匆。

夏　夜

夏夜美无涯，芙蓉灿若霞。
露滋珠嵌叶，月亮挂枝丫。

风扫花蕾

楚楚飘零泣，香消韵已灰。
芳容还未展，何以雨狂摧。

雨　夜

绵霖夜感伤，怅倦梦馨乡。
泪眼父悲语，吾儿发也霜。

雁　阵

红桃缀韧枝，紫燕垒巢痴。
雁过列人阵，凌云写妙诗。

窗　外

柳丝金嵌玉，霞彩沁云柔。
晨起观窗外，春光润眼眸。

福州西湖

西湖佳八景，意境美如诗。
骚客讴争赋，爹娘是否知。

咏　风

从未见风影，温情百鸟知。
遍裁千卉绿，尽染万花滋。

春　风

缕缕春风笑，鲜花朵朵开。
青山铺翡翠，紫燕柳丝裁。

怀　旧

福州多丽景，最爱是西湖。
人老总怀旧，魂牵泪眼糊。

游人入画

霖滋千蕾开，风拂万绦裁。
莺唱春光媚，游人画里来。

皓　月

当空皓月悬，美酒溢香鲜。
团聚全家乐，欢杯祝寿延。

春风雨

微风裁柳丝，细雨润桃枝。
旷野绽新绿，江温鸭早知。

玉带桥顶

登顶望乡愁，犹传父语柔。
当年馨画面，幕幕映双眸。

西湖赏桃

西湖桃盛开，粉嫩媚羞腮。
殷殷报春信，诗花落玉台。

题　图

冰风犹割面，瑟瑟冷冻人。
梅绽献心意，殷殷送早春。

迎春花

妩媚纤腰瘦，含羞戴串金。
迎风婀似蝶，香溢沁脾心。

望月遐想

枝头悬皓月，遐想绪千千。
心系初衷愿，情怀绮梦牵。

湖岸垂柳

长发垂千尺，红鱼羡吻痴。
黄鹂尤爱护，帮理秀青丝。

问　花

红装迎客笑，韵美意犹长。
问是何仙子，含羞淡淡香。

牵　手

光阴催岁暮，携手步长廊。
静看花枯落，悠然赏夕阳。

风　筝

随风展俊容，振翅向长空。
怀揣凌云志，堪怜掌控中。

西湖春色

公园桃怒绽，李树拔新枝。
柳赴去年约，牵鹂咏妙诗。

春　水

三月风光媚，桃花香韵醇。
渔翁抛钓饵，弄皱一江春。

随　咏

风凌千叶败，雨虐百花残。
岁月随秋老，银河转玉盘。

闲　咏

花凋枝寂寂，叶落树凄凄。
唯有天难老，虽然日也西。

西湖即景

蒙蒙细雨频，雾锁水波粼。
最是夭桃媚，争迎三月春。

幽 景

幽幽风景媚，润眼醉脾酥。
静赏湖中画，心中烦恼无。

蜡 烛

为照书山路，无私默自焚。
殷殷燃泪尽，桃满九州芬。

望 月

月色美如绸，繁星眨眨眸。
银霜双鬓染，韶岁不回头。

捣练子·无题

花似梦，柳如烟，花甲光阴一瞬间。
酱醋油盐“庸”不厌，曲诗书画雅相牵。

南　雁

归心飞似箭，南往意匆匆。
结队拼人字，凌空阵势雄。

咏　鸭

土里捉蚯虫，抓鱼在水中。
戏波梳羽翼，振翅展萌容。

咏　鹅

倩影照清河，凌波曼舞婀。
白毛浮绿水，个个会吟哦。

乌　龟

慢爬灵兔笑，铠甲闪金光。
懒动却长命，神奇寓意长。

刺猬（一）

美鳞犹匠刻，遇险缩如球。
亮剑刺强敌，防身术甚牛。

刺猬（二）

力微身薄弱，行走慢悠悠。
遇敌亮刀剑，尊严岂可丢。

青　蛙

阔嘴笑呵呵，深情劲鼓歌。
池边讴白藕，田里护青禾。

蛤　蟆

貌丑性温和，一生喜赞歌。
为民除四害，更羡美天鹅。

黄　鹤

头戴小红帽，身披白缎丝。
徘徊潮湿地，碧宇展英姿。

仙　鹤

白羽悠姿态，身轻亮眼珠。
沐阳丹更艳，掠影似仙姝。

萤火虫

犹星天降落，夜照暖人心。
蛙鼓蟋歌赞，萤光美胜金。

亮火虫

四翅身纤细，圆头黑眼瞳。
犹寻遗失梦，提着小灯笼。

流　萤

点点蓝光闪，低飞徘草丛。
柔声叽啐啐，送暖意尤浓。

鲤　鱼

湖阔任鱼游，嬉波美食求。
龙门身一跃，佳话传千秋。

雨中柳

镶珠嵌玉妍，织幔媚含烟。
装点江南岸，时邀紫燕翩。

游庐山

悬空瀑似缎，花艳翠苍松。
笔下神仙洞，风光醉眼瞳。

咏云（一）

风吹姿百变，化雨润千花。
曼舞薄纱缎，追阳恋彩霞。

咏云（二）

千姿朦似梦，倩影漫天涯。
化雨能浇地，青苗吐嫩芽。

北极光（一）

媚影撼天垓，烟花犹绽开。
如诗如梦境，神秘没能猜。

北极光（二）

异彩掠惊瞳，如花五色融。
终端磁北处，似焰耀长空。

堆雪人

扯缎做衣服，撕绸当脖巾。
圆头红小帽，憨态颇迷人。

咏雪人

纽扣嵌当眼，头描丹做簪。
萌呆憨有趣，无脏也无心。

荷塘听雨

好雨邀风弄管弦，夏塘跳浪泛轻烟。
蜓迷鲤羡仰花艳，蛙嫉声声醒睡莲。

踏青饮清溪水

溪流永奏叮咚曲，美若琼浆饮半升。
涤尽尘埃灵感迸，诗佳词妙信心增。

浣溪沙·元夕有怀

炮点焰燃天欲烧，礼花绽艳特妖娆。家家团聚乐淘淘。
曼舞轻歌讴盛世，吟诗对月举杯邀。玉盘醉落挂枝梢。

卜算子·贺中国女足夺亚洲杯冠军

冬奥铸精神，中华巾帼俏。
一脚临门展雄风，不让须眉傲。
台上领金杯，难抑心频跳，
星烁红旗别样红，热泪含眸笑。

诉衷肠·赏荷

枝娜，摇朵。蓬睡果，蝶翩翩。诗已堕，如火，点词田。
玉碟托荷仙，缠绵。鱼嬉尝藕鲜。羡姮仙。

渔歌子·母子站台分别

缕缕冷风雨丝丝，愁绪怀盈泪似飞，千叮嘱，意痴痴，一声笛响已相思。

忆秦娥·西湖赏春

春来了，云柔霞媚阳光耀，阳光耀。百卉竞妍，群芳争俏。

风吹绦舞波光渺，妖桃灼灼讴诗鸟，讴诗鸟。景观留下，可惜人老。

沁园春·触景感怀

眨眼繁星，悬空圆月，李艳桃丰。看春风拂柳，鹂莺摇幔，羞花绽蕾，蜂蝶萦丛。澈水流蓝，青山含黛，列阵人书振翅鸿。神州美，大地铺华彩，旭日当空。

牵枝缀树霓虹。旗帜绚、飘掀绪万重。叹江山锦绣，国家昌盛，人民幸福，百业兴隆。无数先驱，英雄烈士，洒血抛颅旗染红。换今日，做主当家喜，其乐融融。

桂枝香·无题

诗怀未了，憾学浅才疏，书念颇少。提笔风光难述，世情难表。心翻五味惭加悔，现如今，体渐衰老。满头银发，珠黄眼涩，短牙失皓。

想当年，青春作棹，却废贵光阴，甚感羞懊。风雨人生，难尽美皆全好，感恩遇见人间美，晚阳虽落妖娆貌。挥毫泼墨，修身养性，瑞星高照。

西江月·题图

圆月凌波唯肖，红梅枝缀含娇。寒风拂过瓣飘飘，冷醒抱团眠鸟。

一世浮生似梦，回眸澎湃心潮，辛尝苦乐也逍遥，又快一年过了。

江城子·醉美水母

稀奇水母美无穷，瀚龙宫，育娇容，肤腻如绸，绚丽胜霞虹，婀娜多姿萌酷态，亲海藻，吻珊虫。

海洋世界显神通，鬼刀工，罕鱼丛。异石奇植，紫府似临中，心旷脾怡滋眼润，弥妙韵，醉仙翁。

念奴娇·永泰庄寨

群山含黛，碧空云如幻，斑斓霞彩。泛翠澈湖鱼舞载，吐艳青梅花海。蝶恋葩追，蜂迷粉采，垂柳柔腰摆。风光无限，敢超瑶界永泰。

建筑装饰奢华，人工巧匠，妙构奇思骇。画栋雕梁摹古代，犹诉永阳文脉。福建明珠，神州闪耀，何等之豪迈。情迷神往，梦观仙境庄寨。

沁园春·无题

日照神州，锦铺大地，蕾绽花丛。看白云追梦，彩霞流韵，雄鹰展翅，鸿雁翱空。往事追思，千头万绪，百感填膺泪溢瞳。问天帝，能否赊百岁，却又朦胧。

任凭憾事随风，对明月，抒怀意万重。叹人生虽短，尘缘却厚，初心难弃，逸趣尤浓。莫道龄高，时光沉甸，境遇如何不动容。余岁美，醉享诗书画，夕日尤红。

行香子·岁末随咏

岁暮冬寒，大地铺银，景区萧条少游人。雪莲梅绽，万里飘芬。醉林中鸟，湖中鲤，诗中魂。

夕阳西下，初心仍守，管它光阴似狂奔。笑观霜发，藐视瞳浑。喜梦之馨，学之乐，养之尊。

行香子·秋日抒怀

秋雨绵绵，秋水漪漪。秋风里凋叶依依，离愁戚戚，别语凄凄。望云朦朦，霞缈缈，雾迷迷。

红枫火火，黄花艳艳。极眸江上水漓漓。帆船点点，雁阵齐齐。祷家安安，体健健，愿祺祺。

青玉案·国庆逛西湖公园

张灯结彩千千树，赤旗展，排排竖。车似长龙停一路。如潮游客，匆匆脚步，赏景西湖赴。

妖娆景色欣欢睹，悠曲高歌耳边鼓。台上演员情流露。蓦然回首，亭中男女，吟诵阑珊处。

青玉案·观景抒怀

百花争艳盈千树，蝶蜂慕，翩翩舞。柳吻清波舟竞渡，翱天鹰酷，樟香劲吐，馨漫条条路。

悠扬婉曲情几许？犹诉千言和万语。美妙景留骚客步。激情澎湃，佳篇欣赋，暖沁心扉驻。

蝶恋花·无限春光

李白桃鲜枝满附，姹紫嫣红，婀娜绦丝舞。戏水鱼儿私窃语，悠扬笛曲衷肠诉。

尽览妖娆轻婀步。丽景牵魂，疑似登仙府。风促咏兴佳作赋，春光无限莫辜负。

蝶恋花·题图（一）

细雨微风消酷暑，玉碟镶珠，摇曳芙蓉舞。震耳欲聋歌瀑布，飞流涯挂连天注。

小草茵茵花绽怒，翠鸟斑鸠，谐唱讴苍树。骚客惊眸情尽诉，妙词欲引春匆步。

蝶恋花·题图（二）

含笑荔枝牵满树，彩蝶翩跹，恋粉花间驻。锦鲤戏波蛙劲鼓，罗裙摇曳娇荷舞。

垂柳万条沾雨露，古韵凉亭，闲侃人无数。朗诵欢歌诗美赋，品茶唠嗑犹逢故。

蝶恋花·题图（三）

万蕾齐开香劲吐，满目芳菲，婀娜翩翩舞。叶蔓枝攀墙满附，如绸花瓣娇颜驻。

竞艳无心群卉妒，红遍尘间，馨韵弥天府，百态千姿留客步，词情难禁佳篇赋。

眼儿媚·西湖赏秋

精灵五彩巧玲珑，尾膨松，肚隆隆。飘逸缤纷，紫绿湛蓝红。

嫩腻肤犹蚕缎藕，欢自在，乐融融。

海洋世界鬼神工，万鱼虫，藻千丛。起舞翩翩，海阔任游中，婀娜姗姗萌态酷，滋脾肺，养眸瞳。

鹧鸪天·春节吟

焰点炮燃不夜天，红尘梦里度流年。一生甚短初心远，半世虽跎薄体安。

结雅士，学英贤，勇击墨浪斗诗澜。敲音研律挥椽笔，醉赏残阳意似兰。

鹧鸪天·黄龙风光——彩池

仙遗瑶池彩带间，五光十色醉眸前。碧波魂绕池心树，翠叶风扬水岸边。

绚灿烂，美娇妍。如痴如醉梦翩翩，稀奇妙景君知否？带你观光尽笑颜。

水调歌头·回归美自然

无眠叹长夜，举目数繁星。凝思儿昔，疑似星石褪光晶。点点莹莹光弱，冷冷朦朦月暗，空气不新清。诗仙若还在，灵感也难盈。

雾霾漫，洪泛滥，睹心惊。几多感慨，奋击机幕叙愁情。呼唤苍穹还昨，更待蓝天今续，辉伴玉盘明。云沁霞光耀，遐想放飞馨。

水调歌头·畅想中秋

明月几时有？极目望星空。嫦娥仙女，玉盘光烁映娇容。起舞翩翩婀娜，欢曲声声欲醉。潇洒帅刚公，捧来桂花酒，欢乐满天宫。

银河阔，金星烁，锦花丛。喜逢佳节，华夏儿女举杯中。同庆抗瘟硕果，共祝国家昌盛。户户福馨融，个个安康寿，惊羡众仙翁。

青玉案·养生仙境

如绸云幻无穷尽，曲径雅奇葩嫩。溪澈河清鹅翅振。海棠吐艳，古亭弥韵，众鸟争飞迅。

神仙宫殿凡间隐，无限风光媚娆蕴。漫步养生馨阵阵，神怡心旷，胆滋肝润，体健身柔韧。

行香子·无题

美丽斜阳，疲照西墙。黄昏后，百鸟归翔。忆追叹悔，虚度时光。怨发无泽，体无壮，眼无汪。

秋风习习，还温乍冷。望余年，惬意安详。诗、书、词伴，笔、墨馨乡。愿国恒昌，家恒旺，体恒康。

作者简介

AUTHOR PROFILE

蔡友元，男，汉族，号沙场点兵、桂缘庄主，曾用名友缘；1978年生于重庆永川，《诗刊》子曰诗社会员、重庆市诗词学会会员、湖南省诗词协会会员、永川区作家协会会员、永川区诗词学会会员、永川区楹联学会会员、《东方诗风》论坛副站长、永川蔡氏宗亲会副会长。其诗词作品常发表于《诗刊·子曰》《中华辞赋》《重庆诗词》《中国格律体新诗》《东方诗风》《青年文学家》《永川文学》《永川诗苑》《飞云诗苑》《渝水》《世界蔡氏》等期刊。

拜码头

——拜会湖南省诗词协会

湘江百舸竞风流，袍袖携诗拜码头。
有礼巴郎[1]三峡浪，扬帆送上岳阳楼。

七律·楚霸王

——项羽自刎处怀霸王

举鼎拔山霸四方，沉舟破釜震疆场；
怀仇泄愤阿房烬，挥泪别姬骓马丧。
有欲君王多好战，无辜百姓惨遭殃；
争来秦地万千郡，唯见乌江一庙荒。

①重庆古称巴国，巴郎指重庆客诗人自己。巴郎把巴国最美的三峡滚滚浪涛化作最大的厚礼扬帆送到了湖湘盛地岳阳楼，敬请笑纳！

七律·船行三峡间

高峡翠绿落湖间，涕泪猿声唤客还；
峭壁难存沧海啸，神峰易懂纤家寒。
两船互遇鸣归意，一水独流伴吊棺；
卷纬掀出千里浪，推窗放进万重山。

访隆中

春耕夏种半顷田，把荷犁锄日月边；
麦稻丰收兴社稷，兰梅伴读卜坤乾。
云游四海囊仙智，卧煮隆中待大贤；
两表铿锵酬圣顾，鞠躬尽瘁耀千年！

家访黄有韬君

纵马江湖过乐清，暴雨接风兼洗尘；
心系宗祠牵蔡氏，情满诗坛拜黄君。
新茶作画温双盏，陈姜煮酒畅三更；
巴山峡涌千层浪，不及先生待我情。

赠瑞集山庄谢仁洗庄主

瓯风越雨入山庄，燕落亭桥映碧塘；
满院诗联集雅瑞，儒商知己在平阳！

湘西老司城点将台

昔日军马威四海，如今唯见点兵台。
土司城内三千户，留与青山待客来。

草原赛马捡币

——和秋水潋滟《草原观赛马》

骏马奔驰快似风，草原绝技显英雄。
飞鞭疾跃一声喝，倒挂金鞍捡币功。

飞跃草原

大漠茫茫蒙古包，黄花绿草白云飘。
鲲鹏展翅同风举，欲与天空试比高。

蒙古包听下马歌

长歌激荡震厅堂，满案香肴醉四方；
靓女怀春添媚酒，骚人恋盏赋衷肠。
蒙家厚礼飘金带，大漠浓情上烤羊；
碟尽樽空难散宴，今宵梦醒在他乡。

蛙声有约

满院蛙鸣夏夜天，披衣启砚小窗前；
两行慕意藏笺隙，一笔乾坤赋梦间。
莫笑唐寅言韵事，且听杜牧诉缠绵；
明朝曙色如相似，负酒同邀岳麓山。

沿溪行

迢迢溪水入瓜田，郁郁青山抱细泉；
一座木桥奔富道，四根竹棒打鱼船！

七律·出海打鱼

癸巳端午风疾雨狂，来自全国各地的东方诗风论坛诗友在温州瓯江出海打鱼，一路欢歌笑语，在船舱内煮蟹饮酒赋诗，好不快哉！

端阳打捕上瓯江，雾锁风涛雨正狂；
船破东洋千尺浪，网收钓岛万朝疆；
九州赛艇思骚客，一海欢歌赋曲章；
莫道朱门嗜酒肉，不如碗内蟹飘香！

过湘西矮寨天险公路

百丈幽谷露寨台，峰回水绕路徘徊。
绿随崖壁登天去，云伴春车下地来。

题武胜红木蝶照

如星烟雨洒江天，野渡无舟抵彼难；
展翅孤蝶追梦去，回眸一笑醉红颜。

初游湘江风光带

湘水北去悠，情满橘子洲；
书院桃李艳，晚亭风雨柔。
杜阁留圣迹，贾宅忆贤友；
道岸仕途路，文津别相楼！

晨　读

清早吟诗入鸟声，朝阳化露洗心灵。
古来天下家国事，尽随菲笺卷到今。

寿　仙

——喜贺张氏老婆婆一百零九岁仙寿

风霜百载苦兴家，五世同堂丁旺达。
茶寿枝头春又至，瑶池福满现奇葩。

银川水洞沟藏兵洞

百万兵藏土洞中，多年征战死生同；
赢得边关千里月，残墙无奈御秋风！

贺兰山

金戈铁马贺兰山，浴血硝烟数百年。
岁月无言空拭泪，唯存磐石泣苍天。

江畔野炊

湘江水暖草青青，帐外孤烟送雁行。
举杯畅怀前路梦，开锅味动楚南城[1]。

[a] 楚南城，即楚国南都长沙。

满江红·梦

——单枪匹马闯荡上海滩求职简历之自荐书

天下衰微，待贤治、苍生齐盼。
鹏[①]降世、沙滩得志，长车除患。
三顾布衣[②]金鼎立，百邀铜镜[③]贞观炫。
姜之钓[④]、封尽世间神，天颜捍。

兴社稷，忠孝献。开宏业，抛肝胆。
蹈海言犹在，志坚磨剑。
猛虎归山非素物，蛟龙得水拥雷电。
立业路、绕树万千匝，功名建。

---

①鹏，岳飞，字鹏举，传说岳飞是大鹏鸟转世。

②布衣，茅庐主人，孔明也，《出师表》中有“臣本布衣，躬耕于南阳……”

③镜，指魏徵，唐太宗李世民说：“以铜为镜，可以正衣冠；以古为镜，可以知兴替；以人为镜，可以明得失。魏徵就是我的一面镜子！”

④姜之钓，有典故姜太公姜子牙渭水之滨直钩钓鱼待圣主也。

不要问我写诗为什么

不要问我写诗为什么
一定要问就去问汨罗
屈子投江唤醒多少沉醉客
龙舟竞发威震四海小阎罗

不要问我写诗为什么
一定要问就去问常德
万篇华章汇成满墙悲与乐
春江水涨吟唱九州骚人歌

不要问我写诗为什么
一定要问就去问韩国
唐篇三百释放万丈光与热
咱们节日岂能容高丽抢夺

泱泱五千年华夏文明
没有诗歌就没有中国

诗仙太白

——随东方诗风论坛诗友2011相聚安徽，于马鞍山采石矶李白醉酒跳江捉月处怀诗仙

你从巴江蜀道中走来
仗剑去国
鹏程万里
怀满腔热血乘风破浪帆济沧海

你从帝王将相中走来
七宝赐食
笔惊风雨
看盛世大唐幅员辽阔万国朝拜

你从儒道百家中走来
粪土权贵
金赐放还
护人间正道清水芙蓉谪仙常在

你从诗国酒乡中走来
万篇成册
千金散尽
成一代宗师清新飘逸风流豪迈

沉香亭下那醉梦挥彩

以琼浆和剑气铸成你千古流芳的雅号
酒圣游侠

采石矶上那完美一跳
用豪放与浪漫诠释你最最骄傲的名字
诗仙太白

致恩师

一点点微不足道的安排
却获得老师光荣的称赞
一句句简简单单的问候
却揭开尘封已久的感动

二十年前宣我在讲桌前
苦口婆心的谆谆教导
二十年后扶您在酒桌上
千言万语的衷心感谢

端起杯来
是二十年相识的师生情谊
喝进肚中
是二十年离别的母子情怀

如春蚕无怨无悔
凭三寸尘笔染透一身粉墨

似蜡炬发光发热
借半尺讲坛荡出两袖清风

愿恩师身体健康福寿双全
喜学生桃李天下功名兼收

有一座美丽庄园

拜水都江堰
问道青城山
青城山东南不远
有一座美丽庄园

水清鱼读月
林静鸟谈天
渔樵耕读庄稼汉
鸡鸭豚鹅饲养员

风雅颂雨落幽林
赋比兴泉流田间
一条条纵横交错的阡陌
一副副诗情画意的对联

千荷塘品半轮月
五更晓游一方天
一座座洒落的亭台楼阁

一件件整齐的笔墨纸砚

闲邀知己三杯酒
乐享天伦一百年
贤惠的家人热情好客
勤劳的庄主心慈面善

心忧国学千亩地
肩负艺术万顷田
为缪斯日日苦苦守候
当陶令年年采菊山前

莫言前路无知己
而今庄主不孤单
顺江放舟八百里
有个兄弟在永川

桂花树

六年前，我从南国引进几万株桂花幼苗种于重庆永川家乡，还曾当礼物赠予多位东方诗友。如今，几万棵亭亭玉立的桂花树已满山布阵，雄姿英发，十里飘香，待闺出嫁！

六年前，我们祖孙三代亲手将你栽下
你凭借五寸嫩弱身躯
顽强地生根、发芽

六年后，你们布阵山头早已戴盔披甲
你展开五米斧钺钩叉
武装成千军、万马

铮铮铁骨，浴血厮杀
狂风暴雨，坚韧挺拔
为了退耕还林，你忍痛幼别爹妈
为了美化家园，你不惜浪迹天涯

亭亭玉立，妩媚奢华
忠贞连理，白发缺牙
为了家族的强盛，你毅然昭君出塞
为了人类的文明，你甘愿芳香万家

同胞桂花

孪生兄妹，共哺同爬
错根连理，青梅竹马

当礼酬诗，少小离家
美化家园，浪迹天涯

一个在都市享受高楼大厦
一个在乡野任凭风吹雨打

衣着悄悄改变，浑身上下富贵荣华

乡音渐渐消失，张口闭口官腔官话
唯一相同的是流遍全身的滚烫血液
永恒不变的是绽放枝头的芳香白花

别忘了
树高百尺，叶有根的牵挂
可知否
儿行千里，家有亲在思他

芳香万家

九年后
你已丰韵含情
闺阁待嫁

九年后
我已踏遍青山
勇闯天涯

昨夜
你与偷香粉蝶为伴
张开羞涩的花蕊
秋波频现

今天
我同采蜜黄蜂为伍

伸出强壮的双臂
娶你回家

今夜
你化作月宫的嫦娥
为我孕育桂花美酒

明天
我修成今世的诗仙
携你入诗芳香万家

春暖花开到仁怀[1]

春暖花开到仁怀
浓浓酱香扑鼻来
家家窖罐多陈酿
路路店铺卖茅台

路路店铺卖茅台
五洲饮士共青睐
先学诗仙反客主
再仿刘伶醉脖歪

再仿刘伶醉脖歪
只缘金樽频频筛

① 顶真回环式格律体新诗。

酒逢亲友千杯少
何况这是真茅台

何况这是真茅台
再不添杯算白来
族友情浓深千尺
天下一蔡扬四海

天下一蔡扬四海
修谱造祠传大爱
借问宗祠哪里棒
黔北三合丫口蔡

黔北三合丫口蔡
族人个个解囊财
不图先祖争颜面
只为后人做表率

只为后人做表率
八方宗亲齐喝彩
栽下大树荫子孙
流芳百世兴万代

流芳百世兴万代
善举孝忠奏仙凯
永川兄弟再来拜
春暖花开到仁怀

有一种伟大的“职业”叫——警嫂

——谨以此诗献给天下日夜奉献在各岗位上的警嫂和警察同志们！请记住河北肃宁县2015年6月午夜的枪声和凌晨的一跳！

清晨
当你帮他穿戴上警服和警帽
那神圣的警徽
顿时放射出庄严、崇高

夜晚
当你为他脱取下疲惫和荣耀
那平凡的岗位
终于撤销了担忧、警报

六一亲子活动的现场
总有一个安静的空位……
妈妈！妈妈！！
为什么我的爸爸总不能像别人的一样来学校？

仲秋花好月圆的窗下
总有一个孤单的背影……
老公！老公！！
为什么我的红装总不能像别人的一样有依靠？

孩子，好好学习！

等我调休时
爸爸一定陪你参加夏令营
去看中国制造!

爸，妈，保重身体!
等他退休后
儿媳一定陪您参加老年团
去观大海波涛!

一次次紧急集合——
设卡、布控、蹲点与追逃
一个个英勇倒下——
强壮、威猛、魁梧与俊俏

每当你接到匿名的电话里
狂妄暴徒又扬言要报复你全家老小
每次你惊魂未定的残梦中
皆剩下你夜夜奢求平安的默默祈祷

午夜的枪声
他用刚强的血肉之躯去铸成
那一个光荣的名字叫
——英雄

凌晨的一跳
你用深情的嫦娥奔月来证明
有一种伟大的“职业”叫
——警嫂